日知文丛

望道路上

张广智　著

浙江古籍出版社

图书在版编目（CIP）数据

望道路上 / 张广智著 . -- 杭州：浙江古籍出版社，2021.9
（日知文丛）
ISBN 978-7-5540-2089-0

Ⅰ . ①望… Ⅱ . ①张… Ⅲ . ①散文集—中国—当代
Ⅳ . ① I267

中国版本图书馆 CIP 数据核字（2021）第 181786 号

望道路上

张广智　著

出版发行　浙江古籍出版社
（杭州体育场路 347 号　电话：0571-85068292）
网　　址　https://zjgj.zjcbcm.com
责任编辑　周　密
文字编辑　徐　立
封面设计　吴思璐
责任校对　吴颖胤
责任印务　楼浩凯
照　　排　杭州立飞图文制作有限公司
印　　刷　浙江海虹彩色印务有限公司
开　　本　889mm × 1194mm　1/32
印　　张　9.25
字　　数　178 千字
版　　次　2021 年 9 月第 1 版
印　　次　2021 年 9 月第 1 次印刷
书　　号　ISBN 978-7-5540-2089-0
定　　价　56.00 元

自 序

近年来，我自谓徜徉在文史之间。“史事难了，文事渐启”，这八个字大体可以概括一个年逾八旬的文史学者当下的生存状态。记得自退居一线教育岗位以后，已毋需再写那些登在“核心刊物”上的“学术论文”，于是心无旁骛，静坐听雨，自在自如，陆续写了一些散文随笔，结集出版了几种集子。这里奉献给读者的这本书，主要是最近几年来的成果。

本书辑录文章 45 篇（包括访谈一篇），所有选文，除《无花果树下》一篇外，均未收入过本人已出版的散文随笔集中。上文因与辑一的《一条毯子》相关联，故再次“亮相”。本书文史兼收，以文为主。又因作者的史家身份，故亦收入与专业相关的少数篇章。然文史难分矣，为便于读者阅读与选择计，仍按矩分为三辑：辑一“采一片绚丽卿云”，是记母校复旦及与个人联绵之追忆，以观时代与社会的变迁；辑二“走近瓦尔登湖”，是摘拾对域外文明纤微之掠影，以察历史的演变；辑三“垦荒者精神”，乃作者治史的“正业”，在西方史学的田野里，疏凿源流，探幽索微，以寻求克丽奥（史神）的永恒魅力。

书名《望道路上》，取自书中的选文篇名，不言而喻，小书所汲纳包容的，皆与这篇文章文脉相通。让我们采一片绚丽的卿云，揣一缕世纪的霞光；博采各国文明之长，汲取域外文化之优；继承先贤的垦荒精神，发扬前辈的优良传统，在奋发有为的新时代，不畏艰难，不辞劳苦，行走在望道路上，一步一个足印。

人至老境，幸足尚健，仍要前行。长我五岁的文学大家王蒙先生说得好，“小说可以写到老，创造到老，追求开拓到老”。王氏之言铮矣！我相信，在我缓慢的行进步伐中，也许会在今后的文史写作中能有一点点进步。倘如是，吾愿足矣。

某日，接友人函，邀我次年去武大参加一个文化史会议。我复函说：“赏樱最好，但文章恐怕写不出来了。”友人回道：“你不管写什么，或高头讲章，或散文随笔，都可欬唾皆珠。”其实完全不是这样，落墨行文，于我而言，不管是何种类型，都是一件“苦差使”。姑且不言在岗时写的一篇篇“学术文章”，苦到晕头转向，乃至伤筋动骨，就说当下不时刊发的散文随笔，也是绞尽脑汁，痛彻肺腑。在这里，需要指出的一点是，学界往往有一种偏见，即重前者轻后者，称后者不是真学问。对此，我想引用英国著名历史学家屈维廉（G. M. Trevelyan，1876—1962）的一段话来回应上述偏见，他这样说：“有一种说法，认为读起来有趣的历史一定是资质浅薄的作品，而晦涩的风格却标志着一个人的思想深刻或工作严谨。实际情况却与此相反，容易读的东西向来是难于写的……明白晓畅的风格一定是艰苦劳动的结果，而在安章宅句上的平易流畅，经常是用满头大汗换来的。”不信吗？你也来试试看。以我个人的写作实践为例，无论是撰写学术论文，还是书写散文随笔，都是一种“艰苦劳动”，都要“用满头大汗换来的”，平心而论，就我写的两种风格的文章而言，没有一篇是未经“伤筋动骨”和“绞尽脑汁”就率尔操觚的。

由此，我联想到了顾炎武和他用半生心血写就的《日知录》。某日，有人写信问他的《日知录》“又成几卷”，他回信说：“承问《日知录》又成几卷，盖期之以废铜。而某自别来一载，早夜诵读，反复寻究，仅得十余条。然庶几采山之铜也。”著书如采铜铸钱，像矿工采山那样，需要用“满头大汗”的“艰苦劳动”，才能获得科学的宝藏。如今，拙书有幸忝列“日知文丛”系列，不辱文丛内时贤俊彦之名望，就更觉得要学习像顾炎武那样的先贤，“早夜诵读，反复寻究”，继承发扬著书如采矿铸钱那种刻苦的精神，唯其如此，方才能写出像《日知录》这样的传世之作。

《望道路上》的问世是应了友人谭徐锋先生的邀约。记得在六七年前，我的散文随笔首秀之作《瀛寰回眸：在历史与现实中》一炮打响，全赖他的信任和支持。此后，我砥砺前行，笔耕不辍，以史家的眼光观世，纵览古今，展望中外，行走在散文世界的莽原里，写现实题材的作品，刻意藏有历史观；写历史题材的作品，寻求蕴含现实感，这成了我孜孜以求的目标与写作旨趣。我想，这一旨趣形成主要还是来自《瀛寰回眸：在历史与现实中》一书的写作实践与启示。

小书出版，要感谢的是：谭徐锋君；浙江古籍出版社的厚爱和副总编况正兵先生、编辑徐立等的出色工作；散落在各处的报刊杂志，以及“为他人作嫁衣”的编辑同志们；本书选文最多的《解放日报·朝花》《新民晚报·夜光杯》的鼎力支持；学界同仁、旧雨新知的竭诚帮助；广大读者朋友们的喜爱。借此，我对他们表示由衷的敬意和谢忱！

是为序。

张广智　庚子秋日于上海

目　录

第二辑 走近瓦尔登湖

第二辑 垦荒者精神

附　录

第一辑　采一片绚丽卿云

采一片绚丽的卿云，揣一缕世纪的霞光，博学笃志，薪尽火传，行走在望道路上……

无花果树下

这些年，我亲历了申城中心城区的变迁。最近，随着新的静安区诞生，而闸北区已悄然消失了，令人感慨系之。我虽出生在乡下，但我的青少年时代，人生中的一段难忘的岁月，却是在闸北区度过的。前几天，我路过闸北区（噢，现在应当叫静安区了），特地在中兴路与公兴路的拐角处停了下来，放眼望去，如今此地新工房鳞次栉比，早已不见当年我老家的踪影，但儿时在老屋中的故事，却情不自禁地在脑海中翻腾起来。让我首先想起的却是一棵树，一棵无花果树，它就是我要寻找的“心灵的图画”。

且把时空切换到20世纪40年代的上海。黄浦江，十六铺码头，嘈杂的人群，抗战胜利后，我的父母来上海打工，就带着我和大妹一起到了申城。我家在闸北落户，住在北火车站附近。这里被视为沪上的“下只角”，穷街陋巷，房屋多为平房板屋，住着劳工阶层。我家老屋也是板木结构的，阁楼上要住人，但腰却挺不直，甚是逼仄。唯一算得上阔气一点的，就是屋后那个院子了。我们小时候在这里做功课、嬉戏玩耍，那可是我们童年时的乐园啊。

其实，这个院子很小，只有十来个平方米吧，初来时是一块空地，杂草丛生，瓦砾遍地，父母对这个小院做了一番改造，用捡来的碎砖铺地，南侧与西侧用竹片编织成墙，另辟出西南一角，换土施肥，栽葱种蒜。不久，小院顿时有了一点生气。一天，西风乍起，已是深秋时分，天已黑了，昏暗的路灯映照着母亲急匆匆的步影。母亲从家到工厂，要走一个多钟点，全程步行，那时也无公交车可乘。一进门，就唤我接过她手中的一包东西，打开一看，原来是一株树苗。

母亲兴奋地对我们说："这是一株无花果幼树苗啊。"又道："是厂里的一位小姐妹给我的，她说她家的无花果树长大了，已到结果子的时候，果肉甜甜糯糯的，吃口真好。"说罢，她从包里捡出几个无花果给大家分尝，剥开黄褐色的果皮，红色的果肉诱人，一口把它吃了，味甜而带清香，味道真是不错。

晚饭后，母亲借着月光就在那柳树旁栽下这棵无花果树苗，压土浇水，半是自语，半是隐言："让它快点长大吧。"

是的，母亲确是悉心照料这棵幼树。每天下班后，她赶着做晚饭，间歇时还要到院子里看望，不时松土浇水，修枝剪叶，总要为它做点什么。小树长势喜人，很快地就要赶上我们的身高了。自种下这棵无花果树后，小院显得亮丽了。我们围在小桌上做作业，有时又望着小树遐想，就这样，我们与这棵无花果树一起在成长……

我们兄妹已有五人，全家七口人，吃饭穿衣，开销很大，加上父亲患头痛的病，无钱求医，只好挨着，但全家得靠母亲一人的收入维持生计，有时还要向亲友借点钱，日子过得十分艰苦。不过，我们还不至于挨饿，但每顿顶多只有六分饱吧，这对如今富足的人来说益于养生，但对那时劳动者而言却是活受罪。母亲在当时沪上著名的亚浦耳灯泡厂工作，是轧丝工，即轧灯泡里的钨丝，那是个技术活，且需眼力。后来，母亲年龄渐长，眼力不济，改做最后一道工序的检验工，是该厂的巧匠，荣获的奖状贴满了墙 。日子过得虽艰辛，然而，母亲总是乐呵呵的，她的乐观来自于希望，这是20世纪50年代初广大人民思想的“集体症候”，即对新生的共和国充满了希望，觉得生活有盼头，苦是暂时的，慢慢地总会好起来的。

母亲乐观与信心的来源，就直接而言，是她从一群儿女身上看到了希望。不过，当时的我们还不大懂事，我们的愿望很实际，那就是等待母亲的下班归来，好去接过她手中的拎包，争食母亲从工厂食堂里带来的“美食”，如花卷、馒头，偶而还有肉馒头或豆沙馒头什么的。此刻，母亲就去小院子里小坐，清风徐来，无花果树叶微微摆动，好像与下班的母亲在打招呼。

1959年，我考取了复旦大学历史系。秋天，要去学校了，行李自然母亲早已为我准备好了。临出家门，母亲去院子里，从无花果树上摘了几颗果子，揣在我口袋里，说到学校可以当水果吃，那时偶而吃到苹果或生梨，当是一种奢侈。我是自己乘73路公共汽车赴校报到的，不像现在的上海学生要爸妈送到学校，连蚊帐都不会挂。不过，儿子要上大学了，自然让双亲感到高兴，但他们对名校什么的，全然不知，更何况那时的复旦也没有像如今那样名声显赫，成为沪上家长择校的标杆。当然，儿子上大学在当时棚户区中也还少见，父母工友们眼里满是羡慕。其实,我的父母都没有受过系统教育。母亲念过一点书,识点字。父亲曾在我祖父私塾里受教，念过一些儒家经典，识字比母亲多。因而，父母对我们念书的事，是不大操心的，也操心不了。故我上大学之择校、选专业，都是自主选择的，来自老师的影响则是主要的。依我当时的学习成绩,是想考北大的,但母亲说家里穷，出远门要多花钱，于是，我便放弃了，后来就选了复旦。

上学后，学校的生活条件与学习环境要比家里好得多，我不像一般的沪籍学生每周都回家，是隔两三周才回家一次，探望父母。每次回家走进小院，也探望一下那棵无花果树，我还真的牵挂着它呢？它像我一样，也长大了：主干粗壮，远比我高，枝叶繁茂，掌状叶片，树冠开张，其姿优雅，不但结出可口的果子，也颇具观赏价值，令人喜爱。翻阅《圣经·新约全书》，在《马太福音》等四福音书里，都记有无花果与耶稣的故事，可见此树很早就在地中海沿岸和中东地区种植了。相传无花果树唐朝时由波斯入华，这“洋果子”很快地“中国化”了，在华夏各地都生根结果，据说有八百多个品种，因为它的“平民色彩”容易栽培，产量又高，食医两用，故深受国人欢迎。无花果分夏果与秋果，我家这棵是秋果，此时已进入盛果期。我摘了一颗品尝，当然与母亲那时携来的果子味道一样，醇厚甘甜。

有一天，我从学校回到了家，一见母亲就说：“听说从我家到杨浦平凉路厂区有公交车了，妈，你年纪大了，上下班还是乘车吧。”母亲说：“是有了公交车，两头都要走一段路，还不如我走路爽气。”我说：“妈，你年纪大了走不动了啊。”母亲笑道：“只要你们念书好，妈就走得动！”我望了母亲良久，又看着越长越挺拔壮实的无花果树，真是一派生机，可妈却老了。是的，母亲用勤劳的双手，创造了幸福，点亮了一片星空，映照无花果树下的平凡的世界，温暖着儿女们的心，也温暖着世界。

日月如梭，渡尽劫波，终于迎来了春天，春风骀荡，吹拂在浦江两岸，吹在每个人的脸上。院外的声音，从嘈杂热闹到一片喧嚣，到复归平和，见证了时光的流逝、时代的变迁。院子里，在无花果树下，年迈的父母看着孙辈，孩子们像我们小时一样吃着甜甜糯糯的果子，在院子里追逐游玩，我望着此情此景，却遥想不已：岁月留痕，老屋收藏了我们失落的记忆，而无花果树却目睹了我们的成长，它是我们孩提时的伙伴、年轻时的牵挂、成年时的乡愁、老年时的思念。

光阴观世变，日月映古今。我们原先栖居的穷街，终于迎来了旧区改造，老屋拆了，院子平了，无花果树也毁了，但存在我意象中的“心灵的图画”却未泯灭。这一揖别，那是多么难分难舍的割离啊！然而时代却在这种困苦中迈步，历史也在这种阵痛中前进。拭目远望，一排排楼宇大厦在废墟上拔地而起，新的家园繁花似锦，当不缺歌者。面对这时代的洪流，历史的脚步，我还想为我家那棵消失的无花果树歌唱，歌唱这城市故土上一直不会老去的情愫，歌唱那一种质朴无华，却能永远留驻在记忆中的馨香。

（原载《解放日报·朝花》2016 年 5 月 26 日）

一条毯子

冬去春来，春暖花开，暖风吹拂，正值沪上人家衣被换季时。晒在阳台上的一条毯子，在阳光照耀下尤为闪眼。睹物思人，转瞬之间，父亲已离开我们十年。这条家父生前盖过的毯子，也陪伴我整整十个年头了。抚毯怀父，思念之情犹如泉眼一样喷发出来，不能自已。

这是一条很普通的毯子，棉纤混纺的质地，紫酱颜色，一下让我想起了20世纪70年代，想起那时的普通老百姓的市井生活。那时候，一般上海市民家里是没有空调的，也鲜见取暖器。棉被上申城严冬季节时，都只能盖上厚厚的棉被御寒，而棉被上再加盖的一般就是这种棉纤毯子了。在那物质生活很匮乏的年代，经济稍稍宽裕的家庭里，偶尔能见到床上加盖的是名牌“凤凰牌”纯羊毛毯，重六斤，价格为60元，等于我当时一个月的工资。家里有这物件，在当时是很“扎台型”（沪语，有面子之意）的事。倘逢亲朋好友喜庆，送上一条“凤凰牌”纯羊毛毯，那婚家定是喜得合不拢嘴的。直至90年代初，我的一位学生结婚，我给他们送了条“凤凰牌”纯羊毛毯作为礼品，仍是很风光的。此后，社会进步，世风日变，婚宴喜庆多改为送红包，少有赠毯子等床上用品了，即便是“凤凰牌”，也是拿不出手的。

我出身在劳工阶层，父母皆为工人，兄弟姊妹五人，一大家子七口人吃饭，温饱尚是个问题。“凤凰”当然飞不进像我们那样的寻常百姓家，但这种棉纤毯子，我家还是买得起的。当时我还在闸北区（现为静安区了）从教，中午常在父母家吃饭，一天刚踏进家门，父亲就高兴地给我看一条新买的紫酱色的棉纤毯子，说它价廉物美，很管用的。儿子上小学后没人照看，我就将他寄托在父母家中。记得在一个风雪交加的晚上，我担心父母及儿子，推开家门，母亲还没睡，我忙问：“妈冷吗？”她说：“不冷。”又道：“我睡朝南房间，不会冷的。”我赶紧到朝北的小房间，见祖孙合睡一床，父亲睡在外侧这一头，儿子睡在内侧另一头，只见8支光的小日光灯亮着，光线很暗淡。父亲也没睡，和衣躺在床上，儿子在床上津津有味地看着小人书（连环画）。我一看这情景就火了，骂道：“小赤佬，还不快睡，床上看小人书，要弄坏眼睛的。”儿子也很识相，赶紧躲进了被窝里。父亲忙给小孙子，掖被子，盖毯子。我也忙问：“爸冷吗？”他说：“不冷。”又道：“有这条毯子加盖嘛，还有小孙子给我捂脚呢。”爷爷这一说，小孙子很快地伸出头来，眼睛望着我说：“跟爷爷一起睡，很开心的，一点也不觉得冷啦，爷爷是世界上最好的爷爷。”臭小子还真乖巧，这拍马屁的话逗得老爷子乐了，我看着也乐了。祖孙俩在严寒中抱团取暖，其乐融融，人间的冷暖都置之度外了。是的，父母那些细微零碎的关爱，不只给小孙子以温暖，如同阳光一样，也温暖着儿女们的心，并照亮着我们的今天。

时光飞逝，儿子成家了，不久添丁。当父亲得知生了个男孩后，显得很兴奋，在那时代老一辈人的“重男轻女”的思想中，自然是格外看重这重孙的。大概孩子还未满月，他就兴冲冲地从闸北老家一个人步行至虹口区凉城路孙子的家来看重孙。小家伙睡着了，右手伸出来比划着什么，但睡得是那么安静。父亲目不转睛地看着他，满脸高兴的样子，四世同堂呀，世间也不常见啊。一旁大妹，眼明手快，拍下了一张祖孙四代的照片。后来，重孙也渐渐长大了，逢周日儿子常带着孩子去看望爷爷奶奶。每逢这时，家里可热闹了，小家伙比他父亲小时候调皮多了，尤其喜欢在床上翻跟斗。平素盖的这条毯子，此刻就作为重孙垫上运动的器材了。不知为什么，这孩子一见到这条毯子，翻跟斗就特别卖力，一连要翻几个，尤其大人为他数数时，他就更来劲啦，最后都被太爷爷阻止，说别累坏了孩子。这时候他要太爷爷背他，在屋里屋外兜圈子。每次都是我接过来，背着小家伙兜圈，父亲年迈，已无力与他玩了。

父亲年高，精力日衰，但却喜欢与子女聊天，尤其与我有“共同语言”，为何？一则是我会用纯正的家乡话与之交谈；二是因我的历史学专业引发。我在《无花果树下》(《解放日报·朝花》，2016 年 5 月 26 日）写到父母的受教育情况：母亲念过新式小学，约为初小水平吧；父亲在我祖父私塾里受旧式教育多年，念过儒家的“四书五经”等经典，读书看报是不成问题的，但写作不行。父母对子女念书的事比较放心，因为我们都比较自觉，再则他们就是要管也是管不了的。不过，在我进复旦历史系念书后，一天父亲偶尔看到了我的历史文献课的油印教材后说:“你的这些东西，有的我能背出来。”说罢，他就从《诗经》背诵起来，从“关关雎鸠，在河之洲”到“七月流火，九月授衣”，从《论语》的“学而时习之”到《孟子》的“孟子见梁惠王……”这令我大吃一惊，也让我十分佩服，心中暗想：“老爸还有这等才学，让我这个大学历史系的学生感到羞愧。”于是，我与父亲就有了更多的聊天话题。

越到晚年，父亲与我的“共同语言”就越加多。星期日我常去老家，看望双亲，早饭后，父亲冲一杯浓茶，不管气候冷暖，他总要习惯性的在膝盖上围上这条毯子，好像它已成了与父亲密不可分的一个伴侣，然后就与我天南海北聊个没完。当然还有老爸拿手的就是小时所奠立的“童子功”——古文背诵，他尤喜欢背《论语》《孟子》的一些篇章，有些我不知听了多少遍，也已经滚瓜烂熟了。比如：“子曰：贤哉，回也！一箪食，一瓢饮，在陋巷，人不堪其忧，回也不改其乐 。贤哉，回也！”(《论语·雍也第六》)；又如:“故天将降大任于斯人也，必先苦其心志，劳其筋骨，饿其体肤，空乏其身，行拂乱其所为，所以动心忍性，曾益其所不能。”(《孟子·告子章句下》) 稍歇，他喝口茶，呆呆地看着我，这孔孟之道的宏旨与深意，父亲反复给我吟诵，其含义他是心知的，我也是肚明的啊！每每在用家乡话与父亲聊天的时候，都留下了浓浓的乡愁，也仿佛听到了往昔圣贤的声音，人生中最温馨、最值得怀念的时刻莫过于此吧！

岁月如梭，已至2006年，父亲已九十有五高龄，老了。是年夏末，我特地去老家向父亲禀告："儿受台湾东吴大学邀请，要在那儿当一个学期的客座教授，要暂别老爸了。"当他明白是怎么一回事后，默然。过了很久，他说："那儿冬天冷吗？"说罢，又指着那条毯子对我说："要不要带上这条毯子寒冬盖盖？"我说台湾冬天要比上海暖和得多，他才放心了。我哄着父亲又说，要给他带台湾的高山茶，这一下他笑了，回答："好！"他平生无爱好，一不抽烟，二要喝茶，且嗜茶如命，我家里学生送给我的茶叶，大多奉献给了父亲。

是年岁末，我在台北得知父亲因病住院的消息。数日后，新年刚过，又闻父亲病情恶化之讯，我在异乡心急如焚。等到东吴大学的工作一结束，便立刻返沪直奔医院，此时老人家已奄奄一息，我拉着他的手，父亲还是认出了我，但已不能言语了。次日，父亲就驾鹤西行，告别人世。

父亲走了，房间空荡荡的，阳光透过窗台，照射床头的这条紫酱色折叠得整整齐齐的棉纤毯子，特别闪眼。待父亲葬礼毕，我们兄妹五人开了一个家庭会，最后决定每人任选一件爸的遗物作为纪念，其余则送人或火化。我毫不犹豫地选了这条毯子。确实，父母没有给我们留下什么值钱的物质遗产，但我觉得，父亲传给我的这条不值钱的棉纤毯子，情系四代，传承家风，接壤先贤，对我们后辈而言，不啻是一份价值连城的精神遗产啊！

（原载《解放日报·朝花》2018 年 7 月 8 日）

那时候，我们追过的话剧

我年少时，喜欢收藏影剧说明书，竟渐渐成了我的一个嗜好，日积月累，也积攒了一抽屉呢。有时偷闲拿出来浏览，摩挲良久，沉思不已，那发黄的纸质，施然把我引入历史中，兴致来时还不时给年轻人讲些“说明书”背后的故事。

在20世纪60年代初那困顿的年代里，飞速转动的共和国车轮放慢了节奏，比较宽松的大环境，为我们（我时在复旦大学历史系念书）赢得了一段难得的可以静下心来读书的好时光。与此同时，大规模的政治运动暂停了，在“调整”的步伐中，“教育革命”也稍息了，这就为丰富我们大学生的课余文化生活提供了一次良机。在当时，所谓课余文化生活，除了看电影（学校登辉堂周末与周日都放映电影，票价只有8分钱），就是看话剧了。检点那时候我收藏的话剧说明书，稍加区分，从1960年8月观《卢森堡夫妇》，至1963年8月看《年青的一代》，整整三年，以其剧名串联起来恰巧成文：

我《记忆犹新》，《中锋在黎明时死去》的那一刻出发，冒着《雷雨》，怀揣《桃花扇》，一路与《丽人行》，听到了《上海战歌》《北京钟声》和《悲壮的颂歌》，遇见了《蔡

> 文姬》《卢森堡夫妇》和《霓虹灯下的哨兵》，于是高声朗读《胆剑篇》和《共产主义的凯歌》，我们《年青的一代》，穿越《红岩》去攀登《珠穆朗玛》，度过了《战斗的青春》，迎来了《第二个春天》……

在物质生活极其匮乏的年代里，它们是精神食粮，是春雨朝露，滋润着我们的成长。

我是“话剧迷”，母亲给我的一点零花钱，除了买书，就是用来看话剧了，当然是买票价最低的票或学生票。上列这18部话剧，除了个别，大多我是看过的，倘问这18部话剧给我留下深刻印象的是哪几部，自然是1961年秋冬，由北京人民艺术剧院两度在上海献演的新编历史剧《蔡文姬》(秋)、《胆剑篇》(冬)。那时候，新编历史剧很风行，两剧又都出自名家之手：《蔡文姬》，郭沫若作剧；《胆剑篇》，曹禺和梅阡、于是之作剧。作为一个大学历史系的学生，我自当会对这两部历史题材的话剧作品感兴趣。回想起来，这已是半个多世纪前的事了：1961年10月28日晚，我与几位同学到九江路的人民大舞台观剧。进得剧场，只见人头攒动，霓虹灯上的红色“客满”两字高悬厅堂。我聚精会神观看说明书，这份说明书做得很“奢华”：土黄色的封面，古书的装帧，一看就散发出浓重的历史感，再掀开来看，头两页是画家叶浅予先生的两幅形神俱佳的素描：一幅为蔡文姬，另一幅是曹操，其形象正好与剧作者为曹操翻案的旨趣相契合。剧情介绍文字流畅，演职人员列名齐全，更可点赞的是用了4页，附录蔡琰(蔡文姬)的《胡笳十八拍》，令我们几个读历史系的大学生大呼过瘾。临开演前，场内进贵宾，也许有人认出他来了，稍有骚动，但顷刻又安静了下来。灯渐暗，大幕拉开，南匈奴左贤王的穹庐，时为汉献帝建安十三年。朱琳演的蔡文姬、刁光覃演的曹操、蓝天野演的董祀、苏民演的周近、于是之演的单于王等历史人物，逐一向观众走来，把我们带入了东汉末年的历史场景中。北京人艺倾全院之力，大牌演员悉数登场，演出十分成功。令人意外的是，那位开演前引起骚动的贵宾，竟然是剧作家郭沫若先生，他走上舞台，从我们坐的后排看台上，看得也很清晰。郭先生穿一身灰色西装，系着领带，很是潇洒，与演员握手，向观众致意，自是兴奋。我们也很兴奋，回去一路评论，直至复旦学生宿舍6号楼熄灭了灯光，说些什么现在我全都忘了。不到两个月，我们又再次来到人民大舞台，观看《胆剑篇》，演的是春秋战国时吴越争霸，勾践“十年生聚，十年教训”，后终于灭吴称王，剧意是与当时倡导的“自力更生，奋发图强”政治口号相

朱琳（左）等北京人艺演员演出的话剧《蔡文姬》

吻合的。剧终谢幕多次，但那次谢幕，最终都没有等到剧作家曹禺先生，令我们看过《蔡文姬》的几个大学生很失望。

回溯历史，现代中国话剧发端于20世纪初，1907年中国留日学生组织《春柳社》，演出了法国剧作家小仲马的《茶花女》，标志着中国话剧的正式诞生，今年恰好是它问世的110周年。这个剧种舶自西方，引入中国后又扎根于华夏大地，它及时反映现实，回应时代和社会的诉求，成了文化战线上的一种锐利的思想武器，佳作纷出，不胜枚举，便很快地得到了我国民众的喜欢。到了20世纪60年代前期，政治环境的宽松，“双百”方针的贯彻，给剧作家营造了一种相对平和怡人的创作环境，连田汉的旧作《丽人行》和欧阳予倩的《桃花扇》等也上演了，反映社会现实的作品更是如雨后春笋般地不断涌现，此时中国话剧创作出现了一次新高潮。列上我看过的《年青的一代》《第二个春天》《霓虹灯下的哨兵》《上海战歌》和《北京钟声》等新作，还有未看过的《南海长城》《激流勇进》和《千万不要忘记》等剧作，不可胜数，谱写了中国话剧史上的新篇章。这些话剧作品承继了中国话剧与社会现实紧密相关的传统，着力塑造高大上的英雄人物形象（比如肖继业、陈喜、康永才等），突出政治上的思想教育意义，至于艺术上的成绩就臧否不一了，还是让话剧史家来评判吧。不过有一点可以肯定，这次高潮对我国话剧的继往开来和先导意义，却是不容抹煞的。更令人关注的是，这次高潮培养与造就出了一大批英才，如上海戏剧学院实验话剧团（后改为上海市青年话剧团）的焦晃、杨在葆、张名煜、郑毓芝、娄际成等演员扎堆地向我们走来，成为当今著名的表演艺术家。

新中国成立后的前十七年，由于冷战时期中西敌对的国际政治形势，日益严重的国内“左”倾思潮，反映在对外文化交流上，初则一边倒向苏联，60年代初两国关系不睦，又转而相互批判，急转直下；另一边又阻断与西方文化的交流，在话剧引进方面也如是，这一时期除演出莎士比亚的剧作（比如《第十二夜》等）外，就很少有西方作品上演了。然难能可贵的是，在我列出的60年代初18部剧作中，则有域外之作，如：《悲壮的颂歌》，苏联剧作家尼·包哥廷作剧；《卢森堡夫妇》，波兰剧作家列昂·克鲁奇科夫斯基作剧；《中锋在黎明时死去》，阿根廷奥古斯丁·库塞尼作剧。那时候封闭的大门，有时也会有裂缝，尤其是那部《悲壮的颂歌》，演的是列宁在1922—1924年间的故事，是一首列宁的颂歌。1960年正是列宁诞辰90周年，《人民日报》编辑部发表了长篇宏论《列宁主义万岁》，意在批判“苏修”，我们学校也即刻有回应，每周一次的“形势与任务学习”增加到三次，有时晚上也在讨论，此剧正好适时，我们班级的同学们，都纷纷去市内观剧了。印象很深的是，此剧扮演列宁的高重实，对人物的塑造相当成功，举手投足，都是惯常的“列宁式”的动作，与苏联人民演员、国家奖获得者鲍里斯·舒金在《列宁在十月》等电影中神形皆似的列宁形象可以媲美。前些日子，有几位年轻人来访，闲谈间不知不觉聊到了这部戏，我给他们模仿“列宁式”的动作：上身穿西式背心，戴领带，身子前倾，右手前指，眼观远方，抑扬地说："旧社会灭亡的时候，它的死尸是不能装进棺材、埋入坟墓的，它在我们中间腐烂发臭并且毒害我们。"稍顷，又顿挫地说："我们应当坚决地同一切资产阶级思想作斗争，不管它披着时髦而华丽的外衣。"我当众"表演"了一番，逗得大家都乐了，而我却一本正经地说："严肃点，这是列宁的话。"大家看着我的腔调，更是笑痛了肚皮。

平实而论，这 18 部话剧给我留下最难忘形象的则是《雷雨》和《红岩》，这种"难忘"缘于与复旦的牵连，这种"形象"则缘于是复旦人的演出。1962 年夏日，一张海报吸引了我们：我校 62 届外文系毕业演出英语话剧《雷雨》，王佐良等译，导演黄佐临、余上沅。这消息很快地在学生中传开了，学生的处女作自然比不上上海人民艺术剧院严翔（演周萍）、王频（演四凤）、叶萌（演繁漪）、诸葛明（演周朴园）等名家，但还是惊动了上海滩，兄弟院校师生闻声看戏来了，一些在沪的外国人也来看戏了，又从学校登辉堂移至西区市三女中礼堂连演数场。《解放日报》还报道了此事，称赞饰周朴园和繁漪的两位演技出色。我是连看了两场，主要是为了学习英语的口语，后名闻遐迩的《英汉大辞典》主编陆谷孙先生饰周萍责备繁漪的那句"There you go again"（你这一套又来了），却一直记着，仿佛成了我的口头语。

复旦自前辈洪深先生创立复旦剧社以来，这演剧传统一直在延伸着。1962 年秋，话剧《红岩》即由复旦话剧团在登辉堂首演，随即风靡复旦园。熟悉复旦的人都知道，当时复旦有两张名片：一为复旦女排，其水平是可以打入全国女子排球联赛；一为话剧，可以达到准专业水平。学校领导自然是很重视这两项体现复旦特色的品牌。《红岩》的演出成功，实际上是倾全校之力，中文系出力最多，我们历史系也贡献二位主要演员，三位舞台工作人员，他们多是我的同班同学，饰反角徐鹏飞的董力生则是我后来读研究生时的学兄。与62届外文系毕业献演的英语话剧《雷雨》一样，话剧《红岩》也先在学校登辉堂连演多场，至次年春节前后，搬至四川北路桥堍的邮电工人俱乐部，售票公开演出，一时成为沪上市民争看的热门剧，出足了风头。话剧的现实情怀和大众意识，在复旦版话剧《红岩》身上得到了很有力的显示。

如今，在娱乐多元化的时代，话剧日渐衰落了，这是一个不争的事实，然《红岩》不会褪掉它的颜色，《雷雨》也不会失去它的光彩。回望过去，追寻那逝去的青春，追寻那难忘的岁月，为了更好地前行，去迎接话剧《第二个春天》的到来。

（原载《解放日报·朝花》2017年7月6日）

京戏迷

我是一个话剧迷，从拙文《那时候，我们追过的话剧》可略知，然其前提是上了大学，自以为有了点“文化”之后。我还是一个评弹迷，逢行内人谈其流派时，也能凑上几句，说来好笑，这还是当了“苏州女婿”之后，在妻子的影响下喜欢上的。唯独看京戏，没有前提条件，这是自小就渐被西皮二黄浸润，被唱念做打感化，也就慢慢地成了我一辈子的爱好。

抗战胜利后，我随母亲一起来到了上海，时年六七岁吧，就开始看京戏了。我的大叔与小叔也在申城打工，他们酷爱京剧，经常去牛庄路上的中国大戏院和福州路上的天蟾舞台（现为天蟾逸夫舞台）看京戏，我就跟着他们一起蹭戏看。那时候，大人买低档的票，可以带孩子，免费放行。小时候看京戏，文戏是看不懂的，看武戏纯粹是图个热闹，尤其喜欢看那时的连台本戏《西游记》，大打出手，眼花缭乱，机关布景，出神入化。低档票多数在三楼，而且是不对号入座的，大叔和小叔约好看戏的日子，把我这个看白戏的“小戏迷”也带上，早早地就来到戏院，一俟检票，我一个箭步登楼去抢位子，多数能抢到第一排，从三楼看戏台上，虽然人小些，但也清楚。散场后，他们还要带着我吃碗面，享受牛庄路摊头上的拌面外加一小碗牛肉汤，真是美味啊，成为我童年时代的美好回忆。

20 世纪五六十年代，我延续了这种爱好。在中学时代，有一次给我留下了深刻的印象，因为是看了京剧大师的戏。京剧界有四大名旦，即梅兰芳、程砚秋、尚小云、荀慧生，又有“四小名旦”，即李世芳、毛世来、张君秋、宋德珠，很是遗憾，梅大师是后来看的彩色电影片《游园惊梦》（1960 年），其他几位也没有看过他们在舞台上的演出，不过张君秋是个例外。1956 年冬，京剧大师马、谭、张、裘，即马连良、谭富英、张君秋、裘盛戎率北京京剧团来沪演出，天蟾舞台的霓虹灯天天高挂“客满”，盛况空前。大叔和小叔想方设法买到了票子，顺便也给我带了一张。此时我已不是小孩子了，何况新中国成立后的剧场也一律凭票对号入座，已无儿童免票一说。马、谭、张、裘各立一派，即使到现在，我也说不好他们各派的艺术特点，但马连良那次演的似是《游龙戏凤》，潇洒无比，令人难忘，比如说

梅兰芳主演的彩色戏曲电影《游园惊梦》

马先生的捋髯口的动作很好看，他用食指和中指轻轻夹住一绺，缓缓捋到底。如今我们或许在马长礼在《沙家浜》中演的刁德一身上，会看到马派的流韵。

我上大学后，读的是历史系，与京剧有着天然的联系，积之甚久，确也看了不少京戏，留在我脑海里仍记忆犹新的有这么两次：一次是在 1961 年 2 月，是时我已是大学二年级的学生了，朱永嘉老师授明史，我对于海瑞也能说出个丁卯。当得知我系一年级的小周是骐派创始人周信芳的孙子，那时他爷爷又正好主演《海瑞上疏》，便联络有兴趣的同学一起直奔天蟾舞台，票子是不是小周弄来的，已记不清了，但他爷爷的精湛表演，“直言天下第一事疏”，演活了海瑞，其形象至今还在我面前晃动。之后，马连良在北京京剧团也编创了《海瑞罢官》，演出也取得成功。令人可叹的是，这一南一北的两位“活海瑞”，在是非颠倒的年代里无端蒙冤，惨遭迫害。

另一次也是在 1961 年。是年 10 月，上海戏曲学校京昆实验剧团建团公演，为当时上海观众热捧，乃至有戏迷深夜排队购票。我以为，在中国戏剧史上，至少在上海戏剧史上，上海戏曲学校京昆实验剧团的成立与此时的上海戏剧学院实验话剧团的诞生，均可留下一页，这对中国京昆、话剧的发展都具有深远的意义。比如后者改为上海市青年话剧团后，培养与涌现出了像焦晃等一批当今著名的话剧艺术家。同样，上海戏曲学校京昆实验剧团，后也改为上海市青年京昆剧团，也培养与涌现出了像李炳淑、杨春霞、孙花满、齐淑芳（京剧）、蔡正仁、华文漪、刘异龙、岳美缇（昆剧）等一批当今著名的京昆艺术家。记得当年建团的开锣大戏是脍炙人口的《杨门女将》，李炳淑演的穆桂英，无论其扮相的雍容华贵，还是唱腔的甜润宽亮，均为精彩，被当时观众称之为“小梅兰芳”。

1964年我大学毕业前后，思想文化战线发生了急遽的变化，自党的八届十中全会提出“千万不要忘记阶级斗争”以后，极“左”思潮愈演愈烈，“大写十三年”的昭示，给京剧的创作与演出以深刻的影响。1964年6月5日至7月31日在北京举行了第一届全国京剧现代戏观摩演出大会，之后这次会演的成果被江青据为己有，开始了现代京戏“样板化”的历程。事实证明，“样板戏”的前身是60年代初现代戏热潮中显现出来的优秀剧目，我曾经目睹这一初始化进程中的点滴，比如《红灯记》与《沙家浜》，最初都是沪剧。我曾看过上海爱华沪剧团王盘声等演出的同名沪剧，也曾看过上海市人民沪剧团丁是娥等演出的沪剧《芦荡火种》，后被中国京剧院和北京京剧团分别改编成现代京剧，后者正式易名为《沙家浜》，上演后一炮打响，成为当时京剧艺术界的双璧。中国京剧院钱浩梁、刘长瑜、高玉倩、袁世海等来上海演出《红灯记》，北京京剧团赵燕侠、谭元寿、马长礼等来沪上演出《沙家浜》，我与广大观众一起为之鼓掌，时为1965年。与此同时，也看了上海京剧院的《智取威虎山》，从存留的演出说明书看，童祥苓当时演的是少剑波，而不是成为“样板戏”版的杨子荣。现在的年轻人对“文革”时的八个样板戏，或许遗忘了，更无切身的体验，在此稍作补白。上列三剧再加上《奇袭白虎团》《海港》共5个京剧，另有两个芭蕾舞剧《红色娘子军》《白毛女》和交响乐《沙家浜》共8个，后又增添《龙江颂》《杜鹃山》等京剧，被世人泛称为“八个样板戏”，这让全国人民一起看了整整十年。那时候谁不会哼几句“提篮小卖，拾煤渣”或“我家的表叔数不清”，即为落伍；在晚会上，谁拉开嗓门学唱童祥苓版的“今日痛饮庆功酒，壮志未酬誓不休，来日方长显身手，甘洒热血写春秋”，那才叫“革命才艺”呢！

历史翻开了新的一页，迎来了春风骀荡的好时代，也迎来了文艺的春天。以京剧而言，传统戏恢复和整理演出成为主体，兼容现代戏。事实表明，传统京剧与现代京剧是完全可以在传承与创新的基础上兼容共存的。新时期以来，我看京戏的爱好不仅延续且更加拓展了。比如有时到北京开会，一有机会就自个儿（同道大多不喜欢）找京戏看，欣赏到了中国当代一些京剧艺术家的表演，说不准还曾碰见梅葆玖呢。又比如，我到台湾做“客座教授”或短期讲学，也会找机会看京戏，我曾看过享誉宝岛内外的国光京剧团演出的新编历史剧《胡雪岩》。说到新编历史剧，上海京剧院的《曹操与杨修》与《贞观纪事》均可称为上乘之作，尤其是尚长荣、关栋天等的出色表演，更给观众留下很深的印象。其实，有时候有没有好的“角儿”，是吸引观众的前提，京戏是这样，地方戏曲也一样。

这种拓展，不只是地域意义上，还包括我把这种爱好影响与传授给年轻人，尤其是我的学生们。这里最值得记的是十多年前，即2005年秋季学期，我为研究生开设《世界上古中古专题研究》

一课，曾组织选课者集体观看上海京剧院演出的《王子复仇记》，以作为课程上“东西方古代文化之异同”的讨论话题。选课者大多是生平第一次看京戏，当开场锣鼓声一响，大幕拉开，看到京戏的唱念做打，那服饰、道具、布景等的虚拟性、程式化，尤其是一批青年演员，中规中矩，充满了朝气，演出是成功的，场内不时传来喝彩声，我的学生们也为之点赞。京剧《王子复仇记》对这些学生而言，既感到陌生而又不陌生，说它陌生，那是在剧场内首次近距离看京戏，充满了好奇；说它不陌生，京剧《王子复仇记》是以京剧艺术表现形式演绎了一个为他们所熟知的莎士比亚著名悲剧《哈姆雷特》改编而成的“中国故事”，或可谓“洋为中用”。故事发生在远古时代的赤诚国，国王雍伯猝死，他的兄弟迎娶王后姜戎，登上了王位。王子子丹从自己父亲鬼魂那里得知叔父杀兄夺位，骗娶母后的真相，他的理想破灭，人间的罪恶和对生命的思考将他陷入深深的迷惘之中……在剧目说明书上，制作人以黑体字道明了创作者志存高远的旨趣：“将莎士比亚的名作改编为京剧，是一次东西方戏剧的交汇，也是一次文化的对话。《王子复仇记》是一次纯京剧化的尝试，在舞台呈现上严格遵守京剧写意和虚拟的美学原则，致力于对京剧表现法则的深入开掘，以强有力的程式化表演塑造人物，追求简约、空灵、写意的艺术风格。”学生们在课堂讨论时畅所欲言，各抒己见，也有不同意见的争论，但对该剧的创新尝试都持肯定意见。我想，假以时日，他们看的京戏多了，也许会喜欢上京剧，有的甚至成为“戏迷”，像我一样，成为终身的爱好。这当然需要一个过程，正如王元化先生在《谈样板戏及其他》一文中所言："要接受并欣赏一种艺术，需要相当长的一个过程，那就是需要逐渐地去适应，去习惯，去理解，这样才能培养起对它的兴趣，引发起对它的爱好，接受并欣赏京戏，尤其需要这样一种过程。"以我自己的个人经历，确是这样。近日，央视继《中国诗词大会》热播之后，又推出《中国戏曲大会》，旨在传播戏曲知识，传承中华文明，这个文化类节目同样受到了国人的普遍欢迎。参赛选手多是的年轻人，一位选手坦言："我喜欢京剧，只要进了这个门，一辈子就出不去了。"我以为，《中国戏曲大会》也可以助益和培养他们对戏曲的爱好乃至成为"戏迷"。

随着年岁的增长，我现在已不大有兴趣去剧场看京戏了，除非有好的"角儿"，如我喜欢的程派传人张火丁、余派老生王佩瑜、梅派青衣史依弘等名角儿登台，遑论尚、关，我会设法去剧场观看，但这样的机会也越来越少了。电视上的戏曲频道，尤其是京戏，我还是爱看的，特别是每逢节日，电视上常有京剧晚会，那更是喜欢了。说实话，一辈子爱看京戏，但还只是"看"，而没有达到"票友"的水平，还始终处在"外行看热闹"的阶段，这于我而言，虽很羞愧，但也很满足了，不是吗？听着西皮二黄的声韵，不管生旦净丑，文武昆乱，循着它的前进步伐，做一个地地道道的京戏迷，为传承与弘扬国粹喝彩，更为中国戏曲灿烂的明天叫好，不就是戏迷的一种幸福吗？

（原载《解放日报·朝花》2017 年 9 月 28 日）

踏雪赴考

冬天来了，随之一年一度全国性的研究生考试和上海市高校自主招生春考等也相继来临了。我说不清经历了多少回考试，有重大的几次入学考试，如 1953 年小学升初中的上海统考，1959 年中学进大学的全国统考，虽于我都是命运的抉择，但已然淡忘了。然 1964 年冬天的那次考研，却给我留下了刻骨铭心的记忆，50 多年前那难忘的场景，总是难以忘却。

考试前夜，朔风呼号，大雪纷飞，睡在床上，在朦胧中，我做了一个梦，梦见在遥远的年代，“天之骄子”坦塔罗斯（古

作者于复旦读研时期留影（1964）

希腊神话中主神宙斯之子),因骄傲自大,侮辱众神,被打入地狱,永远受着痛苦的折磨。他被困在一池深水中，又饥又渴，然而他低头喝水，水即流走；在他身后，树上结满了果子，然等到他要伸手摘果子，随即大风起，迅即把树枝吹向空中。蓦然间，巨澜汹涌，猛烈地向我冲来……醒了，我直冒冷汗，原来是一个梦。第二天起来，给室友诉说这梦中的情景，有同学说好兆头啊，考取不成问题，将来还会有大成就。这分明是恭维话，但我知，梦境总与现实相悖的，但愿如此吧!

翌日，大年初五，是我国农历新年迎财神爷的日子。是时，雪停风缓，天也放晴了，在熹微的晨光中，一眼望去，偌大的复旦校园，白茫茫一片，竟是一派北国风光。在凛冽的寒冬的早晨，步履急促的一群年轻人，踏着三四寸厚的白雪，向考场前行，身后留下了一串又一串的足印……考场设在登辉堂（即现在的相辉堂)，这是上海市唯一的一个考点。原定上午 8 时开考，我们复旦的考生早就到了，但由于大雪，道路不畅，外校的考生有的还未赶到。我们站在登辉堂前的大草坪上等候，原地小跑步暖身，半是焦虑，半是彷徨，但心底却埋藏着我们的期盼与希望。喇叭里广播告知，经请示北京教育部同意，延迟半小时开考。时间一到，我们步入堂内各就各位。当时的登辉堂用的是木质长凳子，东西向有四条过道通向舞台，每只凳子有 4 个座位，后面有翻板，撑起来是个小台子，每个考生占两个座位，答卷时很宽敞。考前，我们都显得十分紧张，广播里不时地播放着考试规则。总监考是苏步青先生，他站在舞台上走来走去，甚是威严，过道里还配备多个监考老师，考场气氛显得紧张凝重。

那时的登辉堂，虽是学校政治、文化的中心，但设备却十分简陋，没有装置暖气，考场温度比外面高不了多少，开考后虽生起几盆炭火，散落在四周，还是无济于事。但考生们答题都来不及，哪还顾得上堂内不暖，堂外严寒啊。我的位置在登辉堂西头，快接近西门出口处了，从这里望去，黑压压的一片，真是壮观啊。放眼全国，我想这情景也会出现在未名湖畔的大厅里，或在清华园的礼堂中。

当时考研有三门统考课——政治、外语和语文，两门专业课。开考第一门为外语，有英语、俄语两种选择，外语考试历来都被考生视为能否录取的一道坎，还真有考生自知考砸了，之后几门课就不来考了，位子空着。我英语基础还行，备考时花的时间又多，所以答题还算顺利。这里补写一个插曲，说来好笑，外语考试时间为三小时，记得中途，我举手要求去方便一下，征得监考老师的同意，从北门顺阶而下，急匆匆地上厕所，那位监考老师一直紧跟着我，不过总是笑嘻嘻的，足见考场之严格，但又很人性化，包括上文所说的考场四周的几盆炭火，偶而抬头望见那熊熊燃烧的火苗，顿时心里就觉得暖洋洋的。

政治课考试，三题选两题作答，我一看试题就乐了，考文科的考生们也许都会觉得高兴，因为考前，我们猜测周扬的《哲学社会科学工作者的战斗任务》可能会考的。1963 年 10 月 26 日，周扬以中宣部副部长之头衔，在中国科学院哲学社会科学学部委员会第四次扩大会议上作了报告，随即在全国各大报纸上都刊登了，是年底人民出版社还出版了单行本发行全国。考前，我熟读过这个报告，有的部分还能背出来，因而答题时可谓是得心应手。我记得报告中周扬在论及要防止和反对思想僵化时引用过马克思的一段名言：“你们并不要求玫瑰花和紫罗兰散发出同样的芳香，但你们为什么却要求世界上最丰富的东西——精神只能有一种存在形式呢？”（《马克思恩格斯全集》第一卷，1956年版）我特别喜欢马克思的这段话，因为他的比喻令人难忘，其喻意之深刻，让我佩服得五体投地。这段名言我当然背得出来，因此在答题中也全文照录，就写在纸上了。顺便说一下，为写这篇小文，我又从书架上找到了这本小册子，在书的折角处一下子看到了当年画红线的马克思名句，往事历历在目，犹如昨日，回忆起来，还是有抑制不住的兴奋。另一题，我选择题为“为什么说‘具体事物作具体分析是马克思主义的灵魂’”。在准备政治课时，我认真学习过毛泽东的《实践论》《矛盾论》，见到这题目也暗自高兴。我依据《实践论》中的思想，很顺畅地阐发了这道题的旨趣，想来不会失误。

第一天考下来，感觉很疲惫，但精神还是很振奋。是晚，我便早早地入睡了，因次日还要考试，用当时的话来说，还要“继续战斗”。第二天，大雪过后，天空湛蓝，阳光照射，空气清新，“南京路”（复旦师生称今日的光华大道为“南京路”）上的积雪已被铲光扫除，路很畅达，我们又向登辉堂走去。一路上考生们或三五结伴，谈笑风生，或踽踽独行，思维入神……临到语文课考试，事前不知道要考什么，打开卷子一看，是命题作文，两题择一，一题是“科学工作者必须重视语文修养”，另一题是“展望我国的科学，可结合报考专业来写”。就现在的眼光来看，当时的主政者与命题者都是颇有眼光的，它启示我们各科考生都要重视语文修养，需要在文章上一试高下；这两个题目之所以出得好，还在于文理工医农的考生都涵盖了，都有话好说。我略一思忖，觉得题二的发挥空间大，于是结合当时我报考的专业，尽情抒发个人有志于中国的西方史学史研究，展示这门科学的未来前景。因为有真情，下笔如有神，语文课考试难不倒我。当时写些什么全忘了，但记得写好后，还留下不少时间，我又反复地读，修饰润色，等候铃响，一起交卷。写到这里，真有点让我感慨万分。与我一起参加考试的黄霖君（现为复旦大学中文系资深教授）在一篇回忆他的导师朱东润先生的文章中说过一番话：“现在考研究生，早就不考什么语文了，当下的大学生，不要说理工科的学生不讲语文修养，就是我们中文系学生的语文修养如何，也要打上问号的。在堂堂复旦举行中国语文比赛时，竟出现了中国学生输给外国学生的怪事，学生对中国语文修养的漠视，已经到了何等严重的地步，真令人匪夷所思，惊诧不已！”黄霖兄之言，正中时下之弊，切中肯綮也。

接下的两门专业考试，题目出得都很大路，比较容易过关。耿淡如师出的外国史学史考题，记得好像有关于近代西方史学流派的，在回答时，我以兰克学派为例，奋笔疾书，写得蛮多的。怪不得后来耿老对我说：“你对兰克学派的答题很好。”想来在阅卷这一部分时，我的作答给老先生留下了一点印象，让他记住了。耿先生的这话，让我一直记在心里，难以忘怀。

最后一门考试结束，步出登辉堂，忽又想起那个“天之骄子”的古希腊神话故事，我一路走一路想，也许现实真与梦境相反，我志在为中国的西方史学史研究作出贡献的愿望也许可以实现……夜未阑，风乍起，毕竟是冬天啊，大家都裹紧棉衣，系上围巾，顷刻我对一旁的同学随口说了英国诗人雪莱的《西风颂》末句:“If winter comes,can spring be far behind?”（中译:“如果冬天来了，春天还会远吗？”）他回应比我更响亮：“If winter comes，can spring be far behind?”是的，冬天来了，春天还会远吗？望前程璀璨，路会越来越宽广，在我们面前呈现的是春暖花开，春暖花开！

尾声：是年夏日，我接到通知，复旦大学历史学系录取我为外国史学史专业方向的研究生，导师为耿淡如先生，这证实了梦境与现实的确是相悖的。这次“统考”，是新中国成立后第一次正规的研究生招生考试，最后在全国招了一千多人，复旦大学招了不到70人，中文系招了15名，历史系招了7名，都算是招生比较多的系科了。联想到当今的“考研热”，我国研究生人数已飙升至世界前列，抚今思昔，真让人有隔世之感了。

（原载《解放日报·朝花》2018年1月25日）

润德坊纪事

初夏，夕阳西下，我行走在四川北路末端，在2330弄（现为东江湾路240弄）润德坊前驻足，那熟悉的弄堂口，立刻让我想起30多年前，一位穿着半旧灰色马夹、头发花白、佝偻而行的老太太。我晨练早起总是会遇见她，手上拿着点心，操一口纯正的京腔，朝我打招呼，道一声那时还不时兴的“张先生早！”我忙回话：“老太太早！”看见她手上油条又问：“吃得动？”“蘸着豆浆吃的。”她说，“上海的油条比北京的油饼好吃，吃得也爽。”后来我才知道，这位住在1号的老人竟是段祺瑞的女儿。段家与袁世凯家是儿女亲家，以前光知道从书本上了解北洋军阀，殊不知他们的后代就站在我面前。

我是参加工作后，在虹口润德坊安家的，从风暴初起至改革开放初，这一住就是18年。润德坊建于1924年，比我出生还早15年啊，是沪上很典型的石库门里弄。坊很小，只有20个门牌号，按当时设计是一门一户的，但如今在1号中却住了两家或更多，我们住的7号，就住了四家，很是逼仄拥挤，尤其是每天清晨吆喝的“倒马桶”声，很是恼人。但在当时，我们有了这个家，就一切都好，一切都不在话下了。

作为忝列的“文化人”，我还是蛮感恩四川北路润德坊的，不是吗？沿路南向，依次是：漫步多伦路名人文化街（1998年设置，我住虹口时还未设立），在山阴路口的新华书店购书，在四川北路邮电支局寄文稿，在永安电影院看电影，在红星书场（现已消失）听评弹，在群众剧场看京剧，在四川北路旧书店淘书，在蝶花照相馆照相。至海宁路，就到了一个剧场的群落了，在那儿有国际电影院、胜利电影院、解放剧场和虹口大戏院（现已消失）。无论是看电影、看话剧，还是看地方戏曲，任你选，四家之间的距离不过百步之遥。接近四川北路桥堍，另有一家新华书店，那是当年商务印书馆的虹口分店，陈云同志在1925年至1927年曾在这里工作过。书店的斜对面是邮政大楼和邮电工人俱乐部，在那里复旦话别团演出过话剧《红岩》。一路走来，如同一串珍珠，洒落在四川北路上，也点亮了我们的心灵。

住在润德坊的日子里，与我们关系最紧密的要数虹口公园（1988年易名为鲁迅公园）了。当时公园要买门票的，我与儿子各买了一张公园月票（每张五角钱），出入非常方便。家距公园近在咫尺，每天一早的恼人声成了天然闹钟，此时我就唤醒儿子一起到虹口公园跑步，每每跑到鲁迅像前，总会说些少年鲁迅的故事，说他与闰土的友情，说他看社戏。晨练归来，有时孩子表现好，兴致来了，父子俩会多走几步路，到山阴路口的那家清真饮食店（现为伊斯兰餐厅）吃牛肉面，我看着他吃，巴望能留下点汤汁什么的，可儿子总是吃个碗朝天。再要么就去斜对面的四新点心店（现为四新食苑）吃汤团，甜咸各两，儿子吃得津津有味，连说“好吃，爸明天我还要来吃”。今年4月，儿子从美国归来探亲，还说起幼时的跑步、儿时的美食。不过，这样的消费也实在难得，大多数时间还是从原路返回，李白烈士故居（现为黄渡路 107 弄 15 号）是必经之地，就给儿子说李白长期从事中共地下电台工作，后被捕惨遭杀害的故事，所以他从小就知道由孙道临主演的国产影片《永不消逝的电波》之原型在我们这里。

夜已阑，街灯亮，也打断了我的回忆。于是我便步入弄内去寻找老宅的踪影，敲了 7 号的门，内无回应，又敲了两旁的门，也无动静。我还记得 10 号是老闵的家，敲门即开，老闵夫妇正在吃饭，马上中辍，热情地接待我，因都是“复旦人”吧。老闵告诉我，坊内有的人家搬走了，有的故去了。看着眼前白发苍苍的老闵，真是岁月不饶人啊。润德坊的面貌也随着时代的发展而更新，如今，家家都用上了抽水马桶，还连带装上了淋浴房……老闵老两口一直送我到坊外，我深情地朝弄堂口顶端的“A. D. 1924 润德坊”几个字一瞥，在路灯的照耀下，显得格外醒目。

（原载《新民晚报·夜光杯》2017 年 6 月 6 日）

己亥，己亥，人生仿若初见

浮云掠过一甲子，历史长河一瞬间。静坐听雨忆往事，最是难忘己亥年。

己亥初秋，阳光仍很灼热，复旦邯郸校区正校门前人群川流不息，往上一看，校门上方的标牌上写着“热烈欢迎来自世界各地的新同学”，鲜艳夺目。步入校园，只见望道路上人头攒动，校园内树木葱葱，芳草萋萋，显示出一派青春的活力。

啊，又一新学年开始了，正逢新中国七十华诞之际，热闹

作者大学时代留影

非凡，喜气洋洋，这情景让我立刻在脑海中浮现出 60 年前的情景：1959 年，也是一个己亥之秋，那是一个美好的季节，正当举国上下欢庆新中国成立十周年之时，我随来自全国各地的新同学们一起来复旦报到，用当时伟人的话来说："我们都是来自五湖四海，为了一个共同的革命目标，走到一起来了。"就此，我们历史系 59 级的 96 名同学，开启了人生的新征程，行走在共和国的风雨兼程中，搏击在改革开放的大潮中，寻梦在新时代的砥砺奋进中……

"人生若只如初见，何事秋风悲画扇。"借用纳兰性德的名句，回眸 60 年前"初见"母校时的情景，总是难以忘却。

我们进校时的复旦，正值 20 世纪 50 年代初高校院系调整后的第一次腾飞期，学校随着共和国车轮在飞速前行。那时的校门不大，正对着国权路，校区集中在今四幢楼（校行政办公区）的西边，登辉堂（现相辉堂）、子彬院（数学楼）、佩玲院（校医院）等都在西区，我们进校后，迅速向东边扩展。不过我们入校住的却是新建的三层楼宿舍，房间铺地板，每间有四个木架床，上下铺，中间两张书桌，另有小书架和衣柜，设施齐全，像模像样。开学前的某天下午，我们在房间里，有的在闲聊，有的在收拾物品，忽然有四五个人涌入房间，中间的一位显得慈祥、亲和，满脸笑容地对大家嘘寒问暖，见一位同学没有垫被，当即关照随行老师要为他发一条褥子，临走时又对我们说："明天就要开学上课了，今天你们要好好休息一下。"事后方知，这位到学生宿舍问候的长者便是著名的数学家、副校长苏步青先生。这“初见”给大家留下了难以泯灭的美好印象。

“初见”复旦，一切都新鲜，一切都是那么好。比如食堂，那也是新盖的，伙食特好。后在《红旗》杂志（《求是》前身）任要职的李明三同学来自安徽淮北，他在我们毕业 50 周年回忆“初见”复旦时写道：“复旦的饭不仅吃得饱，而且好吃，且不说刚入学时吃的白米饭、白馒头、油条、豆浆，就连‘三年困难时期’吃红薯干拌饭，对我这个来自穷乡僻壤、一天两顿红薯都吃不上的少年来说，复旦的饭就是人间美味啦！”同样，对像我这样来自沪上工人家庭的子弟来说，也与李明三感同身受啊。

“初见”时的复旦，虽不如现在那样有 33 层的光华楼，更没有“全面开展中国特色顶尖大学建设新征程”的豪言壮语，但在我们心目中，那时的复旦纯真而又朴实，于母校的记忆，随时间而愈加清澈，心中的感恩之情，随时间而愈加浓厚。老同学董诗梅在复旦毕业 50 周年的座谈会上动情地说：“复旦，我们心爱的母校。复旦我们生活成长的地方，是她给了我们智慧，给了我们力量，她是我们人生中最重要的里程碑啊！”诗梅同学的肺腑之言，道出了我们全班每一位同学的心声。

复旦自 1905 年建校至今已 114 年，我就读的历史系，在中国现代高等学校历史系创立的排行榜上名列第二，是继 1919 年首设历史系的北京大学之后，于 1925 年创办的。我们进校时，历史系因院系调整成了“大赢家”，跨上了一个新台阶，顿成东南史学第一重镇，其师资阵营可谓秀冠群伦，在中国史方面有陈守实、周予同、谭其骧、胡厚宣、马长寿、蔡尚思等大家；在世界史方面有周谷城、耿淡如、王造时、陈仁炳、章巽、田汝康等大家；中年教师如程博洪、张荫桐、胡绳武、金冲及、赵人龙等也已脱颖而出。在院系调整的基础上，经过20世纪50年代至60年代初的锐意进取和开拓创新，全系在教学体制、专业建设、人才培养、学术研究等各个方面，无不取得了带有奠基性意义的成就，为后来历史系的发展打下了坚实的基础。1961年初，周扬率高教文史教育评估组对北大、复旦两校文史系科进行调研，认为在史学系科，复旦历史系可居鳌头。

当时我们的学制五年（1959—1964），我们也不是生活在真空里，赶上了“教育革命”的尾巴，但折腾不多，中间又恰遇“三年困难时期”，当时的思想文化战线上，吹来了一股清风，社会大环境宽松了，我们因此而得益，有了一段难得的可以安下心来用功读书的时间。那时系上秉承“通专并举”的教学理念和“博大精深”的学术传统，让我们先集中全力攻读两门“通史”(《中国通史》和《世界通史》)，后全班96人，按志愿分成三个专门方向：中国古代史、中国近代史、亚非拉民族解放运动史（实为世界史），修读各专门课程，各专门方向的学生也可跨界选读，另辅之以相关配套课程。其时，由于“双百方针”的贯彻，校系学术空气非常活跃，那个时候周谷城先生提出了“时代精神汇合论”，引起了学术界的热烈争论。许多知名教授，比如齐思和、吴于廑先生等纷纷来我系作学术报告。记得1961年暑假，我没有回家，在校图书馆开架书库（限室内阅读）专心读书，硬是啃完了希罗多德的《历史》和修昔底德的《伯罗奔尼撒战争史》中译本，它直接影响着我日后的专业取向。现在回想那时在物质生活匮乏的情况下，苦读西方古典史学名著，还真令人回味。

五年勤学，终成硕果，抱着“把青春献给祖国”的宏愿，我们59级的同学们，毕业后无论从教、从研、从政，都施展出了自己的才华，为祖国的繁荣昌盛作出了各自的贡献。比如，分配在北京工作的同学，都肩负重托，多与“外”字号相关，分别进了外交部、中联部、中调部、对外文委、对外友协、中国国际广播电台等国家涉外的重要部门，即使分配到中国社会科学院的世界史所、西亚北非所、拉丁美洲所做学术研究工作，也与“外”相连。为了工作，他们在大学时选读的英语、俄语之外，又学习了西班牙语等语种，有的同学去非洲坦桑尼亚工作，还得学该国的斯瓦希里语。寻梦天涯，不管风雪雨霜，不管前路险障，踏遍千山万水，怀着一颗“报效祖国”的心，总有我们59级同学的足迹。

岁月飞逝，读着时间，己亥，己亥，这是一个多么值得怀念的年份啊！回望历史，此刻我总是想起龚自珍，想起了他的《己亥杂诗》。距今180年前，即1839年，也是农历己亥年，仲春时节，怀着无边的离愁与不舍，龚自珍辞官南行，一路抒怀言志，至是年农历十二月，写下了中国诗史上著名的组诗，共315首，辑集名为《己亥杂诗》。读书时受《中国近代史》任课老师金冲及先生的影响，早就对龚自珍的思想，尤对他的《己亥杂诗》感兴趣了。而今，已是年迈的我，读诗生情，尤读《己亥杂诗之五》多联想，其诗曰:“浩荡离愁白日斜，吟鞭东指即天涯。落红不是无情物，化作春泥更护花。”眼看夕阳西下，落红（即“落花”）并不是无情之物，它化成春泥，还可以“更护花”，为国家和社会尽一点余力，作点贡献。在这里“落花”是诗人在《己亥杂诗》中创设最多和最具美感的一个意象，我们看到，当思想家龚自珍和诗人龚自珍相互渗透时，诗思融通，悲壮合一，已化作一股股清泉，流淌进一片片渴望崇高、追求美好的心田，它已超越时空，历久不息。在那一瞬间，释放出了耀眼的光芒，意境之深远，生命之丰美，引发了世人的强烈共鸣。

由此说开去。天不假年，龚自珍年仅五十就谢世了，但他在近代中国思想史和文学史上，开创了一种不同凡响的“风气”，将会千古流芳。恩格斯曾把意大利诗人但丁称为：“他是中世纪的最后一位诗人，同时又是新时代的最初一位诗人。”于是，我国学界有人曾把龚自珍比喻为“中国的但丁”，此说当可再议。但不管如何，如同但丁一样，他是把中古接力棒在近代曙光出现之前交给近代的第一人，在今天，我们重读他的诗文和史论，依然会感受到思想上的巨大震撼力和艺术上的深刻感染力。它激发了我的思绪，便试作了一首集诗，选诗人的《己亥杂诗》之句来称颂他，取名为《集龚诗·咏怀》：

九州生气恃风雷，百年淬厉电光开。
但开风气不为师，何日重生此霸才。

的确，龚自珍在助中国走出中世纪，称得上是点燃启蒙之火、拉开近代序幕的独一无二、舍我其谁的“霸才”，正如先贤鲍正鹄先生所言：“他给中国近代思想发展的影响已为历史所证实了的，并将被记忆着的。”而且会被永远记忆着的。

己亥，己亥，在历史的星空里，从璀璨的群星中，我找到了龚自珍，恃九州风雷开风气，依然闪耀在历史的长空中。

（原载《解放日报·朝花》2019 年 9 月 26 日）

想起了《萌芽》创刊号

巨鹿路 675 号，是上海作家协会之所在。60 多年前，上海作协前身——中国作家协会上海分会就设在这里。一个甲子的风云变幻，上海作协始终如一的文化责任，一往无前的社会担当，犹如它一直不变的地址。

丙申初冬，一个暖和的下午，我来这里出席“2016 年上海作协发展的新会员座谈会”。会议主持人要求新会员逐一发言，他们的发言个个精彩纷呈。轮到我了，我有备而来，从包里拿出一本旧杂志——60 年前的《萌芽》创刊号。

《萌芽》啊《萌芽》，60 年来的魂牵梦萦，都凝结在这重逢的时刻。在这巨鹿路 675 号《萌芽》的出生地，我的憧憬之梦、真挚之心、智慧之光、奋发之力，不无得意地显现出来，往事如同映电影一样，一幕幕呈现在我眼前……

想起了《萌芽》创刊号，立刻让我忆起年少时的文学梦。我父母都是工人，识字不多，然我的祖父却是个文化人，他开办的私塾，吸引了乡间的众多的孩子。我幼时在祖父那里读书一年余，成天背诵儒家经典，这童子功使我日后从事文史工作终身受益。现在看来，我的文学梦主要还是得益于 1946 年冬来上海求学后的三位语文老师：小学语文老师沈友之先生，他的启蒙教育，使我萌生梦；初中语文老师田楚明先生，她的写作训练使我渐进梦；高中语文老师方麟生先生，他的文学薰陶，使我深入梦。不管怎样，我当时还是一个不谙世事的中小学生，但有一点毋庸置疑，我从小就立下了想当文学家的鸿鹄之志，这助推力来自《萌芽》。

《萌芽》创刊于1956年7月。是时，新生共和国的前进步伐，像飞速转动的车轮一样，带动了各行各业进步发展，随之也掀起了新文化发展的浪潮，于是《萌芽》应运而生。巨鹿路675号是她的诞生地，1956年7月1日是她的生日。《萌芽》是半月刊，一本售价1角5分，1个月要3角，对像我出身寒门的子弟而言，温饱尚且是个问题，因此在当时它还是一笔不小的开支。好在我读书用功，成绩不错，宠爱我的母亲，每月总是偷偷地多给我一些零钱买书刊。记得前些日子疫情肆虐，我宅家看手机，除静观疫情，就是群聊忆旧了。某日，中学微信群里，不知怎么聊起了《萌芽》，我与当时的玩伴、同班的李同学，你来我往，说起了一起去邮局买《萌芽》的往事。

> 夏日很热的一天，我与玩伴从闸北区（现合并为静安区）的象山路出发，走到四川北路桥堍的邮政大楼，买到了新出的《萌芽》，边走边看，那散发出来的油墨芳香，沁我心脾。归途路上，偶听到“棒冰吃哦，棒冰”的吆喝声，小李同学家境好手头宽，随即掏钱买了4分一支的赤豆棒冰，吃将起来，我本想忍着回去喝凉开水，但这气场，逼

得我也买了一支。妙哉！竟然买到了一支“断头”的绿豆棒冰，因为是棒头断掉的，故便宜了一分钱。此时，东南风从江面徐徐吹来，顿感快意。我一边看着一声不响的小李同学，一边看着新买的《萌芽》，心情大好，好像有一道明澈的泉水，流入了一个做着文学梦的少年的心田。

目下，忆起一个甲子前的趣事，我们笑得开怀，最后老李发了个孩子哈哈大笑的表情包终局。接下竟有十几个同学回应，不约而同地发出同一个表情包，此刻，我仿佛听到了群内哈哈哈的大笑声，由疫情带来的不安与焦虑，早已抛到九霄云外了。

想起了《萌芽》创刊号，总让我生出对这份杂志的感激之情。我年少时的文学梦，到了高中时进入“膨胀期”，那时我的作文篇篇皆为范文，为老师称道，被同学诵读，甚是风光。文学体裁的几个主要样式，如小说、诗歌、散文、剧本等，我都尝试过写作，不少习作在校内评比得优，在区里的文艺会演获奖。那时我自以为无所不能，这种初始时的幼稚与狂野，被1959年的高考拦断了。高考通知下达，我最终被复旦大学历史系录取，开启了我与复旦、我与历史系长达60多年难分难舍的情缘。我系具有悠久的历史、深厚的传统，先贤留下了宝贵的史学文化遗产。五年大学本科的史学训练，为我们日后的成长奠下基础。后来，我又成了名师耿淡如先生的研究生，专攻西方史学史，这为新时期我在这一学科中的奋发有为创造了良好的条件。中学时代一本又一本买下的《萌芽》，后随着我多次的迁居，大多失落了。现在能找到的就是珍藏许久的这本创刊号，还有 1958 年 5 月 1 日出版的第 9 期。这两期《萌芽》保存至今各有其因：一是创刊号，弥足珍贵，据说今日网上觅求价一本达千元以上；一是 1958 年我特意保存的这一本，因为封内目录页上，有多位文学前辈的亲笔签名，他们是：以群、王道乾、魏金枝、艾明之、茹志鹃、沙金、唐铁海等十多位。为何在这期《萌芽》上，会有这么多的作家签名云集？我记得好像是因举办纪念五四青年节的文学活动。至于作家们的话语全忘了，这本《萌芽》自然也弥足珍贵了。

尽管如此，我还是要感恩《萌芽》，原因很多，我最想说的一个原因，那就是对文史贯通的感悟。《萌芽》是我的启蒙之师，促进我文史素养的进步。三年前，我把介乎史学论著与文学作品之间的文章辑集成册，书名即为《徜徉在史学与文学之间》，出版后得到了文史两界的好评。进言之，我以为文学家与史学家都生活在同一星空下。一如我国的“史学之父”司马迁，也被人们称作为“文学家”；一如西方的“史学之父”希罗多德，也被人们称作“散文家”。我在十多年前，正是史事研究最繁忙的时候，但还应出版社之邀，以“历史学家的人文情怀”为主题，编纂了一本近现代西方史家散文选，“跨界”涉文，逐一对入选的近现代西方史学大家的散文进行点评，做了一件贯通文史的兴味盎然的工作，取得了成功。抚今思昔，我想也应当为《萌芽》记下一功。

想起了《萌芽》创刊号，一幅挥之不去的“心灵图画”永在我心中。当我重新拿出创刊号，瞧，那嫩黄的封面上，一个孩子正在提壶浇花。多年来，那孩子提壶浇花的意象，一直在我的心头萦绕，并引起了我的无垠联想：

整整90年前，即1930年1月，鲁迅主编了《萌芽》，旨在培养文学的新生力量，以推进左翼文学运动。鲁迅精神在1956年创刊的新《萌芽》得到了发扬，进入新时期的《萌芽》，在文学期刊的百花园中，尤有特色，鲜艳夺目。

当我重新浏览这本创刊号时，巴金在《萌芽》创刊时所说的话难以忘怀："任何美丽的花朵，任何参天的大树都是萌芽长成的。"以昔时《萌芽》编者对文学新人的培养，足可佐证巴老之言。比如，陆文夫的《小巷深处》（1956年第10期），编辑部的推荐词说："陆文夫同志用优美的笔触，给读者描绘出一个被侮辱与被损害的女性的形象。"这篇在《萌芽》发表的短篇小说，得到了广大读者的喜爱，也是后来成为大作家陆文夫的成名作。又如编辑部厚爱徐州贾汪煤矿青年矿工孙友田的诗。孙友田后又经诗人芦芒的开导，迅速由"萌芽"而成长。在新时期，他成了江苏作协中诗人的中坚。回想起来，他的处女作《地下的炮声》里的"我们把地下的大山战胜，从岩石的嘴里，掏出了幸福、光明"，至今还在我耳畔回响。

黄永玉先生为《萌芽》创刊号创作的《我们的幼芽》，形神兼备，画尽意在，给我留下了难忘的印象，成了万千读者文学梦的一种精神寄托和梦想。近年来，我一直在读永玉先生在《收获》上连载的《无愁河的浪荡汉子》，他从85岁写到现在，已十余年了。我不知道，这《无愁河的浪荡汉子》的连载何时结束，无论怎样，我与广大读者见证了这持续十余年之久的"现场写作"、一个他所描述的"低音世界"（作家周毅在《这无畏的行旅》

一文中语），一道别开生面的文学风景线。

写到这里，我又联想到了文学大家王蒙先生，记起了最近读过他的新作短篇小说《地中海幻想曲·美丽的帽子篇》(《上海文学》2019年第1期)，说的是：

> 40岁的隋意如，至今仍单身，她为自己庆寿，出门去旅游，登上了地中海幻想曲号邮轮，在阳台上观景，一阵海风把她放在阳台小桌上那顶心爱的美丽的帽子吹飞了。她心想：这帽子会不会飘到她所一直等待的那个男生那里呢？她发誓此生要把自己喜欢的帽子找回来。于是，她感觉到爱与寻找的甜蜜了。

短短2000字不到的小说，读后我却被深深地感动了，莫名的，心中也生出些许青春的况味，从而悟出作家的笔意与深情，这不正合他19岁时写的《青春万岁》时的青春旋律吗？王蒙不老，黄永玉也不老，青春万岁！是的，在我看来，这顶“美丽的帽子”也已幻化为一种意象，激励人们寻找自己心中的那顶“美丽的帽子”。犹如《萌芽》创刊号的“孩子提壶浇花”的意象一样，难以泯灭，成了众人的“心灵图画”，饱生命之绚烂，含心灵之玉润，各具独特的时代印记，在历史的行道上引发出经久不息的回声，这不正是文学的魅力吗？

（写于2019年秋日）

人可老去，但笔常青

书房的南窗台上，摆放着一束绢花，花的两侧各有一只笔筒。左侧为竹制，那是年少时劳作课的习艺品，有些年头了，一直保存着；右侧为木制，沉甸甸的，那是复旦百年校庆时学校的礼品。

我坐在写字台前，写作余暇，常常对着眼前这两个笔筒发呆，又不时拨弄插满笔筒的一支支各式各样的笔。一支支笔，顿时幻化成一幕幕场景，犹如昨日，留存在我的记忆里。露出笔筒最醒目的是两支毛笔。1995 年的上半年，我与我的老师、时任复旦大学副校长的庄锡昌先生，应江西师范大学之邀赴该校讲学并进行学术交流。讲学余暇，校方陪同我俩游南昌赣江畔的滕王阁，得以重温初唐四杰之一王勃的《滕王阁序》之意蕴。在游地浏览，我驻足在路旁的笔砚摊前，挑了两支当地桂花笔庄的白云毛笔（羊毫狼毫合成）。正掏钱付款，被抢先一步的江西师大的程德林老师为我付了，争执再三，他说："就算是我送你的礼品，留个纪念吧。"这个"纪念品"，虽寒舍历经搬迁，却一直插在笔筒里，我每每看到它，就想起这件温暖的小事，自此我与德林保持着联系，因笔结友，结情，结缘，老友常在念中。

回家后，妻子见到这两支笔，摩挲良久，欣赏不已，于是磨墨挥毫一试，连说好写。她用的是小楷白云笔，书写了《滕王阁序》之末的诗句：“闲云潭影日悠悠，物换星移几度秋。阁中帝子今何在？槛外长江空自流！”吾妻是我大学同学，出身书香门第，自小从母学刺绣，遵父训，临帖练字，打下了一点楷书基础，此番重秀工笔小楷，灵巧雅致，她虽容颜渐衰，但字仍美。我观之再三，叹曰：“宝刀不老！”这还得归功于这两支笔，它与我结下的友朋之谊，已连绵与转化为伉俪之情了。

在这两只笔筒中，插得最多的是圆珠笔，笔型各异，琳琅满目，来路亦不一，有友人或学生在境外访学归来时送的，也有在全国各地参加学术会议时主办方的赠品。

这支绛红的，上写“Princeton”，是学生留学美国普林斯顿大学时赠我的纪念品。

这支黑色的，上写“香港中文大学”，是学生在该校求学时赠我的纪念品。

这支蓝色的，上写“士林中正”，它立刻让我想起曾在东吴大学做客座教授时，朋友请我吃饭的情景。东吴大学与闻名遐迩的台北士林夜市近在咫尺。

这支是兰州大学的，我用它写下了《敦煌：传唱千年的诗》。

这支是四川大学的，我用它写下了《杜甫草堂里的童声》《我在浣花溪畔遥望杜甫》。

这支是河南师范大学的，我用它写下了《牧野之光》。

这支是淮北师范大学的，我用它写下了《相城的美，“煤都”

的丽》。

……

这一支支笔，于我是一个个温馨的记忆，让我思念起生活在那里的人，那里的物，那里的一草一木，虽然短暂，但那是一段多么美好的人生回忆啊！

在友人赠我的圆珠笔礼品中，韩国友人的四彩笔，别具一格，令人难忘。其缘由是：20 世纪 90 年代后期至 21 世纪初期，复旦韩国研究中心与韩国长老会大学合作，聚焦中韩基督教文化的学术研究，商定轮流在两校召开学术研讨会，我应邀参加了历次中韩学界的此类颇具特色的学术盛会，也因此去了两次首尔，留下了中韩学界浓浓的学术情缘，也留下了多支四彩圆珠笔。

这四彩圆珠笔有红黑蓝绿四色，我平时不用，在改稿时才用这“四彩”勾划，一目了然。但我发觉它还有一用，就是充作儿童玩具。某日，在苏州工作的吾生携子罗一来访。罗一是一年级的小学生，聪颖异常，他来后在我家四处翻动，寻找玩具无果。后来，他终于发现我放在写字台上的四彩笔，于是就不断地拨弄弹簧键，在红与黑的变幻中画人，在蓝与绿的交替中画物，他找到了乐趣。此刻我想，让这个小赤佬（沪语，即小孩子）不断要弄，不要等几分钟，这支笔也就散架完了。于是，我便拿出一张打印纸，叫他用四彩对应高铁、大厦、汽车、行人，组成一幅画。孩子他妈说：“罗一正在课余绘画班学习，看来不会难倒他，但对应恰当，这要看他了。”只见罗一胸有成竹，他先画了一列火车，远远地开来，用绿色的（火车以前不是别称“绿皮车”吗？）;马路两旁的高楼林立，用蓝色的,（不是有“蓝屋”的招牌吗？）;近处的汽车奔驰而来,用黑色的（恰当）；路边的一个大人正迎面走来，用红色的。我看了之后问：“为什么画人用红色的？”罗一指指身边的妈妈，诡异地说:“喏,她不是红色的吗？”噢，原来就近取材，吾生今天倒是穿了一件红色的外套。罗一画完了，嚷着要爷爷打分，我拿起四彩笔，用红色慷慨地打了个 100 分,孩子高兴了,吾生也乐了。就这样,我应付了不少友人带来的孩子，在四彩笔的炫耀中，满足小朋友的好奇心，让他们用这种笔在涂涂画画中安静玩耍，闪现出自己的才华，也让大人有足够的说话时间。

四彩纷呈，如今各种型号的圆珠笔风靡天下，不过，在笔的谱系中，它还是“小字辈”。1884 年，自美国人沃特曼发明了钢笔，逐渐取代了中国的毛笔和西方的羽毛笔，通行天下百年之久。继之，圆珠笔后来居上，在笔的王国里称雄，钢笔却被冷落了，不是吗？检索我这两个笔筒，只找到一支钢笔，我拿起这支笔，抹去了岁月积下的尘埃，情不自禁地想起了半个世纪前一段刻骨铭心的笔缘，好像回放的电影一样，还是那么清晰。1965 年，那是一个被称之为“莺歌燕舞”的时代。元旦后，我与妻子（时为女友）初次到苏州去拜见岳父岳母。时值农历春节前夕，姑苏城内年味日浓，观前街上顾客熙攘。曾记得我们一边逛街，一边品尝姑苏美食，岳父大人买了一包陆稿荐的酱汁肉，他从中拿了一块，往我嘴上一塞，那块肉肥腴鲜甜，入口即化，我连说："好吃，好吃！"回沪时，他又悄悄地把自己心爱的一支笔，一支闻名笔界且价格昂贵的派克金笔送给了我。回沪后，从苏州带回来的美食很快地就吃完了，但他送给我的这支笔，却一直伴随着我，因笔而成媒，这支笔竟成了我的"半个媒人"，成就了一段美好的姻缘，这是我毕生最难以忘怀的记忆。

14 年后，我又重见岳父夷白先生。14 年了，他还是老样子：宽阔的前额，深邃的眼神，戴着眼镜凝视着我，但却说不出一句话，因为我看到的是他的遗像。我叫了声"爸，我来看你了"，眼泪夺眶而出，一旁的妻已是泪雨纷飞。1979 年早春二月时，在苏州市图书馆为夷白先生平反昭雪的追悼会上，我念悼文："父亲，14 年前你送我一支笔，嘱我写佳文；14 年后，我用这支笔为你写祭文。这喜悲叫我如何弥合，这哀伤叫我如何忍受？此刻，我不知从何写起，也不知要写些什么。我记得，那些同吃一锅饭美好而短暂的日子，记得你亲自去观前街买来的陆稿荐酱汁肉，到现在我心里还留有余香……"念到这里，妻子早已泣不成声，妻子的悲情牵引其兄妹的一片哭声，这哭声引发了全场的悲鸣……

回望过往，蔡夷白先生是 20 世纪 40 年代的文学名家，其杂文写作计有千篇以上，散见于当时上海的各报刊上，辑集出版有《夷白杂文》传世。1949 年后，他从上海移居苏州，在文博单位工作，忙于实事，辍笔息文，蛰伏 40 多年，也被遗忘了 40 多年。自 20 世纪 90 年代起，他被学界"重新发现"，被我国当代文学评论界视为与冯雪峰、夏衍、平襟亚等齐名的杂文名家。遗憾的是，我不谙现当代文学的潮起潮落，我没有用他给我的笔为夷白先生正名，为此羞愧不已。唯一可以告慰岳父大人的是，我在拜读《夷白杂文》中受教，用这支笔煮字烹文，徜徉在文史之间，忝列于学林之列。

鄙人乃一介书生，命运注定我一辈子要与笔结缘。不管是毛笔，还是钢笔，不管是四彩笔，还是墨水笔，都伴随着我，成了我人生形影不离的生命共同体。我虽老去，但笔常青，笔缘所蕴含的亲情、友情、师生情，乃人间真情，久久不散，万古永存。我要感恩笔，它为我生命换来了一丝绚丽，一份荣光，就像农夫手中的镰刀，工人手中的锤头，用它们来创造世界。而学人用手中的笔，去寻找人类的精神家园和心灵秘境，为创造世界出力。当下，我也要用我的笔讴歌新时代，为谱写社会主义史诗的新篇章，做出自己的贡献。

（原载《解放日报·朝花》2020 年 1 月 19 日）

书馨的“青春”

我居住的小区不大，只有四幢高楼，每幢每层住着两户或四户人家，聚合在一起，取名为“复旦书馨公寓”，这与吾校历年来以序数命名的宿舍名相比，要优雅得多了。我不知道这优雅的名称是哪位起的，但点览这里居民的成分，这雅名当是实至名归。跨过小区门，没走几步，就可见在一棵松树下立有一块石碑，刻有“复旦书馨公寓”几个字，仔细一看，原来是著名经济学家于光远先生题签的。落款是壬午年，即公元 2002 年，由此大体可以断定起这个名是筹建时的一位高人。那是谁？待考。

小区所在是一条小路，名为国权后路。这条小路很短，目测有三五百米吧，但却深受读书人所爱，因为它幽静，至今还没有公交车辆行驶。据说十多年前，这条小路要开通公交车道并设站，遭到了住在这儿的复旦人的异议。理由只有一条，说这里读书人聚居，需要一个安静的环境，有关部门倾听民意，故至今这条马路是不走公交车的。此举虽为小区居民带来不便，但大家也心甘。

国权后路开通伊始，默默无闻，记得十六年前我刚入住到这里，每每从外面打车回家，司机听到“国权后路”，总是一脸茫然，要我花费口舌解释并引导，这之后国权后路因复旦而日渐出名。令人吃惊的是，很短的小路，却陆续开了三家书店，是“书店”与“书馨”相映呢,还是“书馨”为“书店”成辉呢，我说不清楚。但有一点可以肯定，除古月书店外，其余两家的店址，皆是书馨公寓5号楼与6号楼的底层街沿房，与书馨是一家人。

在这里，我得插叙一个与此息息相关的故事，与大家分享。2008年仲春时节，台湾东吴大学刘淑敏君来复旦访学，她专攻明代江南市镇研究，我陪她去三家书店淘书。先去的是小区左侧的“古月书店”，店主姓胡，是位大学毕业生。淑敏爱书且是淘书行家，在这里，她一眼就看准了书店内藏的20世纪30年代的旧平装书，如《万有文库》《丛书集成》等，不时与店主沟通与问话，屡有收获。继而去了紧靠小区右侧的“博师书店”，淑敏从逼仄店堂的书堆中，寻找到了对她有用的商务、中华书局等出版社的书，连同“古月书店”买的，竟有一大纸箱，由该店打包代邮寄到台湾。最后移步百余，就到路首东端的“若饮书吧”，店主是复旦法学院毕业的高材生小沈。我们踏进店门，妙哉！淑敏立马发现小店与台大附近的雅舍书店相仿，居然还兼营自制蛋糕和咖啡。她的确饿了，这散发着扑鼻而来香味的一客美食被她“照单全收”了，小沈连忙加了点咖啡，淑敏连声道谢并说好吃。待走出店门，淑敏高兴地对我说：“张老师，这三家书店虽小，但各有特色，我下次还要来这里淘金。”人生之乐，莫此为甚也。

当然，与书馨联贯相映成辉的是居住在这里的学人。书馨最初之筹建，原本是校方为复旦教职员工提供的住房，最初入住的是清一色的复旦人，后来也来了不少外来户。他们中最显眼的是引进人才，寓中 1 号楼就专为引进海内外人才而备。在这墨色相伴下，进进出出的是许多读书人的身影，倘若你稍不留神，或许与资深教授或长江学者擦肩而过。这里居民的结构当对应于复旦大学的综合性，藏龙卧虎，住着各个学科的专业人才，恕我孤陋寡闻，对此我不甚了解。但于历史学专业，就我个人所接触到的，精英们从四面八方扎堆地走来，不啻可以拼接成当代一张中国历史学研究的学术版图。瞧，也许昨天在电梯里遇见的人，就是研究中国史，特别是研究中国思想文化史的大家葛兆光教授，从中国宗教到中国思想史，直至从周边看中国的研究，成果卓著，影响重大，他就住在与我同一幢楼的三层。也许今天在过道里见到的学人不是研究中国思想史的，而是专门研究世界史，如欧美史的名家李剑鸣教授、向荣教授，他们也住在这幢楼里，我从这两位同事的著作中获得过许多教益。也许明天早晨或黄昏会遇到一位老人，常在小区南侧弹硌路上行走，锻炼身体。

这里我要重点说一说这位年过八旬的长者，他就是国内古文字学、出土文献学的顶级学者裘锡圭先生。我与他的关系可谓是既近又远。说近，因为我与他都求学复旦历史系，他 1956 年毕业，我比他晚 8 年，是我们的老师辈，他的同班同学就有两位都是我读本科时的任课老师；说远，因为我们的专业不同，他从事中国古史，专注古文字与出土文献研究，我于此一窍不通；而我专注西方史学，从希罗多德到汤因比，从西方古典史学到现当代的“后现代主义史学”，他对此可能也陌生吧。2005年，他由北大回归复旦，即被聘为“杰出教授”（院士级，文科未设这一级别），比我迟一年入住书馨。现在我们同住一个公寓，成了朝夕相处的街坊邻居。

记得在疫情暴发前的某日傍晚，我看到他在小区里散步，得由人搀扶着。他早年就患有青光眼，后来又因工作须辨识甲骨文，用眼过度，视力日渐退化。现今他已看不清楚我是谁，只能听到我的声音，然后一字一句地告诉我：“去年10月，我已正式办理退休了。退休后，因眼力不济，但研究工作还在进行。”我说：“先生于学术功绩昭著，现在也该退居二线，歇歇了。”他默然，稍顷又道：“不能歇呀，学校关于《老子》研究的项目还没完啊。”停顿了一下，他又说道：“在学生的帮助下，每天下午我口述继续从事研究工作。”这使我联想起19世纪德国史学大师兰克，他晚年曾口述撰多卷本《世界史》，随即脱口而出：“你真像兰克啊。”他默然，半是自语，半是感叹：“要珍惜时间，得要抓紧啊！”他由人搀扶着走远了，留下了一幅“落霞的美丽”的场景，给人以一种沁人心脾的美感。呈现在人们面前的是一位素朴的老人，一位在日光下看不清什么却仰望远方的人，一位在他劳作的田野里一辈子与甲骨文打交道而又永不言苦的人，一位胸怀学术报国志向为祖国文化建设尽心尽职尽力的人。

疫情下，小区显得格外宁静，寂寥至极，不是吗？宅家是防控病毒的仙丹，读书是缓解焦虑的解药，而书馨则是抗疫前线的大后方。即使在疫情最为严峻的日子里，书馨学人也没闲着，如裘先生在助手的协助下，通过视频连线的方式工作，一天也没有停过。有的书馨学人如葛兆光教授，身在异邦听雨看云，在逼仄的和郁闷的环境下，也不能阻挡思想者去营造一个无限广阔的思想自由的空间。就这样，复旦书馨的点点星光汇聚到一个广袤的群星闪耀的星空中，在新时代绽放出各自绚丽的光彩！

这绚丽的光彩，也必将伴着时光流逝，绽放在年轻一代的身上。这使我回想起多年前，我与几位学生在寒舍有过一次“书馨闲谈”，主题是“意大利文艺复兴印象”：我们谈到了文艺复兴与人文主义思潮，文艺复兴与人的解放和人性的发现，文艺复兴与三位艺术大师——达·芬奇、米开朗琪罗和拉斐尔，文艺复兴与佛罗伦萨，文艺复兴与马基雅维里，文艺复兴由意大利向西欧诸国广布，文艺复兴与启蒙运动的对接与深远影响等等。最后，我则要求他们用一个词来概括意大利文艺复兴的印象，众弟子不约而同地说“青春”。是的，文艺复兴时代一首流行的诗曰：“青春多美好，时序若飞驰，前程未可量，奋发而为之。”其诗主旨正是“青春”，在这次难以忘却的“书馨闲谈”中，他们个个畅所欲言，各抒己见，闪现出了年轻一代学人的才华，无愧为书馨熏陶成长的新一代。

如今，每当小区对面复旦附中操场上传来嘹亮的集结号声音的时候，总让我想起了当年“书馨闲谈”时念的这首小诗，不禁浮想联翩，由衷地感叹：世上永不消逝的青春，在学校。如今，每听到左邻右舍的孩子考取清华、北大或复旦时，我总情不自禁地为他们点赞。孩子们从书馨出发，沐时代之春光，观荷塘月色，览未名湖景，行走在望道路上，走着，走着，走向更广阔的世界，瀛寰回眸，寻梦天涯。任凭岁月变幻，风雨无常，唯青春永驻，书香犹在！

（原载《解放日报·朝花》2020 年 7 月 18 日）

冲及师

近日，央视正在热播电视连续剧《永远的战友》，周恩来、邓颖超贤伉俪的真挚情感，以及那难以忘怀的革命岁月，感动了万户千家。该片的总顾问，即是当年《周恩来传》的主编金冲及先生。

金冲及先生是我们的业师。回望历史，1961 年，时值我在复旦历史系念大三，金先生是我们基础课《中国近代史》的任课老师。自此师生结缘，虽经岁月变易，但师生情谊依然，在 20 世纪八九十年代及 2005 年母校百年校庆的时候，金老师曾亲自在沪参加过我们班级的纪念活动。今年，是我们 59 级进校 60 周年，又恰逢新中国七十华诞之际，我们班决定在 9 月下旬召开纪念座谈会，邀请当年任课的老师与会是会议的重要内容。上个月，我正好去北京开会，于是肩负全班同学的重托，向冲及师禀告此事，竭诚希望老师落墨留下铮言。当我的话音一落，先生即愉快地答应了。

冲及师于 1965 年奉调北京工作，直至 2004 年，从中共中央文献研究室常务副主任这个领导岗位上退了下来。在百姓看来，这是一个不小的“京官”（副部级）呢。但他终究还是一介书生，在同仁的心目中是个学者，在我们学生的心目中是老师。

正如冯天瑜先生在为冲及老师手绘素描肖像时所言："他长期居于领导岗位却绝无官气，与友人重逢，稍作寒暄，立即兴味盎然地讨论学术前沿问题，虚怀若谷，倾听别人意见、汲纳新知，并坦诚抒发已见——这是我在与冲及先生交往中对他的印象。"诚哉斯言！

冲及师和蔼可亲，平易近人，对此我有切身的感受。记得几年前，我携弟子七人前往毛家湾他办公室拜访他。那是一个冬天，赴京开会，会后出访，时为2015年11月22日。是日，首都初雪，晨起见窗外就下起了鹅毛大雪。上午会议闭幕，下午继续飞雪飘扬，把个京城披上了银装。北京友人说，这初雪之猛连他们也少见。我们一行如约到了毛家湾，踏着积雪，走过园子，一眼就

作者（右）拜访金冲及先生（2015年11月22日）

见先生满脸笑容在门口等候我们了。此处林彪曾住过，我们抱着好奇的心情，听他讲这座楼的往事与故人。如今，这里成了他们办公的地方，与外界来往亦多，早已是隐去神秘，还原为同我们此次开会的京师大厦一样的建筑了。弟子们事先都作了准备，他们一一向先生赠送自己的著作。我呈上的是我编的耿淡如先生的《西方史学史散论》(《复旦百年经典文库》之一)。金先生接过这些书，深情地对大家说："看到你们，看到你们的著作，真让我高兴啊！史坛新秀正在茁壮成长，我们的历史学兴旺，后继有人啊！"这是对我和弟子们莫大的褒扬和鼓励。我想，这次踏雪访师，我和弟子们在脑海中都留下了刻骨铭心的印象。

冲及师从一线岗位退下后，留有余暇，经常在电话里与我神聊，聊得最多的是读书，他的"读书之道"深深地影响了我，一个很出众的就是"跨界读书"。先生空下来，大多读世界史方面的书；而我闲时，又喜中国古代经典、古典诗词、近代逸事等。这种"跨界"交流，他是乐不可支的。有一次他兴奋地告诉我，说花足了时间，读完了希罗多德的传世之作《历史》，这下，撞在我的专业上了。记得这次通话一个多小时，说的尽是希罗多德，还有司马迁。最近，他来电说要读读兰克的《拉丁与日耳曼民族史，1494—1514》，这位知名的当代中国马克思主义史家读西方史学大师的"经典之作"，还不知要撞出怎样的思想火花呢。

冲及师在任职中共中央文献研究室的20多年里，曾主编新中国开创者毛泽东、周恩来、刘少奇、朱德四位伟人的传记，业绩昭昭，定将名垂史册。在"公余"和退休后，笔耕不辍，著作甚丰，光近年出版的就有《金冲及文丛》(选有他的五本专著)，尤其值得一提的是他的《二十世纪中国史纲》。且看：在斜阳中，一位年已75岁的长者，正在伏案“爬格子”，不用电脑，一字一字地书写，写呀，写呀，写了近三年，成书共120万字，分为四卷本。该书出版后，好评如潮，得到了社会各界的热烈欢迎，我以为，研究中国现代史，这是一部难以绕开的范本。他在历史研究领域的卓越贡献,也获得了广泛的国际声誉，2008年他当选俄罗斯科学院外籍院士，是继郭沫若、刘大年之后获此殊荣的第三人。他还数次率团出席国际历史科学大会，足迹遍及亚、欧、美、澳，与海外学者进行了广泛的联系与交流。

文首说的事，我从北京开会回来不久，就收到了先生给我班同学的信。捧读手书，面对足足写满三张A4复印纸，洋洋洒洒2000多字的大札，令我激动万分。信中，他在对往事的追忆中，尽情抒发了他那浓浓的“复旦情结”，也表白了他对毕生从事史学事业的热爱与执着，洋溢着他与我们师生关系所蕴含的“特殊感情”，由衷地为大家“取得的成就感到兴奋和自豪”。信末,他以孔子《论语·为政篇》中的话赠勉我们：“学而不思则罔，思而不学则殆。”

“五月的鲜花，开遍了原野……”，这宛转悠扬的《永远的战友》片尾曲，在五月的春夜中回响，不由让我情不自禁地又想念起了年近九旬的冲及师。明年就是他的九秩大寿，我们祝愿他寿考惟祺，受福无疆！

（原载《新民晚报·夜光杯》2019年5月18日）

同爱共辉

前些日子，上海图书馆二楼贵宾室，灯光敞亮，笑语喧哗，吾班借此小聚。朝杖之人围观 50 件由玻璃水晶手工编织的工艺品，这是远在大洋彼岸的袁缉辉老师夫妇刚给我们寄来的，令人无比喜悦、无比激动。这些工艺品，有十二生肖的，有女性饰件的，有日常用品的，有儿童玩具的，真是花色繁多，琳琅满目，沪上诸同学近水楼台先得月，可优先选一件。我一眼看中了一只小钟：钟身为白色玻璃球，边沿红白相间，内有一个小小的铜铃，煞是可爱。举目直视，不禁让我回忆起 60 年前刚入复旦的往事。

鄙人乃寒门子弟，在上海的“下只角”闸北区（现合并在静安区）长大，考入复旦，好似跃登龙门，自是高兴。入学后一天去燕园玩，一时兴起，朝着燕园西南大铜钟的方向猛吼：“复旦，我来了！”事后，我把这趣事告诉了时任我们年级政治辅导员的袁老师，记得他鼓励我要学出个样子来。一挥手，60 年过去了，他当时鼓励我的话我已忘了，但现在我看着手上的小钟一摆动，发出了幽幽的响声，好像警钟长鸣，奏出来的强音分明是“博学而笃志，切问而近思”（复旦校训）。

当下，贵宾室可热闹了，徐爱珠同学确如其名，她眼明手快，视这些工艺品为“珠”，在桌子上不断摆弄出不同的图形，即刻用手机拍下了多张照片，发至同学群内。我挑了几张，转发给袁老师夫妇，瞬间就有回复，四个字：“同爱共辉”。

好一个“同爱共辉”！这四个字蕴含了多层意义，传达出许多传奇的故事：师母名为王爱珠，这一对贤伉俪同龄，虽非同月同日生，但也只差 24 天；他俩是同班同学，皆为复旦大学 1953 年经济系的毕业生；毕业后均留校工作，成就斐然。这“三同”似不多见，尤其难能可贵的是，他们晚年一起置身于老年学的研究，既有其言，又有其行，是两位名符其实的老年学的倡导者和实践者。他们提出要“积极养老”，以“老有所为”达到“老有所乐”，不是吗？师母在耄耋之年，像小姑娘那样学习钩针，编织工艺品，乐不可支，赠送给我们的礼品，就是王老师巧手制作的。“予人玫瑰，手有余香”也。写到这里，读者会认出“同爱共辉”，是从夫妇俩的名字中各取一字缀合成词，透过字面，这“同爱共辉”让人感受到他们共同的爱好，显示了共同的学术旨趣和辉煌。

关于袁老师，在这里必须要补充二点：一是他不只是担任我们年级的政治辅导员，尽心尽职做了三年，而且还是我们《马列主义基础课》的教员，大一上学期他就给我们深入讲解《共产党宣言》，至今仍给大家留下了深刻的印象；二是袁老师是李鸿章、袁世凯、段祺瑞的后人，我们念书时是不知晓的，我现在想这个三重豪门之后的这对贤伉俪，竟然能经受风风雨雨，平安无恙，这难道不是一个“奇迹”吗？

看着桌子上的这些精巧的手工艺制品，其品质如同清晨的露珠，其颜色如同雨后的彩霞，激起了一道道情感的涟漪和浓浓的师生情谊。“同爱共辉”，祝福已从金婚到钻石婚岁月的两位老师，米寿快乐，幸福安康！

至此，浮想联翩，突然想起了李白的名诗《赠汪伦》，即仿之得一打油诗作为结尾：

窗外风雨宅内静，同爱共辉闪晶莹。
大洋浩瀚深万丈，不及吾师赠我情！

（原载《新民晚报·夜光杯》2020 年 11 月 18 日）

采一片绚丽卿云

这些天，我一直在看读史老张（张国伟，下称国伟）的文集《旦复旦兮——远去的复旦背影》（出版时书名为《相辉：一个人的复旦叙事》），兴味盎然。国伟的这些篇什，既熟悉又陌生。说它熟悉，因为在发表时，我大多读过了；说它陌生，是经作者分类编排，又给我带来一种全新的感觉。不管怎样，作为一个在这儿生活六十余年的复旦人，读着这些文章，“岁月拼图”，复旦的“风景”犹在眼前：落寞的五角场、玉映的燕园、众望的登辉堂、精彩的《红岩》、纷呈的墙报、闹猛的“南京路”……从这“风景”化出去，向“周边”延伸，遥望历史的风云变幻，它又化入在“灯下”，定格在一个个鲜活的复旦人：从老校长到看门人，从萧红到曹诚英……读着，读着，一路随行，不由去寻找自己的踪影，从而窥见出一个不一样的复旦，亲切之感与愉悦之情，油然而生。读书之乐，莫此为甚也。

这是一本专写复旦的书，就我个人看来，用“文史贯通，雅俗相映”来归纳本书最显著的特点，庶几可矣。但国伟写的复旦与正宗的复旦校史是不一样的，粗粗读来，有很明显的下列几个“不一样”：

1. 以独到的眼光，梳理校史，寻找“正史”中未发现或遗漏的地方。作者说过：“我专写别人不屑的题材、写正史中忽略的历史、写不为人们注意的细节，从大量文献中挖掘。我尤其重视当事者的日记、传记、回忆录等，看重当事人（或亲近者）的口述资料，这是我的追求！”这就不难理解，他是如何写出了不一样的谭其骧,“小人物”董力生,以及“复旦后勤三部曲”：校车、食堂和门卫。凡此种种，我想在复旦“正史”中似乎是找不到的。

2. 每篇立意明确，且“问题意识”彰显，在谋篇布局中，我们可以领悟作者的深意和情感，那是与“正史”的编纂旨趣不一样的。检点诸文，作者不只是为复旦讲故事，更有他在讲这故事背后的主体意识，不只是让读者了解“幕后”（如《复旦版话剧〈红岩〉幕后》)、知晓“轶闻”（如《“延安丽人”李丽莲》)、解开“疑团”（如《顾颉刚为什么不做“专任教授”？》)，而是作者至性深情的流露，“情动于中而形于言”(《毛诗序》)也。比如那篇《名教授的梨园逸事》，它不以描述赵景深、卢鹤绂等名教授的戏曲才艺吸引读者的眼球，而是以其感悟启示世人，他在该文末尾这样写道：“这声音，或清丽、或苍凉，袅袅飘来，绕梁不绝，已穿越历史的烟尘，带来持久不息的回响……”从而引发读者的共鸣与遐想。

3. 笔法不一样。正史落笔，严肃刻板，枯燥无味。而国伟的文章，不是“高头讲章”，疏远“艰涩”“深奥”，他用灵动的笔法、用讲故事的方式叙史，文字明白晓畅，让历史写作变得可爱。进言之，他的文字是有温度的。他在复旦求学、任职，带着深沉的爱；即便在他离开母校，在新闻战线打拼，也无时不关心“吾旦”。他的心与母校贴得很近，他用自己的心灵去丈量校园里的一草一木，一砖一瓦，因此，他的每一篇文章就能文史贯通，知性与情感并茂，高雅与通俗兼存，将真实、真挚、真情合为一体，这样的作品，怎能不感人，不是吗？其文一经刊发，就受到广大读者的喜爱。他在《解放日报·朝花》上刊发的佳文，几乎每篇都能登榜本月的前几名。又如那篇《曾经落寞的五角场》在新媒体平台上，点击量就有 10 万之多，真是令我羡慕。忆往日我写的“高头讲章”，发表出来后，不知有多少人看过，只有天知道。偶而发现别人在文章中引用或提及拙文，我就喜出望外了。

在这里，必须指出的一点是，学界有一种偏见，认为那些易读、有趣的作品，不是真学问。我想用现代英国著名历史学家屈维廉的一段话来回应上述偏见，他这样说：“有一种说法，认为读起来有趣的历史一定是资质浅薄的作品，而晦涩的风格却标志着一个人的思想深刻或工作严谨。实际情况却与此相反，容易读的东西向来是难于写的……明白晓畅的风格一定是艰苦劳动的结果，而在安章宅句上的平易流畅，经常是用满头大汗换来的。”于此，我深有体会，如我在写《徜徉在史学与文学之间》一书诸文，每写一篇，字斟句酌，绞尽脑汁，确是“用满头大汗换来的”，是“艰苦劳动的结果”。同样，国伟的篇篇文章，比如写复旦版《红岩》和复旦“村庄”

等篇，“读起来有趣的历史”，然就我所知，他不知采访了多少人、查阅过多少资料，付出了多少“艰苦劳动”，其余篇章亦然。总之，正如屈维廉所言，都是“用满头大汗换来的”。不信，你也来试试看？

毫无疑问，国伟这本书中的每篇文章，倘说写作体裁，当然不是历史论文，应归散文。柳鸣九先生在《散文的疆界在哪里？》一文中说：“在文学世界的版图上除了诗的王国外，剩下的就是散文的莽原了。‘散文世界’的幅员真是何等辽阔！”前辈散文大家柯灵先生亦曰：“散文的领域，时空无限；散文触角巨细不捐；散文世界，百态并陈；这给读者提供了多维的欣赏空间。”两者表述不一，但对散文的内涵认识却是相通的。在这“散文的莽原”里，正如文首所描述的，国伟写的文章，让读者可知“百态并陈”的百年复旦，看到与“正史”表述别样的复旦。因此，称国伟为“文史贯通”的散文作家，乃实至名归也，这不是我一介布衣教授的“敕封”，而是广大读者的认可。“读史老张”似乎也成了一个品牌，如当下“老树画画”那幽默而发人省思风格的“文化品牌”。

回望过去，1978年9月，国伟考入复旦历史系求学，自此开启了我与他40年之多且还在延续的浓浓的师生情缘。在那个求知若渴的岁月里，我曾经教过他们78级的《世界上古史·古罗马篇》，首次开设《西方史学史》一课。他们个个抓紧分分秒秒，刻苦地、发奋地学习，在唯物史观的熏陶下，承继历史系经久积累的优良的史学传统，受到过扎实而严格的史学训练，这为每个学生日后从事各种工作打下了良好的基础。从国伟行文中体现出的重视搜集史料，然后进行考证辨析的能力，可见一斑。而我也在历经十年“荒废”后得以重操学业，走上讲台。平实而论，我也得重新起步，实际上我与国伟他们站在同一条起跑线上，这是我的真心话，也符合我当时的学术水平。如今，我与国伟是一种亦师亦友的关系，而我更看重后者。我常对他说：“你的散文作品，多受读者的欢迎，值得我向你学习。”他却秉持前者，真诚地说，在我面前永远是一个学生。这真令我既感且愧。

在此，我祝贺国伟兄大作的出版，希望他笔耕不辍，进一步发展与更新自己的书写风格，用自己的笔继续写复旦，写好复旦，在历史的和新时代的背景下，采一片绚丽的卿云，揣一缕世纪的霞光，讲好复旦故事，为百年母校增光添彩，让世界品味复旦。这是一项多么光荣而崇高的使命啊！为此，读史老张是大有用武之地的，至所望焉！

行文至此，蓦地，从窗外传来了歌声：

复旦复旦旦复旦，
巍巍学府文章焕。
学术独立思想自由，
政罗教网无羁绊。
……

这不是复旦大学校歌吗？2005年，复旦百年校庆，这首由刘大白作词、丰子恺作曲的复旦校歌，又重新恢复吟唱，并正式定为复旦大学校歌。这歌声，悦耳悠扬，和声宽广，每个音符紧紧地抓住人们的心灵，在这阴雨绵绵的冬夜里，由远及近飘扬，把我们带向诗和远方……

（原为读史老张《相辉：一个人的复旦叙事》一书的序言，上海辞书出版社2020年版；后又载《解放日报·读书周刊》2020年6月13日）

“我在这里，等你回来”

“我在这里，等你回来”，这是友人最近发来一首诗中的句子，题为《复旦的玉兰花开了》（复旦学生刘文琳作），诗中写道：“压抑了一个冬天之后，终于迎来了春天，复旦的玉兰花开了。但于往年不同，此时的我们没能在旦旦（复旦昵称）里拥抱玉兰。闭上眼，你听：我在这里，等你回来！”其声委婉而悠远，其音淳美而宽宏，于是“你”与“我”约定，待抗疫胜利时，“我们相约在玉兰树下，可好？”是的，我们在复旦园重逢，返校复课的日子就要到来了。这句话使我浮想联翩，这不正是我们对战斗在援鄂前线抗击病魔的白衣天使们的思念与期盼吗？

诗中的“玉兰”，让我想起2016年的春日，我在书店看到了一部署名李辉编的精美大开本《复旦大学植物图志》，顿时引起了我的注意。翻开一看，此李辉是复旦的生物学家，非那位同名的著名作家李辉，天下同名同姓者真是何其多也。翻阅一下，我十分惊奇地发现了正规校史中难得的轶闻：90多年前，时任复旦大学校长的李登辉先生，因笃爱白玉兰之冰清玉洁，将其命为“复旦校花”。这是我，或是也是大多数的复旦人所不知道的。书中提示，在邯郸校区，白玉兰大多集中在逸夫科技楼前、复旦理科图书馆和科学楼旁，尤其是在逸夫科技楼大门右侧的玉兰树，一字成行排开。在花期盛开的三月，那冰清玉洁的玉兰花，竞相绽放。她是报春花，在和风细雨下，告别严冬，唤醒人们去抚摸春天。先贤选花，百世流芳。这令我惊诧莫名，不得不佩服具有115年历史的复旦基业的奠基者慧眼识花。白玉兰的幽香与芬芳，飘散在浦江两岸，也为申城百姓所喜爱，终于在1986年，经市民投票，最终摘得了上海市花的桂冠，同年以白玉兰命名的上海电视节白玉兰奖设立。由此,“白玉兰”一词，在沪上广为流传。

晚上，电视屏幕上不时闪烁着白衣天使的画面，我想说，那不就是一朵朵、一簇簇的白玉兰吗？她雅致而洁白无瑕，犹如白衣天使的救死扶伤；她幽香而沁人心脾，犹如白衣天使的大爱仁心。且看眼下热传的一张名为“陪你看日落”的照片，画面是一位白衣天使（复旦大学附属中山医院援鄂医疗队员刘凯）推着医卧车，陪一位87岁的患者一起观景：夕阳西下，余辉洒在路上、屋上、树上，也洒在他俩的身上，闪现出落霞的美丽、天空的明澈。这是我近期看到的最好的一张照片，难以忘却。由此说开去，援鄂医疗大军的42000多人，奋战在抗疫的最前沿，他们是战士，他们更是“天使”，也正如被先贤称之为冰清玉洁的白玉兰般，42000多支花绽放在荆楚大地，传颂在神州内外。

庚子之难战瘟神，举国上下齐上阵。生命重于泰山，疫情就是命令，复旦人以第一时间响应国家的号召，陆续有497名医护人员驰援武汉；又合力攻关，在抗疫的“上海方案”研究中十分给力。又，在复旦大学教育发展基金会的组织下，全球

1500多位复旦人爱心捐助，向每位赴鄂的复旦医护人员赠予10000元慰问金，以略表复旦人对前方抗疫的支援和心意。许多复旦学子也通过网络给湖北抗疫一线的医护人员的孩子辅导他们的学业，使这些孩子们的家长放心地战斗在抗疫第一线。

在这场战疫的后方，吾系也奋勇争先，总想为这场“武汉保卫战”“湖北保卫战”添点“枪支弹药”，为前方战士鼓劲加油。举一个例子吧，前几天我系党委书记刘金华在朋友圈发来一张照片，并附文讲述照片背后的故事。照片里的一位白衣天使全副武装，像出征前的战士，双手拿着一张纸，纸上写着：“抗疫胜利后，领着闺女去复旦，看她的偶像钱文忠教授。”文忠看着纸上的字，感动不已，也觉得非常惭愧。原来这张照片里的“白衣天使”是山东济南市章丘区人民医院重症学科护士高迎，是山东援鄂医疗队的一员，正奋战在湖北黄冈抗疫一线。她有个9岁的女儿，自5岁起，就在电视《百家讲坛》里收看钱文忠老师讲解《弟子规》《三字经》的节目，这孩子一直想见见这位“在电视里讲课的老师”，并视他为“偶像”。钱老师知情后，感慨地说道：“我算什么偶像呢？奋战在抗疫第一线的医生，才是真正的偶像。高迎医生是一位高尚的、伟大的母亲，她把女儿的这一愿望当作自己最大的愿望，这也成了我的愿望。我希望在这疫情结束之后，能在复旦恭候他们一家，并为他们当一回导游。更希望9年后再在复旦园见到高迎医生的女儿。”在此，我也想请“白衣天使”高迎医生，闭上眼，你听：“我在这里，等你回来！”是的，文忠的肺腑之言，温暖着高迎一家人，这对高迎医生抗疫是一种无形的精神鼓舞力量，也在无形中是对抗击疫情的一种支持。

其实，吾系与湖北素来有紧密的联系，武汉大学与我校的学术交流频繁，每年轮流召开世界史学术研讨会，收获甚丰。不过，更有重要的一件事学校交给我系来承当，即我系在复旦大学招生中对口湖北省，每逢招生之际，我见到复旦大学湖北招生组组长陈雁教授，率系里的一支精兵强将奔往武汉，常常开玩笑地说：要去把那里优秀的“九头鸟”（湖北人的浑号，当作聪颖、能干解）引领到复旦来培育，使之成为鸿鹄之才。前几天，适逢“三八”妇女节（星期日下午），我系陈雁教授在高校公益云讲堂，举办湖北考生专场：《风雨后让我们相会复旦园——复旦大学湖北招生政策》，这让湖北家长放心，更让湖北考生安心。要我说，你们就报复旦历史系吧。稍改上述诗句，向湖北考生喊话：“我在这里，欢迎你来，相约在玉兰树下，可好？”

说起“相约”，我个人的确也有与湖北“相约”的故事。我的老友冯天瑜先生是地道的湖北人，现为武汉大学的资深教授，享誉中外的中国文化史大家。己亥春日，吾系89届学生（由湖北籍学生蔡丽泽操办）借江城聚会，以纪念大学毕业三十周年，当年我担任过该班的班主任，也应邀参加了他们的系列活动，观赏了著名的“武大樱花”。藉此我也重访珞珈，又与天瑜兄相聚，临别相约：开通微信，网上聊天，见字如面，欢度晚年。这以后，我们都不违约，我的散文习作，尤其是《己亥，己亥，人生仿若初见》《人可老去，但笔常青》等篇，用微信转发给他，都得到了他的赞扬，也引发了他的共鸣。

今年初，武汉疫情肆虐，1 月 23 日（小年夜）他微信给我，说武汉封城了，抗击疫情已进入“决战阶段”，我即作小诗《无题》一首复之：“待在家中看闲书，任凭窗外风雨骤。世道从来多坎坷，问君能有几多愁？”他即复之一帧图片，是他过去手绘的钟馗像，上有文字：“世间有鬼盼钟馗。”这之后，我了解到他根本不是“待在家中看闲书”，而是忙得很，一方面接受报刊约稿撰文，研究生态文明；一方面以实际行动支援抗疫，比如他的学生从海外捐赠武汉大学（包含三个附属医院）的防护服、隔离衣和口罩等紧急医疗物资，时刻关注它的下落，直至他的学生阎志复函“这些物件都已发送到位了”，他才放下了心。

进入 2 月，武汉疫情更加吃紧，是月 6 日，“吹哨人”李文亮医生因感染新冠肺炎病逝，由天瑜兄领头，武汉十教授联名发信要求有关部门撤消“训戒”、追认李文亮为烈士等。武汉十教授联名信充满了浓浓的人文情怀和对医护人员的珍爱，获得了广大民众的赞同。3 月上旬，武汉疫情稍缓，有人发表了所谓“感恩论”。天瑜兄又立马发声，郑重地指出：“在谢恩的问题上，切勿颠倒人民与当权者的关系。把当权者视作恩主，要求人民跪伏谢恩的论者，请听听马克思 1875 年的言说：马克思痛恶拉萨尔的国家至上论，指出‘需要人民对国家进行极严厉的教育’（《哥达纲领批判》）”。这就是一位八旬老人宅家抗疫的故事，不！这是一位文化人在这场战役中的“实录”，将在“武汉保卫战”

的历史中记下一笔。

我宅家抗疫，也不是整天待在家中看闲书，“也是在战斗”（张文宏语），事实上也做了一点“正事”，比如：签约我的一篇论文转译，刊在美国的《中国历史研究》杂志上；通力配合首都师范大学邹兆辰教授专访本人的长篇访谈稿；还有，就是这篇小文了。比之天瑜兄的战绩，我感到很惭愧。如今我与天瑜都是杖朝之年了，人虽可老去，但笔却常青，我们要用我们的笔，寻求人类的精神家园和心灵秘境。

曙光在前，胜利在望。重逢可期，灿烂辉煌。复旦的玉兰花开了，将迎来百花盛开。“我在这里，等你回来”，这一声声呼唤，正在神州大地上回响……

（原载《解放日报·上观新闻》2020 年 3 月 13 日）

望道路上

从复旦邯郸校区正校门入内，往左拐，穿过一排参天的杉树林，眼前即呈现一片园圃，芳草萋萋，清香馥郁，园中耸立一尊老校长陈望道先生（以下尊称“望老”）的半身铜像，基座下方的一段文字写道：

> 陈望道（1891—1977），浙江义乌人，我国早期传播马克思主义思想的先驱，著名的爱国人士，杰出的教育家和语言学家。他翻译了《共产党宣言》第一部中文全译本，参与了中国共产党的创立……

多少次的伫立凝望，多少次的沉思遐想，草木随自然而兴衰，行者随季节而换装，但不变的是由望老等先辈所熔铸的忠诚爱国、矢志报国的红色基因，代代相传，永不分离。

望道路上，弹指流年忆望老。

1952年的院系调整，是共和国教育史上的一次重大变革，它使复旦跨上了前所未有的新台阶。是年10月3日，望老被中央人民政府任命为复旦大学校长。余生也晚，当我于1959年秋入学复旦历史系读书时，他已接近古稀之年，人们尊称他为“望老”。

作者（右）在陈望道铜像旁留影

记得吾系为我们一年级新生开设的课程中，有一门“马列主义基础课”，任课老师是袁缉辉，他还兼我们年级的辅导员。袁老师以深入浅出的话语，用一个学期的时间给我们精心讲解马克思和恩格斯合著的《共产党宣言》(下简称《宣言》)，在我们这些刚跨进大学校门的学生面前，展示了一个全新的世界，让大家逐渐懂得：《宣言》是“无产阶级所肩负的世界历史革命的学说”(列宁语)，《宣言》也是我们从事历史科学研究的津逮。因这门课，我们在一年级时就遇到了老校长，在《宣言》的东传史上，正是望老翻译了《宣言》首个中文全译本。正因为他的这个“第一”，在风雨如晦的年代里，如同普罗米修斯把火种带到了神州，照亮了先行者前进的方向，在马克思主义传播史上写下了璀璨的华章。当下盛传的分水塘村柴房译《宣言》、粽子蘸墨汁吃、真理的味道有点甜的场景，不知温暖和震撼了多少人的心。如今想来，我由衷地赞叹系里为我们一年级新生开设的这门课，可以说，《宣言》中所闪发出来的唯物史观的光芒，一直引导着我，使我终身受益。

我们对老校长伟业的认知随学业进展而增长。翻开中国近现代史，尤其是近现代中国思想史和教育史，可以清晰地见到望老的足印：早年留学日本，首译《宣言》，任《新青年》编辑，与陈独秀等组织上海共产主义小组，参与中国共产党的创立，《修辞学发凡》的问世与中国现代修辞学体系的奠立，为创办与发展我国新闻学科竭尽心力，担任复旦大学校长 25 年，成为共和国教育史上任职最长的校长……业绩昭昭，难以尽书。在这里，我要特别写上一笔的是，望老为复旦全体师生员工所做的一件令人难忘的好事。在他病重时，市领导来看望，问他有什么要求。望老说："我个人别无所求，只希望尽快将复旦划入市区管辖。"（那时复旦行政区域属宝山县，生活待遇低于市区）后来不久，此事就落实了。

弹指流年忆望老，他为繁荣祖国文化建设事业奋斗了一辈子，为复旦大学辛勤耕耘了近半个世纪，兑现了"生命不息，登攀不止"的遗言，为后人树起了一座永恒的丰碑。

望道路上，大音希声春满园。

山河温润，气象万千。随着新世纪的到来，这红色基因继续在复旦园里传承着。

2001年，中文系陈思和教授倡议，以"望道"之名命名创办"望道讲座"。"望"者，意为探索展望；"道"者，意为道路法则，蕴含着"守望信仰大道"的深意（见大师剧《陈望道》首演文宣本引言）。然也！确实，"望道讲座"泽沐八方，影响深远，由中国语言文学，扩及哲学、历史等人文社会学科的众多领域，诸多海内外的重量级学者云集我校。"望道讲座"成了中外学术文化交流的大平台，为"日月光华，旦复旦兮"的复旦园添上了一道亮丽的风景。

这里，我要特别写上一笔的是德里达（1930—2004），这位法国当代思想家之泰斗、后现代主义思潮的理论源泉之一、西方解构主义的代表人物。2001年，他来"望道讲座"演讲，盛况空前。同年，在他新出版的谈话录《明天会怎样》书中说道，无论在生活上和思想上，他一直是以继承者的形象出现的。他登上“望道讲座”，不就是恰与其言相吻合吗？三年后，德里达氏驾鹤西去，但他的“大音”在复旦校园内留下了经久不息的回响。他以自己的东传讲道，践行了他的名言：“生命的意义就在如何继承这些遗产，使我们世代相传。”这不也是“望道讲座”所期求的目标吗？后继演讲者裘锡圭、张隆溪、杨义、王德威、余光中、白先勇、辛德勇等大家俊彦不也都是“以继承者的形象出现”的吗？

2003 年，我校学工部决定以“望道”之名在本科生集中住宿的南区设立“望道书阁”，请名家为学子们开列书单，我也应邀为“望道书阁”荐书。我推荐了与自己专业相关的或是最爱的 5 本书：希罗多德的《历史》，它是西方“史学之父”的传世之作；马可·奥勒留的《沉思录》，这是一位古罗马皇帝留给后人的哲学思考；马基雅维里的《君主论》，这是一本影响世界文明发展进程的书；吉本的《罗马帝国衰亡史》，这是我之“最爱”；韦尔斯的《世界史纲》，我推荐的是由冰心、吴文藻、费孝通等前辈在“文革”中“赋闲”时的合译本，译文畅达，亦为我之最爱。我想，这集诸多荐书者之书单，将会为莘莘学子营造出一种良好的读书环境，让他们游走在知识的原野里，去倾听人类文明的“大音”。

2018 年 5 月，我校将望老旧居打造为“信仰之源”——《共产党宣言》展示馆，向社会开放，让参观者强烈地感受到信仰的力量和真理的味道。

2020 年 6 月 27 日，习近平总书记给《共产党宣言》展示馆党员志愿服务队回信，激励着全校师生，在学思践悟中坚定理想信念，在奋发有为中践行初心使命。

2021 年 1 月 17 日，在我校全力支持下，电影《望道》在复旦开机。这部影片的拍摄，对于喜迎中国共产党成立百年华诞具有特殊而重要的意义。这是一次真正的“望道之旅”。我笃信，通过电影艺术，望老精神将会连绵八方，连亘天下，散发出经久不息的光芒！

望道路上，红色基因永流传。

从望道像移步北行，没走几步，就走到横贯东西的望道路了。望道路是正校门入内的第一条马路，它西连玲珑剔透的燕园，燕园的北面是相伯路和登辉环路，身后的相辉堂承载着百年名校的历史；东接开放包容的曦园，曦园的北面就是繁华的复旦“南京路”（即光华大道），身后高入云端的光华大楼见证着复旦正迈入建设世界一流大学的快车道。

此刻，“七一”党日一周后的上午，我正在光华西主楼 20 层历史系会议室开会。今年是我系建系 95 周年，再过 5 年就是“百龄嵩寿”了。此会就是为共商与启动一项重大工程：编纂一部《复旦历史系百年史》。95 年来，我系砥砺奋进，先贤们为我们留下了宝贵的精神遗产，这就是：强烈的爱国主义精神、博大精深的学术传统、彰显独特的学术个性、以学问为生命的真精神。这是历史的积淀，岁月的结晶，形成了复旦历史系的优良传统。梳理并总结历史系的这些优良传统，并立即开始这项编纂工作，无疑是当下我系结合“四史”学习、践行与继承红色基因之要务，历史学人为自己的系修史，这是发挥自己的学科优势和聪明才智的一次良机，更是历史学家的时代使命和责任担当。与会者一致认为，高质量如期完成《复旦历史系百年史》的编修工作，交出一份令人满意的合格答卷，这就为我校红色基因永流传作出了一项实实在在的贡献。参与编修者乃吾系之英才，看到这些博导级的“后浪”们，个个奋发，作为忝列其中的长者，也深受鼓舞。人可老去，但笔常青，我也要为《复旦历史系百年史》出谋划策，竭尽全力，生命不息，奋斗不止。

望道路上，红色基因永流传，“真理的味道”鲜活着，活在老师精讲和学生倾听《共产党宣言》的课堂上，活在“望道讲座”的“大音”中，活在“望道书阁”的经典中，活在《复旦历史系百年史》一书里，更鲜活在《共产党宣言》展示馆的信仰之光下，活在电影《望道》中。只见望道东路上，硕大的红色横幅上的“心有所信，方能行远”这八个字格外醒目，从路北任重书院走来一批又一批年轻学子，迈着矫健的步伐，笃志切问，放飞梦想，行走在望道路上……

（原载《解放日报·朝花》2020 年 11 月 22 日）

第二辑　走近瓦尔登湖

博采各国文明之长，汲取域外文化之优，交流互鉴，和谐共荣，行走在望道路上……

苏格拉底的智慧

在雅典街头巷尾，总可以看到一个人，他成年累月，光着双脚，衣衫褴褛，不论寒暑，不顾饥渴，与任何愿意同他对话的人研讨各种学问。这个人就是古希腊哲学家苏格拉底（前469—前399）。是的，正是这个人，以其学说影响世界，以其智慧启示后人。

苏格拉底不像那时诡辩派人士到处在希腊诸邦周游演说，而只是在雅典，或在集市中，或在体育馆里，人们都可以听到他的声音。某日，有人对他说："你是世界上最聪明的人，我到德尔斐神庙去问过神了，神这样说。"苏格拉底听后觉得不可思议，他觉得自己并不聪明，但神怎么会乱说呀！于是，他主动与一切有学问的人频频接触，从中发现许多人同他一样是无知的，所不同的是，那些人以不知为知之，还摆出一副有学问吓唬人的样子。这下他明白了，他之所以比别人聪明就在于他知道自己一无所知，而承认自己的无知要比那些不懂装懂的人聪明得多。苏格拉底承认自己"一无所知"，正如圣·奥古斯丁所夸奖的，是"一种极其精细的机智"。在这里，所谓的"无知"就是"大智"，这是对进入大境界的像苏格拉底那样的哲学家而言的，对于我们，要紧的是不可不懂装懂，要虚心学习。

苏格拉底甘于清贫，他毕生的财富，在于他拥有许多学生，以传播他的思想，他虽广授门生却不取分文。某日，他要求弟子们前后用力甩手臂，每天得三百下。一月后，他问弟子，谁坚持了，举手的学生有九成多。又一月后，他又问，坚持做这项简单运动的只有八成。一年后，他再问，只有一个学生说坚持做了。这个学生就是名闻后世的柏拉图，由他所记述苏格拉底受审和处死经过的四部对话录，都可视为不朽的悲剧作品而被流传了下来。令人读之无不动容，不论读了多少遍。我由此悟出，坚持是出大智慧的前提，出像柏拉图那样的人才。

苏格拉底对学问的求索，真是锲而不舍，以至达到忘我的境界。某日，苏格拉底在思考一件事，站在那里，从凌晨想到中午，从中午想到夜晚，又站了一个晚上，直到第二天太阳升起。又有一次，有人请他去赴宴，刚跨进人家的庭院，忽然停了下来，直至宴会快要结束，主人才发现他站在屋檐下凝神苦思，忘掉了吃饭，忘掉了一切。他对他的学生们说："你们的任务就是要清除垃圾，发现宝贝。你们知道这是什么吗？那就是：公正、真理、善良。"他视"公正、真理和善良"为"宝贝"，这不是"大智"吗？这六个字正是古人之理想，今人之期盼啊！

公元前399年，苏格拉底因两项莫须有的罪名，被雅典执政当局判处死刑。对于他的死，历来争议不一。不过，有一点可以肯定，他的死构成了苏格拉底事业的一部分。其实，他完全可以苟且偷生，但是他选择了死，他需要鸩酒，就像耶稣需要十字架一样，来完成一项使命。他的死，不只是使他成了一位杀身成仁的殉道者，从客观上来说，也给雅典式的民主烙上了永远洗不清的污点。苏格拉底死了，但他永远活着，而雅典却没落了，然苏格拉底的智慧却足以为日渐暗淡的雅典添光，为后世增辉。此乃大智，这不正是为苏格拉底的生涯写上了难忘的一笔吗?

（原载《新民晚报·夜光杯》2017 年 1 月 26 日）

守望者修昔底德

守望者，锲而不舍又志存高远之谓也。倘以被西方学界称之为“史上最伟大的历史学家”修昔底德为之佐证，那真是恰如其分的。

修昔底德生活在公元前 5 世纪时的古希腊社会。须知，此时的“希腊”是一个地理名词,而非一个统一国家的名称。那时，在希腊世界先后形成了 200 多个城邦，都是以某个城市为中心，联合附近若干村落而形成的“寡民小国”。是时，在希腊逐渐形成了两大城邦集团，即以斯巴达为首的伯罗奔尼撒同盟和以雅典为首的提洛同盟，它们从互争雄长到兵戎相见，终于导致了伯罗奔尼撒战争（前 431—前 404），延续 27 年之久的这场两大城邦集团之间的争霸战争,最终以雅典的失败而宣告结束。此后，希腊世界的城邦制日渐衰微，直至公元前 146 年被罗马人征服而成了罗马帝国的一个东方行省。

修昔底德撰史确是锲而不舍。他生于雅典，幼时受过良好的教育，正当而立之年，伯罗奔尼撒战争爆发了，他列身戎伍，又被选为炙手可热的“十将军委员会”成员之一,仕途颇为顺利。然而不幸发生了，公元前 424 年冬，斯巴达派重兵攻至安菲玻里城下。是时，守将告急，他奉命驰援，但兵至城破。此役战败，乃守将的不力，与他无关。然雅典执政当局指控他贻误战机，有通敌之嫌，政敌加害于他，判他革职，放逐出国。修昔底德蒙受不白之冤达20余年。放逐期间，他到处飘泊，艰难度日。虽身处逆境，他依然一面搜集资料，一面实地考察，为编撰《伯罗奔尼撒战争史》而竭尽心力。雅典战败后，他获释归国，此时已年过半百，仍殚精竭虑，发愤修史。他以当代人的身份写当代史，从雅典称雄写起，一直写至公元前411年冬而突然中断，离这次战争结束还差7年，未能写完，其因是他的猝然死亡。

修昔底德撰史确是志存高远，用他自己的话来说，“是想垂诸久远，成为人类所有时代的共同财产”，此言值得作为后世史家之圭臬。于是，在他谢世后，续这部举世名著者不乏其人，但都像后人续曹雪芹的《红楼梦》一样，尽是狗尾续貂。古希腊演说家德谟斯提尼竟将他的书手抄八遍，悉心研读，奉为楷模。他的书为古罗马史家视为范本。文艺复兴之火重新点燃了其书的光华，马基雅维里成了他的史学范型的继承者。至19世纪，被称为“近代客观主义史学之父”的兰克更是崇拜他，常年读他的书，从不厌倦。马克思和恩格斯在他们的著作中多次引用《伯罗奔尼撒战争史》，马克思指出他的这部传世之作“令人感到新鲜”。

是的，他的这部传世巨著，虽经岁月变迁，但却常读常新，颇具新鲜感。其因在于，他秉承的“如实直书”与“求真精神”，为历代史家所笃信，这也是历史学永葆生命力之要旨；他书中所透析出来的人性因素与人文关怀，具有普世意义，也为后来者所敬仰；在当下，其书其论仍有振聋发聩的现实意义，比如现在人们谈论国际关系，尤其是中美之间的大国关系时，总是片章摘句，把《伯罗奔尼撒战争史》作为摹本，影射与比附现实，把两国比拟为古代希腊世界的两个城邦，说什么一个“崛起大国”必然要挑战“守成大国”，而后者也必然作出回应，于是战争变得不可避免，这就是“修昔底德陷阱”。如今，仍以雅典和斯巴达为首的两大同盟争霸史作为历史指引，乱作比拟，把中国比作雅典，把美国比作斯巴达，这既是对守望者修昔底德和他的《伯罗奔尼撒战争史》的误读和滥用，也是冷战思维的一种反映，无助于我们观察和认识当代世界的政治格局，应为我们所不取。其实，世上本无“修昔底德陷阱”，大国之间倘不一再发生战略误判，那就不会陷入“修昔底德陷阱”了。

在此，我向读者推荐尼采对修昔底德如下的评价：“修昔底德是植根于古希腊人中那种强健、严格、坚定的求实精神的结晶和最后的显现。”西儒精论，切中肯綮也。

（原载《新民晚报·夜光杯》2017 年 5 月 17 日）

凯撒的文韬武略

大凡读过小说《基督山伯爵》的人，忘不了作家大仲马在第三十七章中描写的一个情节：子夜时分，罗马城外。在皎洁的月光下，映照出荆棘与乱石堆里的一座陵墓，只见墓内过道一片黑暗，走了进去，几束暗淡的光芒在摇曳跳跃着，照亮了一个奇特的场景：一个人坐着，一只胳膊支在石墩上，背对着拱廊在读着一本书，他读得是那样的聚精会神，以致当有人进来时，竟没有听到脚步声。来客问："很想知道您在读什么大作？"那人答："《凯撒回忆录》(现通译为《高卢战记》)。"稍顷，那人补充说："这是我特别爱读的书。"

这里的凯撒，说的是那位驰骋在古罗马政治舞台上的风云人物。"那人"即指小说中的绑匪头目路易吉·万帕。令人惊诧的是，绑匪不在墓内读读《盗宝记》之类的书以汲取窃物之法，而偏偏对这样一部西方古典史学名著感兴趣，想想这个外国"雅盗"真有点意思。

是的，正是这部影响后世深远的《高卢战记》，奠定了凯撒作为罗马共和时代一流史家的历史地位，凯撒的"文韬"，确充分体现在此书所显示的史才中。他善叙事，有最流畅和最雅致的文笔，获得了同时代著名文学家西塞罗的激赏，称"此书一清如水，简明扼要，朴质自然，令人赏心悦目，这恍如天生丽质，毋需衣饰增美”。事实上，凯撒的著作历来被视为拉丁文的范本，百读不厌。他采用高明的笔法，用第三人称，寓功过是非于客观冷静的叙述之中，委婉、曲折地回击了政敌对他的恶意污蔑与攻击，以此达到了为自己辩护的目的。这正是凯撒的过人之处，这也是智者的选择。他的《高卢战记》得到了同时代人的好评，又受到了后世大众的喜爱，作为一名史家，他成功了！

凯撒的“文韬”确实不凡，倘说到“武略”，更是了得。在罗马共和晚期“前三头”中，论资财他不及克拉苏，论权势他不如庞培，但他经征战高卢 8 年的历练，战功昭著，又培养了一支训练有素且效忠于他自己的军队，正蓄势待发。公元前 49 年 1 月 10 日，他挟高卢战功之威风，率军挥师南下，直逼北意卢比孔河。先头部队 13 军团，行动迅速，已至河边，忽得令就地扎营休整，等待他的号令。作为一个智者，他指挥果断而不莽撞，他行动迅速而不慌乱，在众人面前，凯撒显得格外沉着、自信而又淡定。待大部队出发后，他沐浴更衣，出席宴会，同客人们聊天，直至太阳快要落山时，才与随从乘一辆马车，沿着曲折的小道，星夜赶路，追上先头部队，最终在卢比孔河岸边汇合。下得车来，他沿河岸，不断地来回行走，看着河面，听着河水潺潺。是什么阻挡他渡过卢比孔河，是前有重兵阻击，还是渡河艰难？都不是。那么，一向行动迅速、指挥果断的凯撒，此刻还在犹豫什么呢？他深知，率军渡过这条界河（在高卢与意大利本土之间）就等于挑起了内战，但返回又等于向对手投降。他沉思良久，何去何从？这是前进中的回望。其时，凯撒遥望着河对岸，缓慢而又坚定地说道：“骰子投下了！”随即，他就毅然下令渡河，率部向着罗马进军，最终战胜了所有对手，成为罗马国家的最高军事统帅，并荣膺“祖国之父”的尊号，自此古罗马历史将掀开新的一页：共和时代的终结，帝国时代的来临。作为一名政治家和军事家，他也成功了！

凯撒渡过卢比孔河，此事发生距今久远矣。千百年来，人们却用“渡过卢比孔河”来指代对任何重大事件的抉择，并启示我们，凡事成功与否，既应具破釜沉舟的决心和信念，也应有临危不惧、沉着应对的谋略和睿智。

（原载《新民晚报·夜光杯》2017 年 3 月 21 日）

塔西佗陷阱

正逢江南梅雨时节，忽阴忽雨的天气令人心烦，那么就读点诗吧。浏览书架中的诗书，《预言》两字吸引了我，这是何其芳于1945年出版的一本诗集，首篇即为《预言》，诗人深情地说："告诉我，用你银铃的歌声告诉我，你是不是预言中的年青的神？……"读着，读着，不由让我想起古罗马史家塔西佗早在距今2000年前的"预言"："外界对这两次处决的反应很不好，而且一旦皇帝成了人们憎恨的对象，他做的好事与坏事就同样会引起人们对他的厌恶。"上述所引塔西佗的"预言"，即世人所谓的"塔西佗陷阱"。

让我们重温一下历史，"塔西佗陷阱"出典在他的史学代表作《历史》中，翻开卷一，作者以极简约的笔法述其治史之旨趣后就叙史了，写的是公元68年罗马帝国朱里亚·克劳狄王朝末代的史事：尼禄死后，天下纷争，各行省军团拥兵自重，各自拥立头目称帝，出现了所谓"四皇帝时代"，公元68年年迈的伽尔巴入驻罗马称帝后，昏庸无能，不当地处置了一桩"大逆罪"，下令杀死了玛凯尔和未曾有过叛乱想法的卡皮托，接着塔西佗便写了上引这段话。当时舆论对这位皇帝的做法颇为反感，而伽尔巴的皇帝梦也不到一年，朱里亚·克劳狄王朝就寿终正寝了。至近世，英国哲学家培根著《论说文集》，他在《论叛逆与变乱》一文中又旧事再提，重引塔西佗的“预言”，辗转移译，终于成为当下人们所熟知的文字：“当政府不受欢迎的时候，好的举措和坏的举措同样地触怒人们。”（第 51 页）“塔西佗陷阱”的当代版更明确地说，“当政府部门或某个组织一旦失去公信力时，接下的言与行无论好坏，社会大众都要加以非难。”总之，不管哪个版本，这预先说出的关于将来要发生此类事情的人，是“预言家”塔西佗，它与“修昔底德陷阱”齐名，成了西方政治学的定律之一。

塔西佗在 1 世纪作出的这个“预言”，竟延续 2000 年而不灭，这的确令人惊叹，究其因，这与塔西佗的身世不无相关。他不是一个闭目塞听的学者，也不是一位与世无争的史家，综观其一生，他出身骑士家庭，受过良好的教育，从一名低级官员做起，不断擢升，官至执政官、亚细亚行省总督等要职，在政界混迹多年，虽高官在位，但又不及元老贵族，帝国政治的现状更令他失望。他亲眼目睹官场之种种弊端，位居帝国官员的高位，使他能看到朝廷内幕，看到一般人所见不到的许多官方文献，倘无这样的条件，塔西佗的“预言”将难以产生。另一原因是塔西佗的史才。须知塔西佗是以当代人的身份写作当代史，他的叙史多为亲身经历，或者与之“有着休戚与共的关系”，他所写的《历史》和《编年史》等构成了一幅宏伟壮阔、内容宏富的 1 世纪古罗马帝国的历史画卷；他文笔洗练、简洁，文约而事丰，言简而意远，颇具感染力，就在前引《历史》这一部分，当翻译家把这段拉丁文原文（塔西佗著作均用拉丁文撰写）译成英文时，拍案叫绝，说这种洗练的文字在古代史家中，无人能望其项背。的确，他上继修昔底德，下启马基雅维里，在西方史学史上具有承前启后、继往开来的历史地位，无愧为古罗马最伟大的历史学家的桂冠。古罗马文学家小普林尼生前曾预言，他的挚友塔西佗的英名将与世长存，而塔西佗的“预言”即“塔西佗陷阱”，不断地在后世流传就是一个有力的例证，怪不得至 1837 年，他著作的各种语言译本就达 400 种之多，由此产生了塔西佗作为西方伟大史家的持久的和深远的影响。

读着，读着，诗人何其芳在《预言》中写道：“像静的微风飘过这黄昏里，消失了，消失了你骄傲的足音！”但却消失不了塔西佗的声音！不是吗？习近平总书记在河南兰考县委常委扩大会议上曾重提“塔西佗陷阱”，要求重温历史，警钟长鸣，并语重心长地说要正视存在问题的严重性，必须下大力气加以解决。的确，我们必须正视“塔西佗陷阱”现象给社会带来的负面影响，全方位地重塑政府公信力，以取信于民。电视剧《江山》的主题曲一开始就这样唱道：“打江山，坐江山，一心为了老百姓的苦乐酸甜；谋幸福，送温暖，日夜不忘老百姓康宁团圆……”为避免重蹈“塔西佗陷阱”，这不也应该成为我们各级政府的“主题曲”吗？

（写于 2018 年夏日）

庞贝：超越时空的对话

灯下，浏览罗念生先生编译的《希腊罗马散文选》，再一次读到了古罗马文学家小普林尼的《致塔西佗》，其真挚的情感、晓畅的文字，真实地记录了1世纪罗马古城庞贝被毁、老普林尼抗灾殉职，刻骨铭心。尤在全球疫情惊涛骇浪的当下，重读这经典名篇，令我惊心动魄，心潮澎湃，思维万千。此刻，不管山海阻隔，路途遥远，在茫茫的夜空中，古今贯通，东西联绵，我与心神向往的小普林尼进行一次超越时空的对话。

张广智：一个现代中国学人张广智向盖·普林尼（61—113）先生致意。

小普林尼：噢，“中国人”，我的舅父（即老普林尼，23—79。小普林尼是他的外甥，后被他收为养子，按小普林尼信函称呼为“我的舅父”，本文沿用之。）37卷大作《自然史》中就有记载了，他称之为“赛里斯国”（中国），盛产丝，又赞扬“赛里斯人”（中国人）“举止温厚”。

张广智：中国古籍《后汉书》称贵国“人民皆长大平正，有类中国，故谓之大秦”。在那个时候，东西两个民族就互以“温厚平正”相赞，这不是两国人民出自内心的情谊唱和吗？由此说开去，中国和罗马（赛里斯与大秦）之联系是借助丝绸相通，丝绸之路成了古代亚欧之间交流贯通的桥梁。

小普林尼：你说的这些，足以证明，在那遥远的古代，西东就有了联系，不是吗？

张广智：对此，我国研究中西交通史的前辈张星烺先生的《中西交通史料汇编》有记述，有兴趣的读者自可翻阅。接下来我要转入与你对话的正题，那就是庞贝被毁，尤其是你的舅父老普林尼为抗灾以身殉职的动人事迹。

小普林尼：好。神明说：给予满足他人要求的人是幸福的。倘若你不要求我，我也会主动请求你让我做这件事。

张广智：那真是太好了。请让我告诉你，我在学校任教，讲授罗马古史，专注西方史学史。在课堂上，我据文献对学生说：

时间：公元 79 年 8 月 24 日。

地点：意大利南部康帕尼亚那波利湾，维苏威火山，庞贝古城。

是日，早起的庞贝人感到与平时不一样，只觉得热气逼人，没有一丝风，很闷。早晨的阳光渐渐暗淡了下来，乌云越来越低地压向大地，又下起了大雨，并伴有强烈地震——高约 1277 米的维苏威火山爆发了。午后 1 时左右，灾情剧化，火山灰和碎石似乎从天而降，铺天盖地，古城最终被深深地埋在 4 米多深的地下，附近的赫库兰尼姆城也完全消失了，也祸及山南的斯塔比亚。次日，双城继续受火山屑涌浪冲击，致使许多民众罹难。它的余波，也危及西边的米塞努姆城，当地居民也不顾大雨和山体滑坡，纷纷逃回家去了。

小普林尼：你讲得很好，确是这样的。庞贝在灾前，是一个无比秀丽的地区。它起初是一个靠海的小渔村，其原住民是奥斯坎人和萨姆奈人，后逐渐强大了，与勃兴的罗马人发生了长达半个多世纪的战事，最终臣服于罗马，成为它的“殖民地”，且很快地罗马化，被纳入了罗马国家统一的治理体系内。积以时日，庞贝城街道方正，屋宇栉比，商贾云集，店铺林立，曾繁华一时。

张广智：我读过19世纪研究庞贝遗址的德国历史学家奥古斯特·毛乌的名作《庞贝的生活与艺术》（上海三联书店2014年版），他说这里的气候宜人，书中有这样的描写：“树叶沙沙作响，风在日落前平息。不久，树叶再次窃窃私语起来，轻柔的风吹来，整晚不停，抚慰着花园，将庞贝送入梦乡。”

小普林尼：于是，当时罗马的有钱人和名士就在这儿建造别墅。我的先辈西塞罗（前106—前43）就是其中的一位。

张广智：火山大爆发，不管是西塞罗的还是其他的达官贵人的屋宇，都被无情地埋在地下了。

小普林尼：火山爆发时，我还很年轻，刚满18岁吧。

张广智：已是一个公民的年龄了。

小普林尼：我虽年轻，但火山爆发，庞贝被毁时，算是一个目击者。无怪乎在我的不惑之年后，还有大史家塔西佗（55—

120）要求我追忆这场灾难。大难发生时，我和我的母亲与舅父均在意大利西海岸的米塞努姆城，它离东部的火山与庞贝大约相距有 15 英里。舅舅出征后不久，我和我的母亲也决定离开这座城市避难。

张广智：一路上的情况怎样？

小普林尼：一路上逃难的人势如潮涌，只听见妇女在嚎哭，孩童在尖叫，男人在呼号。观望火山，蜿蜒的火舌不停地晃动着，冲击波冲向逃难的人群，滚烫的空气像熔炉门被突然打开一样，吞噬着一个个鲜活的生命。

张广智：据现代的著作《火山力学》所言，24 日正午过后，岩浆喷出的速度约为每小时 1440 公里；该书又指出，整个火山爆发时释放的热能大约为 2×1018 焦耳——大约相当于广岛原子弹的十万倍。这正是 1 世纪世界发生的一场大灾难。

小普林尼：我不知道你说的这些数据，但我想这场大灾难死亡人数是骇人听闻的。

张广智：据后来研究庞贝史的专家推算，死亡人数有 2000 余人，那时庞贝的人口也不过 20000 多人，也就是说大约每 10 个人中就有一人遇难。那时的罗马也没有严格的户籍登记制，遇难的 2000 多人，我们无法查考到他们的姓氏，但至少有一位，留下了英名，他就是你的舅父——老普林尼。下面，我们对话专注你的舅父，好吗？

小普林尼：好的。我的舅父是当时一位卓越的自然科学家，我们前面已经提到了他那 37 卷的皇皇巨著《自然史》。他博闻强记，一生刻苦好学，无论读什么书，都做札记，从中选取有用的材料。在他身边有秘书伴着，以书写板侍候左右，一遇到有可用的资料，即口授叫他们记录下来，他生前留下的笔记就有 160 卷之多。他除《自然史》传世外，还有不少文史类作品。

张广智：真令人赞叹，这一点也深深地影响了你吧？

小普林尼：是的，我受过的良好教育，也有我舅父的功劳，即便在大难临头的时刻，他也要我待在家里，阅读史家李维（前59—17）的名作：《建城以来史》（即《罗马史》）。不过，舅父对我的影响更多的是潜移默化的，他之风骨和文脉静默地流淌在我的血液中。

张广智：的确如此，这为你日后的成长，无论是从政还是问学，尤其是你留传后世的书信体的散文成就，打下了良好的基础。

小普林尼：是的。我要感恩舅父。其实，我舅父不只是一个钻研自然科学的学问家，而且也是当时罗马帝国政府中的一位重要官员。

张广智：我知道，据史书记载，他在早年就任日耳曼行省骑兵长官，在弗拉维王朝韦斯帕芗皇帝当政时，历任要职。公元 79 年火山爆发前，他已领受韦斯帕芗皇帝的命令，任意大利西海岸舰队司令（总指挥）。

小普林尼：舅父抗灾的事迹，我在《致塔西佗》一信中写得很详细了，这是应塔西佗的请求而写的，在该信一开头，我就这样写道：“你（塔西佗）要我告诉你我舅父遇难的情形，以便更准确地传告后代。”须知，塔西佗与前面提到的李维，都是帝国时期的大史家，被称为“罗马史坛双璧”。对于塔西佗的这一请求，我是乐以为之的。

张广智：我不止一次地读过你的《致塔西佗》，大札以情入文，以情动人，文字如流水，它是古罗马书信体散文之范本，值得与你的前辈西塞罗一起阅读，它显示了作为罗马散文主轴的书信体之风采。

小普林尼：你过誉了，我的书信体散文是模仿和学习西塞罗风格的。

张广智：还是转入正题吧。我最近读到英国作家罗伯特·哈里斯的长篇历史小说《庞贝》（人民文学出版社 2012 年版），他用文学的笔法，生动地塑造了一位在大灾难面前“与逆行赛跑的人”。

小普林尼：把我的舅父在大难前勇往直前，决不退缩，说成是一个“与逆行赛跑的人”，这是一个形象和确切的比喻。作为他的外甥，我当然高兴。不过，历史已经证明，我的舅父之作为，正如我在《致塔西佗》信中所言，乃将“留传后世，名垂史册”，我为舅父之不朽的业绩而自豪。

张广智：老普林尼逆行，奔赴灾区，以身殉职，这种奋不顾身的牺牲精神，既体现了罗马政府中一位舰队司令忠于职守的使命担当，更反映了他作为一位科学家赴实地考察、为科学而献身的崇高境界，值得后人学习啊！为此我写了一段老普林尼抗灾献身的文字，为他颂歌，现在我念给你听听，请你雅正。

小普林尼：好，我将仔细聆听。

张广智：意大利西海岸米塞努姆城，舰队司令部。

出事那天，正午时分，老普林尼已用过午餐，正躺在卧榻上读书。忽听屋外言说，天空一处，云彩诡异，他即登高瞭望，看到了维苏威火山上空的云，像棵伞形松树一样直入天空。他以科学家之敏感，知大事不好了，安顿好我和我的母亲，即令备快船，朝那怪云方向而行。刚出门，接到灾区的救援信，他毅然下令所有有四层桨的舰船起锚，奔赴前往众人仓皇逃离的地方救人。司令登上舰船，望着远方，拨正航向，径直驶往险境而毫无畏惧，甚至还对一旁的秘书口授他亲眼观察到的这一可怕的各种变化和景象。越往前行，火山灰、浮石袭来，越加难航。这时他下令驶往斯塔比亚，他的副将惊慌失措，恳求司令返航逃生，可他主意已定，决不回头。于是，他佯作镇静，洗澡、用餐，以抚慰他人心灵安静。他真的去房间休息了，顷刻传来阵阵鼾声。

灾情恶化，强烈的地震，使房屋摇晃不已。他被唤醒了，被众人拥到了海边，火山屑涌浪如潮而来，每个人都开始奔跑逃命。他喘不过气来，胸口异常疼痛，不断地要人递给他凉水喝。傍晚时，他由人扶着拼命地站了起来，浓烈的火山屑涌浪仍不断袭来，他被窒息了，再一次倒了下去，从此他再也没有站起来过。次日，人们在海滩上找到了老普林尼的遗体，身旁放着观察记录的几块书写板。他完整无损，好像是进入了甜蜜的梦乡，而不是死去。但他的确死了，然而他还永远活在人们心中，永远！

小普林尼：听了你的这段文字，我既熟悉，又感陌生。说它熟悉，自然你的史料依据是我的《致塔西佗》信；说它陌生，经过现代中国作家，用流畅的汉字记叙，颇感新鲜。总之，我为你的这一长段文字所感动，更为我舅父无畏无惧的献身精神所感动。下面，我想引用罗马奥古斯都时代的大诗人贺拉斯（前65—前 8）《颂歌》中的诗句与你的文字唱和，也进一步表达我对舅父，对一切“与逆行赛跑的人”的歌颂。诗曰：

正直的人，
心胸坦荡，
无私无惧。
他既不为一切邪念左右，
也不会去花天酒地……
只有他能用无畏的两眼，
面对变幻的万千，
既不怕莫测的深渊，
也不怕高空的闪电！

张广智：贺拉斯的诗真好，似乎是专为老普林尼而写的。

好了，我们的对话也该结束了，非常感谢你，尊敬的盖·普林尼先生，我们以“温厚平正”相许，进行了这次超越时空的对话。在对话中，历史的光泽重闪，远逝的先贤复活，从遥远的“赛里斯”到“大秦”，从浦江两岸到台伯河畔，在可以预见的未来，让我们品味这句中国的唐诗：“日出江花红胜火”。

浮云掠过日悠悠，几度夕阳几度秋。

罗马子民今安在？花自芬芳水自流。

岁月易逝，庞贝啊庞贝，弹指一挥间，你已经离开人世1941年了，历史不会忘记你，历史也教导人们不应该忘记你，而且还要感谢你。

因为你，让我们重温过去。沿着古典世界文明的足迹，我们从后人挖掘的废墟中，从现留存6000多件铭文中，窥探到了那时普通罗马民众的生活，领略到“平凡的世界”中之“不凡”。平凡成就伟大，以此见证古典世界普遍的文化特征，乃至读到世界文明中“赏心悦目”（歌德语）的一页，据此你被后世学者称之为“无价之宝”，乃实至名归也。

因为你，让我们面对现实。环顾全球，回望人类自工业革命以来层出不穷的“天灾”与“人祸”，随着人类与自然关系的不断失衡。展望现世，森林大火、大地震、大海啸、大瘟疫，尤其是当下的全球新冠肺炎大暴发。往事虽久远，但你的鉴世价值不变。你之毁灭的历史，将助益人类的深刻反省：今日之世界，面对疫情大流行，是团结合作，共同抗灾，还是反其道而行之。这不啻是人类面对这场生态危机的一次“大考”，一次严重的挑战。

因为你，让我们思考未来。人类历史，犹如流经你身旁的萨尔诺河，流经我身边的黄浦江水，波光涟涟，世代相继，生生不息。但它总是在过去、现在和未来这三个世界里度过的，总是在不断地向着光明、向着幸福的道路前进的，谁也阻挡不了历史发展的这一客观过程。我们憧憬着美好的未来，盼望人与自然天人合一，和谐共生共荣，让你的历史灯塔照亮未来，让与逆行赛跑的老普林尼的献身精神永放光芒！

（原载广东梅州市文学艺术界联合会：《嘉应文学》2020 年第 7 期）

庞贝末日之后

时间：公元 79 年 8 月 24 日。

地点：意大利南部康帕尼亚那波利湾，维苏威火山南坡，庞贝古城。

是日，早起的庞贝人，感到与平时不一样，直觉得热气逼人，没有一丝风，很闷。熹微的晨光渐渐暗淡了下来，乌云越来越低地压向大地，接下来是倾盆大雨，并伴有强烈地震，高约 1277 米的维苏威火山爆发了。午后加剧，熔岩、火山灰纷纷落下，铺天盖地，古城即被深深地埋在 4 米多深的地下，有 2000 多人死于劫难，该城每十人中就有一人死亡，这是震惊古罗马世界的大灾难啊。这天发生的事，在古罗马文学家小普林尼写给历史学家塔西陀的几封信中有记录，他在信中描述了这自然界发生的令人恐怖的一幕，写道："只听见妇女在嚎哭，孩童在尖叫，男人在呼号，人们凭声音，有的在寻找、识别自己的父母，有的在寻找、识别自己的孩子，有的在寻找、识别自己的妻子……哪儿也没有神明了，世界最后的、永久的黑夜降临了！"

庞贝被毁之后，罗马皇帝提图斯派了一个元老委员会来察看灾情，制订如何救灾的方案，不过幸存者却以自己的财力和自信，迅速开始了毁城后的重建工作。

庞贝末日，距今已有 1937 年矣。庞贝末日之后，后人为它做了点什么？

古城被毁后，幸存者就开始了发掘，成果甚微。从 16 世纪末以来，考古发掘间断地在进行着，至 1748 年，挖掘工作获重大进展，由于相关铭文的发现，人们确认这个地方就是古城庞贝。到目前为止，庞贝古城大致有一半以上被挖了出来，此后挖掘慢了，那是为了更好地保护遗址。西方考古学家对于庞贝的考古锲而不舍，经数个世纪的努力，取得了丰硕的成果。在这座“天然的历史博物馆”里，如今参观者可以见到：大街小巷、民宅别墅、广场及四周的多处神庙、大小剧场、商铺、竞技场、浴室、酒馆、旅店，还有墓地等，已发现的 6000 多件铭文，可以引领我们深入探究古城和庞贝人的日常生活。自 1863 年以来，考古学家菲奥雷利运用石膏浇铸技术，对掩埋在火山灰的死难者进行修复，制成了人体模型，死者线条分明，姿态各异，似在沉睡之中。庞贝末日之后，西方考古学家居功至伟，为古城重见天日作出了不朽的贡献，更为后世历史学家的研究奠定了基石。

庞贝末日之后，接续考古学家，历史学家们求真探索，为庞贝古城史的研究业绩多多，近世以来更甚，如 1891 年在那不勒斯出版的《庞贝书目》，就有 500 多本书名列其中。此后，德国历史学家奥古斯特·毛乌等著有《庞贝古史》《庞贝的生活与艺术》等著作，更成了我们了解古城的经典读物。须知，历史学家的成果倘没有考古学家的助力，恐怕也是插翅难飞的。我国近代学者王国维倡“二重证据法”，他在《古史新证》中说过：

“吾辈生于今日，幸得纸上之材料外，更得地下之材料。由此种材料，我辈固得据以补正纸上之材料，亦得证明古书之某部分全为实录，即百家不雅训之言亦无不表示一面之事实。此二重证据法惟在今日始得为之。”应当承认，庞贝古城史研究及其庞贝遗址的历史解读，委实是“取地下之实物与纸上之遗文互相释重”的“二重研究法”的结果，庞贝的史学史亦可为王国维的“二重证据法”作注。

让我们沿着历史学家的足迹，对庞贝略说一二，以发思古之幽情，激时下之省思。

公元79年前的历史：我们不知道这座古城建于何时，在很早的时候，它只是靠海的一座小渔村，经原住民萨姆内人的经营，已初成规模，后臣服于罗马人的武力，苏拉独裁时，该城成为罗马殖民地，日渐兴旺，“罗马化”后便纳入罗马国家统一的管制下，故其情况与当时意大利的其他城市没有什么大的不同。在古典世界中，它不堪与首都罗马相比，遑论名城雅典。但庞贝遗存不凡，在那里虽无发现古代世界艺术家的名作，然足以见证古希腊—罗马世界艺术的特性，正如研究庞贝史的权威毛乌所言：“作为古典作品之外的材料，独此一家的庞贝帮助了我们对古代人的理解。”仅这一点，庞贝及其文化就可在人类文明史上占有一席之地，被识者称之为“无价之宝”，亦无不可。

文学艺术家们也没闲着，其中要数电影艺术家们最为活跃了，以庞贝末日为题材的电影，包括历史故事片和历史纪录片陆续问世，早在20世纪50年代，就有意大利、西班牙和西德联合拍摄的影片《末日庞贝》上映。十年前上映过由英国、西班牙合拍的《庞贝古城最后一天》。两年前，由德国、法国、西班牙联合摄制，保罗·安德森执导的《庞贝末日》，先后在欧美和中国放映过，当时不少中国观众都去电影院看过这部影片。以《庞贝末日》为例，这种由编剧设制的“好莱坞式”的爱情悲剧难免俗套，毋庸赘述，但时代与科技的进步，电影艺术家借助现代精湛的3D技术使整个影片气场无际、气势恢宏，淋漓尽致地向观众展现了这场恐怖的、毁灭性的大灾难，是对世人心灵的震撼与拷问，这无疑是值得赞许的。在我看来，这种题材的电影在客观上是应了美国后现代主义史家海登·怀特的“影视史学”之义。怀特所谓的“影视史学”（Historiophoty）是要“透过视觉影像和电影话语传达历史以及我们对历史的见解”，类似影片《庞贝末日》等或可暗合于此。这部影片取材于古罗马历史上真实发生的庞贝被毁的史实，但影片中所有的人物都是虚构的，而编剧却在想象力的边界内，通过“虚”来反衬历史的“实”，比如影片中人物之间的关系与罗马帝国时代之氛围很吻合，故《庞贝末日》有其艺术合理性，也有其历史合理性。艺术家正是通过电影话语，用一个悲剧的爱情故事，向观众传达了人类生存与自然环境之紧密关连的亘古话题。这种依赖电影话语所发散的震撼力，让人刻骨铭心，使我们既看到了早已失去了的世界，也启发世人思考。这可能为书写史家的文本叙史所望尘莫及。

还需提及的是，2012 年人民文学出版社的“新世纪外国畅销小说书架”，推出英国作家罗伯特·哈里斯的长篇历史小说《庞贝》。业界人士说 1 世纪古罗马时代的供水系统超过 1985 年纽约市的水利系统，该小说就通过水务官阿蒂里乌斯对当时罗马供水设施异常的最先警觉，展开了一系列惊心动魄与扣人心弦的故事，这一切都发生在庞贝被毁前后的四天内（8 月 22 日至 25 日）。此外，画家也没放过这一题材，间有绘画名作问世。

庞贝末日，夫往事久远矣，然它的鉴世价值不变也。不管是考古学家、还是历史学家，抑或文学、艺术家们，他们为庞贝所做的一切，都可以聚焦在一点上，即上文所说的人类生存与自然环境之关联。于此，庞贝的历史遗产给后人以启示，且看：古城建设，倘踏访遗址，人们可以清晰地看到毛乌所说的“非常规则，非常和谐”之评语不虚。再看：大街小巷有序，神庙、斗兽场等公共建筑有列，市政管理有规，比如说广场不能坐马车，要下车步行等细节。近 2000 年前，庞贝人就在这样的城市中生活，令人叹为观止。由此，作为忝列于史家行列的我，应有担当，由庞贝史的研究引发联想，以史为鉴，经世之用，于当今积极开展中外城市史的研究，当为中国历史学家的急迫的课题。

夏日大暑，某天午后，闪电疾雷，随之大雨倾泻，然瞬间就停了，申城大热天的“午后雨”，是很受上海人欢迎的。此刻，屋外风雨我全然不晓，正与友人古罗马史研究者乔君聚精会神地观展——“庞贝末日（The Last Day Of Pompeli）”。沿展区指引，从演员面具、庭院壁画到印章、秤砣，从鱼酱油坛、渔网头盔到六面骰子，从维纳斯像（大理石）、阿波罗像（青铜）到蜷缩坐着的男人（石膏模型），百余件展品把人们带到了 1900 多年前的罗马帝国之都庞贝，我们看到了末日之前的生活与艺术，末日来临时的恐怖与死亡，末日之后的体验与感悟。庞贝人会给公众带来什么样的故事？庞贝末日又会留给后人什么样的历史启示呢？足不出沪，还是让我们去观展，亲自体验一下吧。

（原载《文汇报·笔会》2016 年 8 月 23 日）

马基雅维里的权术

16 世纪的意大利，佛罗伦萨郊外，一座小山庄。黑暗渐渐褪去，晨曦渐渐弥漫，山庄上的人们还在睡梦中，他已踏着露珠迎来了第一缕曙光。他就是西方文艺复兴时代的巨人马基雅维里。说起马基雅维里，即刻就会让世人想起他在《君主论》中的“凶猛如狮，狡猾如狐”的名言，被后世称之为“马基雅维里的权术”。最近播出的电视连续剧《人民的名义》，让世人再一次勾起了对马基雅维里及其“权术”的热议。

是的，剧中作为政法专业出身的高育良教授应当熟知《君主论》，对马基雅维里书中这段名言想必了然于胸：“君主既然必须懂得善于运用野兽的方法，他就应当同时效法狐狸和狮子。由于狮子不能够防止自己落入陷阱，而狐狸则不能够抵御豺狼。因此，君主必须是一头狐狸以便认识陷阱，同时又必须是一头狮子，以便使豺狼惊骇。”简言之，“凶猛如狮，狡猾如狐”是也。这就是所谓的“马基雅维里的权术”。

必须指出，古今中外的污吏佞徒们玩弄权术的卑劣行径，为人民所不容，都落得个可悲的下场，然而这与马基雅维里的本意实在是有天壤之别的。马氏在《君主论》中所论“权术”，绝不是反人民的。这需要让我们回到 16 世纪意大利的历史语境中才能了解。他生活在从中古向近代转型的充满变革的时代里。在这新旧世界的交替中，新思潮的蓬勃兴起与旧传统的固守阵地，交错杂陈，在人们感受到新思想和新潮流的脉动中，还残留着旧世界的历史痕迹。正是如此，马基雅维里书中的所有论述都是以政治上的现实主义为其出发点的。当时意大利山河破碎，国土沦裂，内忧外患，国民麻木不仁。面对现实，马氏忧心忡忡，为此他盼望能出现一个强大的君主来改变现状，因而竭力鼓吹君主制和君主的专权独断，希望君主能“凶猛如狮，狡猾如狐”，甚至不择手段，方能消除分裂，抵御外侮，实现意大利的统一大业。这种政治上的现实主义观，在当时情况下是符合历史发展潮流的，也符合人民的意志和愿望，具有明显的历史进步性。

不过，马基雅维里内心是矛盾的，在他的心目中，共和制始终是他心向往之的政治理想。在马氏的《君主论》问世四年后，他又写了《论李维》，书中借古喻今，在探讨罗马共和国兴盛之道的背后，隐藏着他那梦寐以求的共和政治的理想。但理想与现实总是相悖的，他百般鼓吹君主制，却又非常向往共和政治。也许正是这种矛盾与两重性，才使他的思想具有一种独特的魅力，留下了为后人反复探讨的无限空间，对后世产生了持久的深刻影响。

于是，马基雅维里思想的两重性，引发了西方学界经久不息的争论，褒贬不一，呈方兴未艾之势，在此不能细辨。但有一点可以指出，贬之者将他视为“恶魔”“一个邪恶的导师”等，是大失公允的。在他身上，岁月带来的风尘应当拂去，后人泼上的污浊必须洗刷，还其人其论以本来面貌。回溯西方政治思想史，在马基雅维里蒙冤之后，以鼓吹“英雄崇拜论”的英国史家托马斯·卡莱尔，被后人视为“法西斯主义的先驱者”；其后，德国哲学家尼采也长期蒙受“法西斯主义思想家”的恶名。对此，我们姑且称之为“马基雅维里现象”，思想界的这种误判进而误导民众，代代相沿何时了？当下，我们需要的不是辩护，而是理解。正如当代意大利文艺复兴名家维奇所说：“我们需要将马基雅维里本人的思想和后人发挥的‘马基雅维里主义’区分开来，了解《君主论》写作的真实背景和历史功绩，从而获得一种新的眼光。”对马基雅维里是这样，对托马斯·卡莱尔，对尼采，都可作如是观。

太阳升高了，马基雅维里迎着旭日站着，思绪万千。他脑海中生出的并非“孤帆远影碧空尽，唯见长江天际流”的怅惘，而是“天生我材必有用，千金散尽还复来”的豪情。回望历史，他曾在佛罗伦萨共和国中任要职，权倾朝野，后因涉嫌一起反美第奇家族的案件，蒙冤入狱，获释后就此息影山林，在山庄定居，专事著述，写出了像《佛罗伦萨史》等传世的历史名作，被视为为文艺复兴时代最伟大的历史学家。这已是学界的共识，学者们对此没有丝毫的异议。

（写于 2017 年春日）

伏尔泰的世界眼光

几年前，由元曲《赵氏孤儿》改编，陈凯歌执导的影片《赵氏孤儿》曾轰动一时，并由此引来同名电视连续剧、话剧纷出的蝴蝶效应，这或为许多人所知。倘把时空切换到262年前（1755），一位西儒改编中国的《赵氏孤儿》，在当时也风靡异域。这位改编者恐怕就鲜为人知了，他就是18世纪法国启蒙运动领袖伏尔泰。《赵氏孤儿》乃元杂剧，纪君祥作，说的是春秋时期，晋国贵族赵氏一家被奸臣所残害，幸存下来的赵氏孤儿赵武长大后为家族复仇的故事。这个中国故事的“悲剧元素”，也许不输于古希腊悲剧《俄狄浦斯》的杀父娶母,也不逊于莎士比亚《哈姆雷特》的王子复仇。王国维曾说,把它“列之于世界大悲剧中，也无愧色也”。正因如此，该故事曾引起了伏尔泰的关注，他将其改写为成吉思汗时期的故事，并易名为《中国孤儿》。

其实，伏尔泰具有多方面的才华，正如以赛亚·伯林所指出的，“他正成为他那个时代文明世界的智慧与艺术上的王者”。且问他的“王者智慧”若何？答曰：世界眼光也。

伏尔泰的世界眼光，无不显示在他的历史著作中。比如他以20年之力写成的《路易十四时代》，作者坦言本书并非为路易十四个人立传，专写这位“太阳王”的文韬武略，而是把视野投向这个伟大的时代，以及路易十四时代里人们的精神面貌。

他的目光超越法国，关注法国之外同期欧洲诸国的历史，着重在法国与各国之间的交往，尤其是文化上的交流。他把这称之为“文化知识的共和国”，并执意要寻找到为欧洲各民族共享的艺术情趣。

他的目光超越欧洲，与当时基督教史家们所鼓吹的世界历史不能逾越《圣经》雷池一步背道而驰，给欧洲之外的世界其他地区，尤其是东方各国以相当重要的地位。在宽广的视野下，他饶有兴味地叙述了中国、土耳其、阿拉伯、印度、波斯、日本等国的历史。确如俄国作家在为伏尔泰作传时所形容的，当伏尔泰用中国的茶碗喝着阿拉伯的咖啡时，他感觉到他的眼界扩大了。

是的，他还经常把东西方文明加以比较，指出东方诸民族在欧洲文明发展过程中，曾起到过多么重大的作用。就文化言，他说东方各国的文化，按时间来说，都要早于《圣经》中所说的犹太文化。这种东方观之缘由，正如他所指出的：“欧洲王室及商人们发现东方，追求的只是财富，而哲学家在东方发现了一个新的精神和物质世界。”进言之，他不仅发现了“新东方”，而且志存高远，告别传统的世界史体系，开始把人类历史当作一个整体进行综合的研究。比如，他的《风俗论》以视野极为开阔、立论独具创见而名闻后世，被学界称之为“真正意义上的第一部世界史”。

伏尔泰的世界眼光，突出地表现在他对中华文明的认知和睿智上。面对古老的中华文明的辉煌与璀璨，伏尔泰被激活了。正是如此，他引领了世界文化史上的18世纪欧洲“中国热”，从中发掘出中华文明的精神要素，以契合启蒙运动时代的社会与现实需求，于是中国政治、科学、哲学、道德、伦理等，经他慧眼识之，都成了尽善尽美的“瑰宝”了。他尤其崇奉儒家思想，推赏孔子的“己所不欲，勿施于人”的格言，崇拜孔子为天下唯一的师表，特在厅堂里挂着孔子的画像，朝夕礼拜，崇敬到了极点。前文说的《赵氏孤儿》，他之改写也着眼于以中华文明的道德人生为旨趣，《中国孤儿》还设有一个醒目的副题：《五幕孔子的伦理》，为此他献出了他的“王者智慧”，也丰富了他的戏剧遗产。

伏尔泰的世界眼光，尤其是他对中华文明的关注与推崇，发人深省，富于启迪，尽管他的识见也有爱屋及乌的片面性。一个外国人，能如此入情入理地讲“中国故事”，对此，当下国人应当更有作为，要向世界讲好“中国故事”。

（原载《新民晚报·夜光杯》2017年4月23日）

福楼拜的窗户

当下，法兰西第五共和国历史上最年轻的总统马克龙当政，引起了国际社会的普遍关注，但由此引发，却使我更专注法兰西文化，尤其是文学。众所周知，近代法国文学大师纷出，尤其在19世纪,真是群星闪耀,在世界文学史上留下了不朽的篇章。然近期吸引我的法国文豪不是巴尔扎克，也不是雨果或大小仲马，而是福楼拜（1821—1880），理由很简单，因为我自去年跨界加入作协后，最关心的是文学写作，而福楼拜则是19世纪中期法国伟大的批判现实主义小说家，他的代表作《包法利夫人》被视为写作者学习的最好教科书。于是我便又再次读了起来。

说到福楼拜，不由让我想起他的一个故事：

塞纳河畔，夜色苍茫，梧桐树下，从一间房舍中透出亮光，彻夜不息，福楼拜正在伏案写作。书房的窗口正对着塞纳河，他推开半合半闭的窗帘，抬头远眺，夜雾迷漫，两岸景色若隐若现，连巴黎圣母院、卢浮宫、凯旋门也都消失在天地间。晚风吹来，万籁俱寂，这灯光直至晨光熹微时才熄灭。塞纳河水千古流，它穿越巴黎城区，朝西北，入英吉利海峡，汇入浩瀚的大西洋。日复一日，年复一年，

> 河上的渔夫、远航的船员们，都把从窗户中射出来的，这通夜不灭的灯光，唤作“福楼拜先生的窗户”，为了航行时不迷失方向。他们都把它作为路标，作为灯塔。

透过福楼拜的“窗户”看福楼拜，我们看到了一位勤奋的作家为追求散文（这一文体被他称之为“可诅咒的、无论如何也不能定型的、没有形状的东西”）写作的完美，常常为修饰文句，寻求某个唯一的名词或动词、或形容词而绞尽脑汁，精疲力尽，然而他仍不懈，因为他相信“天才即耐心”的格言。他刻苦写作，写得很慢，有时一星期只写两页。就这样，他用了5年时间，终于在1857年完成了他的代表作《包法利夫人》。

透过福楼拜的“窗户”看名著，我们看到了爱玛，从解析《包法利夫人》中，观察到了作者笔下的大千世界，他为人们描绘了一幅19世纪法国社会的历史画卷。作者出身于塞纳河畔卢昂的一个医生的家庭，小时候随父亲在医院度过的。这一经历，对他的写作产生了很大的影响。的确，他像行医者一样，在作品中对人物的观察于微，对世态的观察于细，通过对爱玛的一生遭遇的描写，再现了19世纪的法国社会、风俗人情、民众生活，在“平凡的世界”中蕴含着不凡的社会现实和精神世界。正因为如此，《包法利夫人》开创了文学上的新纪元，它是一部“模范小说”，也是一篇“模范散文”。正如米兰·昆德拉所说的，直到福楼拜的问世，小说才终于赶上了诗歌，文坛称他的这部作品具有划时代的意义，被认为是一部“最完美的小说”，这样的评价并不过分。

透过福楼拜的“窗户”看文坛，我们看到了19世纪的法国文学：感受到《巴黎圣母院》《红与黑》《基督山伯爵》《茶花女》等作品的光耀，也领略到了法国之外的文学名著《安娜·卡列尼娜》《雾都孤儿》《嘉莉妹妹》《斯巴达克思》等作品的丰彩。

透过福楼拜的“窗户”看世界，我们看到了自他的《包法利夫人》问世后，在文坛上所带来的“革命性后果”，他不仅继承与发展了巴尔扎克的批判现实主义，而且其超时代的审美趋向和探索，也包涵了某些后现代主义文学的元素。正如当代中国作家格非所言：“我们从后来的罗兰·巴特、德里达等人的叙事理论中都可以清晰地听到福楼拜的声音。”

最近，马克龙总统在就职演说中说：“历史将翻开新的一页，世界需要法国”。倘如是，世界需要的则是一个眼光远大的法国，我以为透过“福楼拜的窗户”看世界，庶几可矣。

（原载《新民晚报·夜光杯》2017年6月12日）

1820 年：来自米洛的光亮

春风拂面，碧空如洗，辽阔的海上日出，朝晖满地春满天。米洛岛上的一位农民约哥斯在掘地，间歇时，他远眺爱琴海，海风不时迎面扑来，米洛岛犹如一块宝石镶嵌在它的西侧。他终年劳作，有时也曾遐想，有朝一日穿着棕绿色的春衫，执着风帆在蔚蓝色的大海上航行……蓦然，忽听锄下发声，接着晃动，尔后塌方，他发现了一只壁龛。再向里看，一座雕像在他面前闪亮，这就是享誉世界、众所周知的《米洛的维纳斯》(即《断臂的维纳斯》)，时为 1820 年 4 月 8 日。约哥斯死了，但《米洛的维纳斯》却“活”了下来。可惜我们大多数时候，只知道这些精美的艺术品，却忘了发现他们的人。

1820 年，在世界政治编年史上，是个相对平静的年份，既没有这之前的轰轰烈烈的法国大革命（1789），也没有这之后血雨腥风的世界大战。一般说来，西方 19 世纪正处在莺歌燕舞的盛世，它辉映在维多利亚时代的雍容华贵里，炫耀在哈布斯堡王朝的轻歌曼舞中。从宏观来看，在历史长河中，王朝易代，政权更替，只不过是历史的一瞬。如同当代法国年鉴派第二代代表人物布罗代尔所说，那不过是海面上的几朵浪花一闪而过，而持久的却是 1820 年的光亮。

这光亮照亮了世界，历史注定 1820 年 4 月 8 日《米洛的维纳斯》雕像之发现将永放光芒。自《米洛的维纳斯》出土后，便很快地引起了各方关注。可叹的是，当时的希腊还处在奥斯曼土耳其帝国的统治下，隶属希腊的米洛岛不能自立，这一稀世国宝也不能为母国所拥有。为争夺《米洛的维纳斯》，西方列强各施计谋，展开了激烈的争夺，经过一番较量，乃至战争，法国成为最后的胜利者。他们把雕像运至巴黎，呈献给当时的法兰西国王路易十四（现藏巴黎卢浮宫）。然而，法国人所掳夺来的雕像却是断臂的，追究其因，是当时出土时就这样，还是在出土以后争夺时被损，已无可查考了。

这光亮照亮了巴黎，震撼了欧洲。这种震撼充分体现在对这尊断臂雕像的重塑上，当时，艺术家们为此绞尽脑汁，给女神设计了多种复原方案：有的设计维纳斯手里拿的是金苹果，有的设计她双手握住的是一支长矛，有的说她手里握的不是长矛而是一块盾牌，有的又说她手挽发髻或正拨着琴弦，争论不已。近年来比较一致的意见认为，维纳斯一只手正伸向站在她面前的“爱的使者”丘比特……众说纷纭，又互不相让，这一重塑的热情直至 19 世纪末才逐渐消退。在旷日持久的重塑热消退后，人们发现，无论如何补塑她的双臂，但总觉得不够协调，不够自然，还不如就让她缺着两只胳膊，也许比不缺臂的维纳斯更能增强人们的审美感觉，并给观赏者留下无限的想象空间，为之陶醉，乃至献身。不是吗？英国诗人拜伦为希腊文化所倾倒，也无比崇仰这座雕像，在《米洛的维纳斯》发现后的第三年，他买下了一条战船，驶向希腊，亲自投身到当时希腊如火如荼的民族解放运动中，并最终牺牲在他所热爱的土地上。

这光亮让我们回望历史，去反观西方文明的源头古希腊。在世界文明史上，古希腊文明是个“后来居上者”，历二三百年之久的奋发，竟超过了比它早二三千年早已进入文明社会的古代东方诸国，在公元前 5 世纪时盛极一时，处于当时世界的领先地位，史称“希腊的奇迹”。有道是，光辉的希腊，伟大的罗马。聪颖的希腊人，把爱与美一并交给一位女神掌管，希腊人称她为阿芙洛狄蒂，罗马人叫她维纳斯。世界各民族神话中皆有爱神，称呼也不一，唯维纳斯的名字最出名，而“米洛的维纳斯”又在诸多的称谓中最为响亮。近代德国艺术史家温克尔曼曾说过：“希腊杰作的一般主要的特征是一种高贵的单纯和一种静穆的伟大，既在姿态上，也在表情里。”这段论古希腊雕刻的名句，用在《米洛的维纳斯》身上，可谓是恰如其分。细细观之，这座雕像抒写的是诗，散发的是画，在这诗画合一里，歌唱着“高贵的单纯”和“静穆的伟大”，它所显示的这种“理想的美”不啻是古希腊艺术的巅峰。它为古希腊的“后来居上”佐证，更为古希腊文明的大放异彩锦上添花，概言之，说她是古希腊文明的象征也不为过。

关于这座雕像的创作年代，也引起了学界的争论，大体倾向于为公元前 4 世纪时的作品，这也正是古希腊艺术达到高峰的时候，称之为“古典艺术的盛期”，其时产生了米隆的《掷铁饼者》及稍后的《拉奥孔》等名垂后世的杰作。在我看来，在西方文明史上，公元前 5 至 4 世纪时的古希腊雕刻，英国莎士比亚的戏剧，19 世纪欧洲的古典音乐，皆是“奥林帕斯山上的宙斯”，是人类文化史上不可企及的范本，闪耀着永久的辉煌。

这光亮永远不会泯灭，正如现代英国诗人阿尔弗雷特·诺伊斯在诗中所写，“那可爱的面容，竟超过了她自身的永恒”。《米洛的维纳斯》之“永恒”，在于她是“体现纯美的女神”（黑格尔语），因为这“纯美”，多少个艺术家们都拜倒在她的石榴裙下，而她的无穷高远的意境与含义等待后人不断地去思考、去领悟。在诸多精彩纷呈的论述中，俄国文豪屠格涅夫在他的一篇小说里所言，给人的印象尤为深刻。他明确指出《米洛的维纳斯》比法国大革命的《人权宣言》更彰显出无与伦比的力量。倘仔细观摩这半裸的女神雕像，她确有一种青春的美，永远在“对着阳光与春天微笑”（罗丹语），充满了勃勃生机；再仔细瞧，她典雅而不失平和，她艳丽而不失亲切，从中人们感受到的是对尊严的渴望和对自由的向往，正是在这一意义上，两者是可以相提并论的。屠格涅夫睿智地放言说前者比后者的威力与影响还要大，的确是别具一格和充满睿智的洞见。

再细细赏之，灯光下，一位诗人的吟诵由远及近，由弱转强：“是诗意、是梦境、是凄凉、是回想？缕缕的情丝，织就生命的憧憬。大地在窗外睡眠！窗内的人心，遥领着世界深秘的回音。”（宗白华：《美学散步》）我想神明维纳斯也能体会这位东方诗人的意蕴，听到人间对“生命的憧憬”，领悟人类对“纯美”的追求，于是在天地、神人、古今间留下了经久不息的和声。人类总是不断地向着光明、幸福的道路上前进的，代代相继，生生不息，谁也阻挡不了历史发展进程的这一客观规律。这不由让我想起马克思的一段名言："为什么历史上的人类童年时代，在它发展得最完美的地方，不该作为永不复返的阶段而显示出永久的魅力呢？"马克思的这段话是在谈论古希腊艺术与现代社会的关系时讲的，然而借用马克思的这段名言，用在这里也是切中肯綮的。是的，结论是也只能是：爱与美是不朽的。1820 年的光亮普照人间，因而《米洛的维纳斯》的生命力与人类一样长久，也是不朽的，具有"永久的魅力"！

（原载《社会科学报》2018 年 10 月 18 日）

果戈里焚稿

“风雨连宵铁马喧，上林花冷落大观园。潇湘馆里无声息，有一位抱病佳人她双泪悬……”声悲怆、调忧伤，在入夜的寒冬里飘荡，这不是弹词开篇《黛玉焚稿》吗？曹雪芹《红楼梦》中黛玉焚稿的情节记忆犹新，而弹词名家杨振雄浑厚与苍劲的声音又为这寒夜平添了一份凄凉。遥望长空，回想起近世俄国文学史，大作家果戈里（1809—1852）焚稿的故事，亦悲怆，亦忧伤，令后人感叹不已。

> 某日，果戈里向诗人茹科夫斯基朗读一个剧本的片断，读得正兴起，忽发现诗人睡着了，还发出了轻微的鼾声，他随即中止了朗读。诗人惊醒后感到十分愧疚，可果戈里却说：“本来希望能听到您的真诚的意见，如今阁下的瞌睡就是最好的回应。”说完他毫不犹豫地将手稿投入熊熊的炉火之中。

综观19世纪的俄罗斯文学界，在普希金的引领下，人才济济，跑在前头的便是果戈里。1831年，他与普希金相识并结为莫逆知交。此后，他受到了普希金的真诚帮助和深刻的影响。同年，他的成名作短篇小说《狄康卡近乡夜话》问世，得到了普希金和别林斯基的好评，他们说俄国文学就此进入了“果戈里时代”。果戈理的小说《外套》(1842)，是19世纪俄罗斯文学中描写“小人物”命运的一篇杰作，在当时颇具进步意义，获得了陀思妥耶夫斯基的高度评价，指出“我们全都来自《外套》”。

果戈里的代表作：一为讽刺喜剧《钦差大臣》(1836)，如作者在“自序”里所言，“我决意在此剧中将当时俄罗斯的全部丑恶集在一起，然后痛快地加以嘲笑”。另一为长篇小说《死魂灵》，书中塑造了乞乞科夫这一典型人物，揭露了腐朽的俄国农奴制社会。两书体裁不同，但文脉相通，史诗的风格，人民性的基调，爱国主义的情怀，在谴责中抱有希望，在腐朽中看到光明。正如俄国思想家赫尔岑所揭示的：“他的目光透过污秽的蒸腾的雾霭，看见了一个生气勃勃、充满力量的民族。”这充分显示出了一位优秀作家的史识和才华，震动了当时的俄罗斯文坛。

确实，果戈里生活在俄国沙皇政府的残暴时代，他于此有着切身的体会。果戈里曾遭受过迫害，被迫流落异乡多年，客居在巴黎、罗马等地。1842年，他在国外完成了《死魂灵》的第一部。

果戈里对自己的文学作品确是精益求精和一丝不苟的，总是不断地进行修改。比如他对《钦差大臣》剧本的语言，反复进行过推敲，使剧中人物的每一句话都恰如其分。他还以自己的朗诵才能，一有机会，就当众深情地朗读自己的作品，于作品中的每句话赋以不同的情调。读毕征求听众的修改意见，边读又不断地修改，拿起，放下，又拿起，循环不已，为的是实现自己立下的宗旨："使创作达到最完美的地步"。为此，他又不断地焚稿，企盼毁旧稿以换来作品的"浴火重生"。

果戈里早年间就有以焚稿这种极端的方式来逼迫自己，以超越自我，培养锲而不舍的执着精神。于是，他曾不断地烧毁过一些他的小说和剧作，但令后人刻骨铭心的是他焚毁了《死魂灵》第二部，那真是惊天地、泣鬼神的壮举。《死魂灵》第一部的成功，促使他写作第二部比第一部提出了更高的要求。初稿成后，总觉得不满，"为了复活，必先有死"，他在心里默念着，也即刻付之于行动上。一个周日，众人都外出了，他在病魔缠身的情况下，偷偷地把五年来的辛劳和血汗成果抛在炉火中。果戈理写道："当火焰焚毁我的书的最后几页时，它的内容突然像从烈火中飞出来的凤凰一样，清晰而明朗地复活了。"不是吗？凤凰涅槃，浴火重生，他以惊人的毅力重写，还不时给来访者朗读他的篇章，众人都期盼他写出一部更好的作品。

1852 年 2 月，果戈里预感自己不久于人世，又抱病重读《死魂灵》第二部，越读越觉得人物形象苍白，通篇乏力，距离自己的目标更远了，不忍卒读矣。是月 12 日深夜，他主意已定，在做了长时间的祷告后，起身，擎着蜡烛到隔壁房间，从皮包里取出手稿，放进炉子里，便用蜡烛点燃，绿色的火舌舔着纸的边缘。此时小男仆跑了进来，一看这情景，就跪在地上求他别烧啦，果戈里厉声喝道："出去，不关你的事！"烧了好久，待烧完，他坐到了椅子上，坐了许久，又抱头痛哭起来，在恍惚中，他隐约听到了普希金的声音："把我全部的欢乐付之一炬……我忧伤的命运那一点微薄的慰藉，请你永远留在悲哀的胸口上，伴我长相随。"（《焚毁的书信》，1825）此时，果戈里已病入膏肓，烧掉手稿之后，距死亡已是一步之遥了。九天后，他就逝世了，年仅 43 岁。

"凄凄风雨赴黄泉，离了人间未了缘。"在茫茫的冬夜中，传来了《黛玉焚稿》的末句，令人遐想不已：知音已绝，诗稿怎存？林黛玉在临终前立意焚稿，那是对爱情的执着追求。意旨难求，文稿怎存？果戈里在谢世前立意焚稿，那是对文学的执着追求。两者情感相通，都是人生之悲歌，生命之绝唱，正如《红楼梦》中的叹词："香魂一缕随风散，愁绪三更入梦遥！"

然果戈里不朽。在世间，伴果戈里长相随的是他的作品，正是因为《钦差大臣》《死魂灵》在俄国文学史上开辟了一个新时代，他成为俄罗斯批判现实主义文学的奠基者。其后，俄国大文豪列夫·托尔斯泰赞他为"巨大的天才"，认为这两部作品是"完美的顶峰"，也因此他跻身于世界一流作家之列。

在中国现代文学地图上，果戈里的作品也是与中国广大读者"长相随"。曾记得，前年俄罗斯国家剧院曾在京沪两地演出过《钦差大臣》这部原汁原味的俄罗斯戏剧，受到了中国观众的热烈欢迎。2009 年焦晃和他的上海戏剧学院 1959 届表演系的同学们在上海重排该剧演出，以了却50年前未能完成的毕业剧目。他的《死魂灵》更有多个中译本，在当下坊间流传。其实，鲁迅先生早在20世纪30年代就把它译成中文了。

鄙人不才，愿仿弹词开篇《黛玉焚稿》之体例，步其韵，试写了弹词开篇《果戈里焚稿》如下。小曲草成，即得老友、复旦大学中文系古典文学名家陈允吉先生的教正，他又是“评弹票友”，于是全曲把关，逐句润饰，尔后还即兴用蒋调试唱几句道：“蛮扎劲咯。”又说还是请上海评弹团的秦建国先生弹唱吧，那才是真正的淳厚的蒋调呢。

《果戈里焚稿》（弹词开篇）

风雪连绵万马喑，
庭院凋零荒草漫。
曾记得，《近乡夜话》曝虚名，
《钦差大臣》天下冠。
世人争阅《死魂灵》，
《外套》里面藏新颜。
此生幸遇普希金，
亦师亦友相依伴。
心切切，路迢迢，
他乡惊梦湿罗衫。
无边落木萧萧下，
青山不老人已寒。

一生心血墨缘情，
可叹续篇不忍看。
付之一炬化灰烬，
莫留尘世成笑谈。
凄凄风雪魂灵在，
告别人间心也宽，心也宽！

（原载《社会科学报》2019 年 1 月 24 日）

走近瓦尔登湖

小车在高速公路上奔驰，此行何方？波士顿也。回想来美国前，儿子在电话中问我最想去美国的什么地方？我不假思索地回答他："哈佛大学与瓦尔登湖。""为什么？"儿又问。我又道："先师耿淡如先生曾于20世纪20年代末来哈佛留学，访哈佛是为了追寻先贤的足迹再出发；至于走近瓦尔登湖，是为了到梭罗写那本世界级文学名著《瓦尔登湖》的实地来看一下。"

从吾儿工作与居住的大西洋边的小城威尔明顿市（属特拉华州）到波士顿，倘路况顺畅，也得要六七个小时的车程。当下，前方大道畅通无阻，从窗外望去，远处晴空万里，蓝天白云，近处，两旁高大的松树和橡树，筑起浓密成荫的树林，一一闪过。路长沉闷，我便浏览到美国后买的《瓦尔登湖》英文版。这是一本今年8月在美印刷发行的新版，封底有一段言简意赅的文字："在1845年，亨利·戴维·梭罗搬到瓦尔登湖畔的一间小屋栖居，旨在远离世俗，与大自然合为一体，在那里，他度过了仅二年多的隐逸静思的日子。无疑，'瓦尔登'一词比以往任何时候都更为世人所知了，它不啻成了一首赞扬纯朴简约与自给自足德行的颂歌。"这段提纲挈领的话，也无疑是读《瓦尔登湖》，窥探梭罗精神世界之津逮。

在哈佛，我整整待了一天，邂逅在燕京学社任职的我系毕业生和正在这里访学的同仁，自是高兴。在校园内漫步，当我行走在所剩不多的一条弹硌路上，发出了轻微的响声，似乎是踩着了先师的足迹，听到了先师的声音……

次日，从波士顿弗兰克路出发，经 Minuteman bikeway（民兵自行通道，美国独立战争时的起始之路）大道，约半个小时车程，就到了波士顿附近的小镇康科德。距该镇西南不到两英里处，瓦尔登湖就在那里。

走近瓦尔登湖，如今，这里已列为国家自然保护区，辟建了一个瓦尔登公园，仅停车收费，游人就不另买门票了。入口处，我一眼就瞥见了一间小木屋，屋内有一张小床、小桌等杂物，虽然它只是当年梭罗自建原型的复制品，但内心还是充满了激动。想当年，哈佛毕业的高才生，不去大城市谋求功名，却只带一把斧子，走进林子里，伐木筑屋，自给自足。此举不说“超凡”，也是“脱俗”的吧，常人也许连一天都呆不下去的。小屋前有一尊梭罗的雕像，很不显眼，它还没有我的个子高，这真是有点出乎我的意料之外。我在像前驻足细看，见他的左手举在胸前，右手甩在身后，似在迈步行走，似在与人交谈，倒是那只左手经众多旅行者抚摸而闪着亮光。我拉着梭罗的手说：“久仰，久仰，今天终于见到了你。”然而，我不能想象眼下这座雕像就是被誉为同《圣经》一起塑造美利坚民族性格十本书之一的《瓦尔登湖》的作者，与我在华盛顿、费城等地见到的美国政治编年史上的气宇轩昂的伟人雕像，在视觉上竟如此地不相匹配。但我静下心来

作者在瓦尔登湖畔留影

一想，倒觉得雕刻家的匠心又是如此地恰如其分。

走近瓦尔登湖。放眼望去，它的确只是一个 Pond（池塘），面积只有 61 英亩半（1.36 平方公里），与波士顿附近众多的小湖，并无两样。它湖水清澈平静，闪闪发光。关于此湖，梭罗在书中这样写道：

> 玻璃似的湖面，像一条最精细的薄纱，湖面的平静似乎连燕子都被迷惑了，可以停留在水面上；有时候，风从湖上传来，乘着吹起的涟漪，听着夜莺的乐音……

在阳光下，金色的湖边沙滩，熠熠闪光。在划定的区域内，游人还可在湖中嬉水、游泳，但不可超越标志。这湖到底有多深呢？有趣的是，最先测量瓦尔登湖深度的，不是别人，正是《瓦尔登湖》的作者本人。因为梭罗是一位测量师，书中有一段叙述他测量的过程，结论是："瓦尔登不是无底之湖，最深的地方恰恰是 102 英尺；还不妨加入后来上涨的湖水 5 英尺，共计 107 英尺。"这个深度，与现今用更先进的技术手段测量的结果，大体相近。从数学意义上而言，瓦尔登湖其实不深。然则，它虽不是深不可测，但却深藏若虚；它虽面积不大，却小巧玲珑，大气包容。有人形容它是康城冠冕上的一颗珍珠，我则把它比喻为是浩瀚的大西洋中的朵朵浪花，前赴后继，永无止境，将会在人们的心头掀起波澜，震撼心灵，留下了无尽的遐思。

走近瓦尔登湖，让人获得心灵的平静。记得两年前，我在清华园拜访了时年九十有六的何兆武先生，在聊天中，先生说到了当年在西南联大学习时的情况，特别是他当年与大才子、同窗王浩（后去哈佛留学，成了享誉世界的学者）的交往，他们曾多次在一起讨论“什么是幸福”这一话题。王浩取“hbppiness”（愉悦），何先生取“blessedness”。我问道：“此词（blessedness）有何深意？”何先生道:“圣洁与高远也。”他又说:“不要抠字眼了，用当下的大白话来说，我以为幸福就是平静，心灵的平静，不折腾。”他举例说：“前几年学校曾分给我一套三室两厅的新居，我想这么大年岁了，还是不折腾了吧。你看，在这里踏踏实实地住着，这才叫幸福啊！”这次访谈，“心灵的平静是人生的幸福”这句话给我留下了难以泯灭的记忆，对照《瓦尔登湖》，梭罗所求亦然。

《瓦尔登湖》是梭罗独居两年多四季轮回与实地观察的实录，全书由 18 篇散文组成，书中包含有自然科学与人文社会科学的诸多知识，以及他的边叙边议，即作者的哲思，反映了作者挑战自我的精神世界，以及“自我”与“非我”（人与大自然）冲突与调整的心路历程。这自然是一本散文集，后来它成了后世非虚构文学写作的典范。可以这样认为，梭罗对大自然有一种与生俱来的亲近感，他之所以远离世俗，疏远城市的喧闹，过着一种纯朴简约的生活，是为了品味人生，追求人与自然的和谐，“以图直面生命的本质”。这与上述何先生之见的韵味，当有异曲同工之妙。也是在两年前，清华大学校长给新生赠书《瓦尔登湖》，我想这别出心裁的做法也有同样的旨趣和追求吧。然而，在高速奔驰的时代列车上，总是运载着喧嚣、炫耀、戾气，

作者在瓦尔登公园的梭罗雕像旁留影

日复一日，年复一年，这似乎成了当下生活的常态，倒是沉静、纯朴、散淡却离我们渐行渐远。于是人心纷繁，人性泯灭，世态乱象丛生，这世界怎么了？

在湖边漫步，沉思，我情不自禁地想起了诗人海子，这位在20世纪80年代梭罗的“中国铁杆崇拜者”。1989年3月26日，中国文坛发生了一起轰动性的事件：年仅25岁的诗人海子在山海关卧轨自杀。当时，这位年轻诗人身边带着4本书,《瓦尔登湖》就是其中的一本。他用诗歌赞颂梭罗,在《梭罗这人有脑子》组诗中写道：“梭罗这人有脑子 / 像鱼有水、鸟有翅 / 云彩有天空 / 梭罗这人就是 / 我的云彩，四方邻国 / 的云彩，安静 / 在豆田之西 / 我的草帽上”又曾说：“梭罗对自己生命和存在本身表示极大的珍惜和关注，这就是我诗歌的理想。”诗文之间，流露出海子对梭罗的敬佩和歆羡。梭罗说过：“人活着的话，我们就应当努力追寻自己的理想。”然而可叹的是，海子只是在文学（诗歌）上实现了自己的理想,却没有再跨出一步,深刻领悟梭罗关于“生命的本质”之真谛。再跨出一步，读懂《瓦尔登湖》，谈何容易！

在此，必须作一点重要的补白：梭罗的人生观是高尚和向上的，他之“出世”是为了更好地“入世”。《瓦尔登湖》中文版首译者、著名文学家徐迟说得好：“他（梭罗）记录了他的观察体会，他分析研究了他从自然界里得来的音讯、阅历和经验。决不能把他的独居湖畔看作是什么隐士生涯。他是有目的地探索人生，批判人生，振奋人生，阐述人生的更高规律。并不是消极的，他是积极的。并不是逃避人生，他是走向人生，并且就在这中间，他也曾用他自己的独特方式，投身于当时的政治斗争。”是的，用“探索人生，批判人生，振奋人生”这十二个字来概括梭罗的人生观，庶几可矣。因此，梭罗绝不是什么“隐士”，他一生支持废奴运动，反对当时美国对墨西哥的战争。他还写有不少政论时文，如果不是因肺病不治而于 45 岁时英年早逝，倘若上帝再给他一些时间，梭罗将会活出一个别样的人生！

走近瓦尔登湖。如今瓦尔登湖已不只是一个湖泊，也不再是梭罗曾在那里生活与写作过的一个实地，它已幻化为一种意象，即“心灵的图画”。在现代交通便捷、国际交往频繁的今天，寻找实地瓦尔登湖不难。顺便带一句，我在实地就遇到了同属杨浦区的“阿拉”上海人和复旦人。在这急功近利与急躁浮华的现代社会里，寻找“心灵图画”中的瓦尔登湖真的不易，因为它牵动现代社会的脉搏，绵亘人类文明的精神家园。那么，请诸君放慢一下你们的脚步吧，去倾听抵抗俗世邪恶的呐喊，聆听追随初心返璞归真的声音，才不致忘却心中的“心灵的图画”，沦为现代文明的弃儿。如此，那就命中注定了梭罗是慢热的，而现今被视为“世界文学瑰宝”的《瓦尔登湖》也是耐读的，经得起时空的考验。据统计该书在世界各地今已有 200 多个版本流布，梭罗和他的《瓦尔登湖》将是不朽的。记得梭罗的导师爱默生说过：“人一旦有追求，世界亦会让路。”这句话，当然首先是送给梭罗的，但也是送给努力寻找“心灵图画”中的瓦尔登湖的所有人，不是吗？

（原载《解放日报·朝花》2018 年 11 月 1 日）

走近大西洋

今年暑假去美国探亲，吾儿住在东部的特拉华州，得以就近去大西洋沿岸几个城市漫游，时观沧海。这给我留下了此次旅美之行难以忘却的印象。

走近大西洋，始于巴尔的摩。巴城是马里兰州最大的城市，也是大西洋沿岸重要的港口，该城内港濒临切萨皮克湾（全湾长 311 公里）的顶端西侧。一天，我们去华盛顿游览，顺道探访了距华府只有 60 公里的巴尔的摩，我在车内还没打完一个盹，儿子就推开车门说到了。放眼望去，一座独特的玻璃尖端的建筑矗立在前面，这就是国家水族馆。在海湾边，只见水波荡漾，家长带着孩子乘小游船在水面上漂泊。载客的游船在港湾两岸往来穿梭，一切都是那么平和。“海风你轻轻地吹，海浪你轻轻地摇……”苏小明的歌声仿佛在我耳边回响。从这里到大西洋还有相当长的一段路程，但大西洋在我眼前却撩开了面纱。它一路奔腾过来，到了这里累了，于是就“好好睡觉”，以待朝霞映红海面时，航船再起锚。

走近大西洋，又识于波士顿。波士顿是马萨诸塞州首府，它拥有哈佛等多所世界级的名校。我近距离看大西洋，是在访哈佛途程中。因为读梭罗的《瓦尔登湖》，此次我特地去了瓦尔

作者在大西洋畔海滩留影

登湖，是为了到梭罗写那本现被视为“世界文学瑰宝”——《瓦尔登湖》的实地去看一下，也为了走近大西洋。确实，包括瓦尔登湖在内的波士顿城郊的大小湖泊不少，它们都是大西洋献给这座城市的朵朵浪花。我在湖畔撩起一泼水洗脸，心里念道：大西洋啊，今天我终于找到了你。

我们未能去波士顿周边的海滩，只在港湾码头看海：远处，海轮像一只蚂蚁在爬行；近处，成群海鸥不时在空中飞旋；对岸波士顿机场上空，有飞机不停地起降，这风景比在巴尔的摩内港看海要绚丽夺目多了。夜已阑，华灯上，儿子带我去了一家饭店，品尝著名的波士顿龙虾。店内食客爆满，多是闻名而来，但该店却取名为“no name”（无名饭店）。服务员一看就知道我们是来自中国的，特地挑选在面向大海的座位，我得以从窗口看海。这顿晚餐留给我的不只是波士顿小龙虾，还有大西洋的夜景。

走近大西洋，再见于威尔明顿。威城是特拉华州的最大城市，但特拉华州却只是美国排名第49位的小州。威城人口只有十多万，也是个小城市，但它却有“世界化工之都”“世界信用卡之都”之美名，尤其是近处的里霍伯斯海滩，闻名全美。其实，说近也不近，从儿子住处（威市莱姆斯通路）到这个海滩，倘路况顺畅，起码也得两个小时的车程，可见从威尔明顿看大西洋也不易。

小车临近里霍伯斯，车速更慢了，车行排队。时值夏日，游人大多是全家出游，来海滩度假的。你看：支一把遮阳伞，放几张沙滩椅，留意或不留意大洋中时隐时现的海豚，说着闲语，散淡而愉悦，舒缓而平和。站在木栈道上一望，金色的沙滩，在夏日的阳光下更显光彩，沿岸边一字排开的上述景象，蔚为壮观。海滩上，有一幕景色让我难忘：与我年龄相近的一位美国老人，坐在沙滩椅上，正聚精会神地在看书。这是我与他的对话："What are you reading, Mister? "（先生在读什么书？）答道："A Fiction."（一本小说。）我又问："How can you keep reading under such noisy circumstances?"（为什么在这样的环境下能专心阅读？）他又答道："As long as that's something I like，I will do it regardless of wind or rain."（只要是做我喜欢的事情，任凭风吹雨打。）这话让我怔住了，半是钦佩，半是感叹。

啊，大西洋。这下我可以与你有零距离的接触。与大伙一样，我也光着脚，向你走来。海阔天高，碧波汹涌。时值涨潮，波涛骇浪，一浪高过一浪，追逐着，前仆后继，拍打着堤岸、沙滩。说时迟，那时快，一个浪头向我冲来，避之不及，我的衣裤全被打湿了。这算不了什么，海明威在《老人与海》中不是说过："你可以把我打倒，但你永远不会把我打败。"大浪淘沙，你也永远不会把我击败。我也许想多了，眼前的景象鼓舞了我：瞧，右前方近处一对孪生小姐妹，逐浪嬉水，在大浪面前，一点也不害怕，倒是构成了一幅画，美不胜收；左前方远处，一汉子到深流击水，浪遏泳者，时隐时现，一旦大浪退去，便向岸上观海者挥手。小姐妹、那汉子，我要为你们点赞啊！大西洋之浩瀚，此次我是亲身体验过了。

我站在木栈道上漫步，遐想不已：巴尔的摩内港的温顺，波士顿码头的绚丽，里霍伯斯海滩的壮观，它们各显芳华，但都是“大西洋朋友圈”中的一员，共同构建成大西洋之大气浩瀚和大千世界之丰赡精彩。

（原载《新民晚报·夜光杯》2018年11月29日）

寄往大洋彼岸的思念

灯下，从手机微信中传来一则消息，不由让我惊诧不已："后学教父"，当代美国最具盛名的思想家、历史哲学家、文学批评家海登·怀特于 3 月 5 日驾鹤西行，引来学界同仁的一片哀悼声。故人风致，音容笑貌，不禁涌上了我的心头。

14 年前，我与怀特初识。那是一个春天。"春风又绿江南岸"，4 月上旬，正是"杂花生树，群莺乱飞"之际。上海玉兰花开，万木竞秀，百年校庆前的复旦园更是飞花点翠，春意盎然。

2004 年 4 月 8 日，"第九届中华文明的二十世纪新意义"大型国际学术研讨会在我校召开，海登 · 怀特应邀与会。初次见面，我稍加打量，只见他金发疏落有致，颀长的身材，轩逸而倜傥，蓝眼睛尤显得炯炯有神，在与会的其他西儒中显得尤为出众。首场全体会议，怀特首讲，报告题为《西方史学的形而上学》。其论视野开阔，宏旨意远，口才堪称一流。从他口中流淌出来的尽是后现代主义的话语，给全体与会代表留下了深刻的印象。不过，我与他近距离的交流是在次日上午的分组会议上，记得那场会议是由葛兆光教授主持的，报告人有：复旦大学张广智的《傅斯年、陈寅恪与兰克史学》、北京大学罗志田的《发现在中国的历史》、复旦大学李天纲的《十七、十八世纪的中西史学》。

三位报告人话音（有同声翻译）刚落，怀特就迫不及待地举手发言，滔滔不绝地说了起来，如：把历史与小说区别开来，这是一个错误的观点；用科学方法治史，更是一个“普世主义”的错误；“诗性语言”才是一条再现历史的途径；近代西方史学犯了一个根本性的错误，就是把历史学变成科学……他巧舌如簧，观点鲜明且又尖锐，令人难忘。更令人难以忘却的是怀特为复旦学子所作的同一主题的精彩演讲，也使我与他有了零距离的接触。

这场全校性的报告在美国研究中心底层大厅举行，校内外学子闻讯赶来，整个大厅挤满了人，后来的就只能坐在地上了。他新潮的理念，精湛的口才又一次征服了复旦的“天之骄子”。在茶歇时，他捧着纸杯，喝着咖啡，与来听讲的我的几位弟子交谈起来。我在一旁倾听他们的对话，间歇我邀请他与我们合影，他爽快地答应了，于是就留下了一组照片，尤其是我与怀特的合影更显珍贵。这张合影我一直收藏着。只见照片上，怀特与我都很兴奋，我的右手挽着他的左臂，绛紫色的上装，显得他英姿勃发，他一只耳朵上钉了个耳钉，在灯光下闪闪发光。此时，他不仅是一位大学者，而且也是一位明星啊！他的粉丝不只在复旦园，也近及丽娃河畔，远及清华园和未名湖畔。事后，我听弟子陈新说起这耳钉的故事：一次，陈新问他为什么在耳朵上钉个耳钉？他回答说：“这是我女儿让我钉的，我女儿说，‘你可以钉个耳钉’，因为是我心爱的女儿嘛，为什么不呢？”他爱家人，这微小的生活细节足见其父女情深意切。

三年后，我与怀特在丽娃河畔又见面了。那是一个秋天，申城的秋天也别有一番景色。2007 年 11 月 3 日，华东师范大学举办“全球视野下的史学：区域性与国际性”大型国际学术研讨会，怀特是会议主办方特邀的首席嘉宾。旧雨相逢，格外亲切。我说：“Professor White，it’s been long time，my old friend.”（怀特教授，老朋友久违了！）他回说：“Professor Zhang，just a little over three years.”（张教授，也只不过三年多吧。）在会议上，他的后现代主义话语，再一次展现给会议代表。尤其他与伊格尔斯的争论（在会上或会下），他对学术的虔诚，都给人难以泯灭的记忆。他确实才华过人，思想前沿且又独到，他的代表作《元史学：十九世纪欧洲的历史想像》，主导了 20 世纪 70 年代以来历史哲学中的语言学转向，颠覆了以往那种认为历史在本质上是进步的、连续的等传统史学的观念，把历史变成了一种“诗性的比喻”，确证历史作品普遍存在的诗学本质。这是一种“叙述主义的历史哲学”，是历史学，尤其是历史哲学领域内的一场“革命”。这场“后学风暴”还扩展到文学，尤其是文学批评领域，他成了当代西方大名鼎鼎的文学批评家，其著作也成为跨学科研究的典范。

如今看来，“后学风暴”初起时，震惊史坛，尤其是对“历史真实性”的挑战，包括我在内的学界人士一时接受不了。风雨漫漫路，后学走过了 40 多年的历程，当下，他和其他的后现代主义史家（如荷兰的安克斯密特等）的观点，也渐渐地被学术界接受了。不管怎样，怀特给我一个最深刻的印象是敬畏学术，且不乏真诚，充实了敬意。华东师大会议后，我再也没有见到过海登·怀特，但他的学术行程，我及国内同道都在一直关注着。于我而言，一生中有此两次与怀特这样大师级的人物相见足矣。

我站起推开窗户，夜已阑，望星空，在西方史学的星座里，群星闪耀，我找到了海登·怀特，那颗最亮的星。遥望远方，临窗追忆，睹物思人，观照念君，能不怆然？蓦然，我想起了宋代文学家欧阳修为悼念亡友石曼卿而写的名篇《祭石曼卿文》中的句子："呜呼曼卿！生而为英，死而为灵。其同乎万物生死，而复归于无物者，暂聚之形；不与万物共尽，而卓然其不朽者，后世之名。此自古圣贤莫不皆然，而著而简册者，昭如日星。"倘改曼卿为怀特，其意皆然。是的，海登·怀特确是生是英才，死为英灵，如同星辰一样明亮。谨以此文寄往大洋彼岸，以寄托我的哀思。尚飨！

（原载《社会科学报》2018 年 4 月 5 日）

同生共荣，让大地母亲重返青春

21世纪以降，当生态灾难一次又一次地袭击人类，尤其观当下新冠肺炎肆虐，在一些地区如山呼海啸般那样暴发，并在全球大流行时，我总是想起了他，一位历史学家的“警世通言”：“人类将会杀害大地母亲，抑或将使她得到拯救？如果滥用日益增长的技术力量，人类将置大地母亲于死地；如果克服了那导致自我毁灭的放肆的贪欲，人类则能够使她重返青春，而人类的贪欲正在使伟大的母亲的生命之果——包括人类在内的一切生命造物付出代价。何去何从，这就是今天人类所面临的斯芬克斯之谜。”这位历史学家就是现代国际史学界的大家阿诺德·汤因比（1889—1975），上述引文出自他的传世的压卷之作：《人类与大地母亲》（徐波等译，上海人民出版社2016年）。

在时代与史学变革的潮流中

汤因比生当近代西方社会处于莺歌燕舞的盛世，其时英国维多利亚王朝的雍容华贵与轻歌曼舞风光一时。进入20世纪，世界大变局，风雷激荡，社会巨变。在这个动荡的世纪，他足足生活了四分之三个世纪，也足足奋斗了75年。他是20世纪西方史学从传统史学向新史学变革潮流中的弄潮儿，反叛传统的史学理念，继承与发展了斯宾格勒的“文化形态说”，以其皇皇巨著12卷本的《历史研究》崛起于西方史坛，而后又笔耕不辍，著作等身，成为20世纪西方史学界的一代宗师。然而，汤因比不只是一个在书斋里坐而论道的学者，还是一个投身于社会实践的“斗士”。在“一战”“二战”时，他任英国外交部智囊，参与了两次巴黎和会。直至晚年他仍活跃在国际舞台上，反对战争，捍卫和平，抨击种族歧视，并时刻关心着人类的命运，显现出了浓厚的国际人道主义精神。概言之，汤因比不愧为是一位政文双馨的“智者”，一位20世纪最伟大的西方历史学家之一。

难忘1973年

我们把历史定格在1973年，这位“智者”已是耄耋之年了。据我所知，1973年世界政坛并无什么大事发生，但是年在国际史学编年史上，汤因比却为此写下了精彩的一页。与古希腊智者苏格拉底一样，他总是接受访谈，虚心地与任何愿意同他对话的人聊天。是年5月，已过杖朝之年的汤因比，结束了与日本佛学家兼社会活动家池田大作跨越两年的举世闻名的对话，后成书名为《对生命的选择》（*Choose Life*，中译本据日文版译名为《面向21世纪的对话》，国际文化出版公司1985年版）。两年后他就溘然长逝。这是一位老人在谢世前，给世界的奉献。且不说那场“关注人的生命”为主旨的对话，更令人惊叹的是，他在1973年，以高龄完成了一部长达70万字余（中文）的大作《人类与大地母亲》。

汤因比的《人类与大地母亲》与其成名作《历史研究》，倘相比较，有一同二异。这“一同”是两者都是整体性与综合性的通史之作，前书的“从世界性的角度去看待”与后者的“对人类历史作一番宏观鸟瞰”，其宏观视野都是相同的。

两者之异，一是其史学旨趣或落墨侧重点不一。《历史研究》以文明（或文化）作为历史研究的单位，书中阐发的“文明发展的同时代论”“各个文明价值等同论”“文明之间相互比较论”等新论,使他成了“文化形态说”的发扬者。而《人类与大地母亲》则以人类与生存环境(“大地母亲”)的相互关系为中心来展开的。恩格斯说过：“历史可以从两方面来考察，可以把它划分为自然史和人类史。但这两方面是不可分割的，只要有人存在，自然史和人类史就彼此相互制约。”此言甚是。事实上，人与生存环境之关联，深刻影响着人类文明发展史，汤氏的《人类与大地母亲》则以自己的史学实践为读者作出了范例。细究全书共82章（有的名为“章”,实则短小,可为“节”),从“自然现象之谜”开篇至1973年的“生物圈”终结。它与常见的世界通史迥然不同，该书的政治编年史极其简略，比如从1773年至1973年这近现代世界风云变幻、错综复杂的200余年，历来为中外通史作者编纂世界历史时的浓墨重彩的部分,而汤因比却以“生物圈”为章名，以很少的篇幅（约24000字），围绕人类与生存环境的相互关联陈述之。

另一异是，两书风格不一。汤因比的《历史研究》是一部思辩型之作，从历史哲学层次上为人们描绘了一幅宏阔的世界历史的图景，但他所构建的文明的起源、生长、衰落和解体的“四阶段论”，毕竟还不能代替人类历史发展进程的本身，而他的《人类与大地母亲》则不同，他在其书“序言”中公开表明本书是“按编年顺序”、采“叙事体形式”写作的，不管是书名还是行文都显示出长篇叙事型的史诗风格，文采斐然，且环环相扣，引人入胜，颇具可读性，很适合大众读者的阅读口味。在我看来，具思辩之长，备叙事之才，合二而一，乃良史之求也。汤因比的确不乏史才，从成名作的《历史研究》到晚年的《人类与大地母亲》，从思辩型之作走向叙事型之作，且互为补充合二而一，又皆成气候。我辈虽不能至，但心向往之！

又，读者在阅读《人类与大地母亲》一书时，倘把他的《历史研究》作为陪读，实为阅读之雅事。借此，顺便说及，一般非专业的读者，可以选择《历史研究》的节本，现有几种节本，我推荐汤因比的单卷本《历史研究》，其书附有大量的精美插图，另有地图、大事年表（刘北成、郭小凌译，上海人民出版社2000年版）

让智者的“警世通言”响彻寰宇

汤因比的《人类与大地母亲》最后一章题为《抚今追昔，以史为鉴》，作者紧扣人类与生存环境相互之间的关系，用简练的叙述（6000多字）对1973年之前的人类历史作出了整体性的反思，实为点睛之笔，可作为全书的“结语”，值得读者格外重视。“抚今追昔，以史为鉴”，在这流畅与精悍的文字中，挥洒出的如下几点，更应当引起我们的关注。

其一，关于人类技术进步。作者写道，从旧石器时代、新石器时代发展到近世的工业革命，尤其从 1773 年至 1973 年这最近 200 年间，人类在技术方面出现了快速的进步，他敏锐地指出：它“极大地增加了人类的财富和力量，人类作恶的物质力量与对付这种力量的精神能力之间的‘道德鸿沟’，像神话中敞开着的地狱之门那样，不断地扩大着裂痕”。它犹如一把双刃剑。纵览世界，这种不平衡还在不断扩大，正在把人类引向“地狱之门”，这是多么可怕的一种情景啊！须知，人类的技术进步，物质文明的发展，不能以损害“大地母亲”为代价。进言之，人与自然应当和谐相处，让“绿水青山就是金山银山”这一理念响彻大地，方能构建好“地球村”的美好家园。

其二，关于“人类之爱”。汤因比指出：“人类之爱应该扩展到生物圈中的一切成员，包括生命物和无生命物。”在这里，汤氏所说的“人类之爱”，广袤无垠，大爱无疆，这和他在 1973 年与池田大作对话中所说的“慈悲和爱”，其旨意是相合拍的。无疑，这种识见，既应和对话者佛学家池田大作的信仰，也与他本人作为虔诚的基督教徒信念相吻合。在他们两人看来，“慈悲”与“爱”的普世性，道明了人类社会的共同诉求，而关注人的生命和尊重人的尊严，无疑成了题中之要义。观当今，在我国抗击新冠肺炎的战斗中，那种“大爱仁心”以生命应对生命普照着神州大地，感人的场面目不暇接。比如那张落日余晖的照片，不知温暖了多少人的心。正是“因为有爱，人间值得”，那位年迈的患者，在送别上海援鄂医护人员时，用小提琴奏出的分明是汤氏“人类之爱”合奏曲的东方最强音。

其三，关于“警世通言”。“警世通言”是借用我国明末冯梦龙纂辑“三言”中的一部书名，用来比称文前引用的汤氏在《人类与大地母亲》一书之末段，庶几可矣。每当我一遍又一遍重读汤氏的“警世通言”，其“言”醍醐灌顶，其声振聋发聩，不啻是一位智者谢世前的《广陵散》，是惊世的呐喊，如生命的绝响。

汤氏的“警世通言”，不由让我联想起莎士比亚在悲剧《哈姆雷特》中的名句：“生存还是毁灭？这是一个问题。”目下，环顾寰宇，瘟疫大流行，真是“千村薜荔人遗矢，万户萧疏鬼唱歌”，人类为此付出了多么惨重的代价。重温两位先贤之遗训，痛中思痛，深刻反思，人类必须协调人和自然的关系，与“大地母亲”同命运，共生共荣。“抚今追昔，以史为鉴”，我笃信，在全球生态危机频发的时代，中国文化中“天人合一”的认知、我国率先倡导与秉持的“人类命运共同体”的理念，在这场全球抗击疫情的进程中，将会不断地得到彰显，展现出华夏文明的光华与现今的大国担当。

（原载《解放日报·读书周刊》2020 年 5 月 16 日）

第三辑　垦荒者精神

继承先贤的垦荒精神，发扬前辈的优良传统，切向近思，求索无疆，行走在望道路上……

先贤给我们留下了什么？

从复旦邯郸校区正校门入内的第一条马路，往右拐即是望道东路。路口有一处胜景，入口处一石碑，镌刻着周谷城先生书写的“曦园”两字，笔力遒劲，自成一体。走过梅樱坡，朝东一瞥，青松岭上的卿云亭，傲然屹立，从亭上登高一望，见近处，曦园美景，一览无余：荷塘、鱼池、凉亭、曲桥，还有那翠竹、桃树、红梅、垂柳；看远处，风轻云淡，苍穹无边。夜阑时，望星空，只见在中国史学的星座里，群星璀璨，人们看到了复旦历史系的星光，他们是：陈守实、周予同、耿淡如、周谷城、王造时、蔡尚思、谭其骧、胡厚宣、杨宽、章巽、田汝康、程博洪、胡绳武、金重远、朱维铮（按生年排列），他们15位

复旦大学历史学系“四老”（左起）：陈守实、周予同、耿淡如、周谷城

是历史系系史上的一代宗师，远逝的声音，恒久的回响，将永远在中国现当代史学的史册上留芳。

复旦大学建校已 115 年，具有悠久的历史传统；复旦历史系建系 95 年，亦具有深厚的学术文脉。须知，大学所承载的基本使命就是不断推动学术的发展，校庆也好，系庆也罢，该纪念什么呢？那就是学术。正如李大钊所说："只有学术上的发展值得作大学的纪念。"同样，复旦历史系建系 95 年纪念，也应当首先关注"学术上的发展"。为此，我们从历史系的历史上，寻找出对本系学术发展居功至伟的这 15 位代表人物，因为在他们身上怀揣着一部中国现代学术（尤其是现代史学）的发展史，可以这样认为，中国现代史学的缘起及其发展史，他们可称得上是一个缩影。

众所周知，大凡历史稍长一点的学校（或系所），都有属于其自身的历史传统和学术精神，而这些传统和精神的建设就仰仗于卓然绝伦、令人仰止的大家。试想，倘复旦历史系没有"四老"（两周、陈、耿）、没有"两公"（谭、蔡），相信路上会显得冷清多了。旨在不断开拓与创新的历史系，在当下迫切需要把这些先贤所熔铸的传统发扬光大，使他们的学术精神与信念薪火相传。简言之，先贤给我们留下了什么？从以上 15 位大家身上，我们试作归纳，不妨列举以下几点：

首先要特别指出的是，强烈的爱国主义精神。唯其如此，我系先贤们的爱国主义精神，才成了激励历史系师生不断奋进，不断求得"学术上的发展"的根本动力和精神遗产，抱着学术报国的宏大志向，在立德立言中发挥自己的才华。

这种爱国主义精神，在我系先贤“两周”的生涯中表现得最为突出。1919 年 5 月，巴黎和会上中国政府外交失败，丧权辱国，作为战胜国的中国竟然将德国在山东的权利转让给日本。消息传来，引起全国民众的强烈不满，北京学生更是义愤填膺。5 月 3 日，北京学生集会，号召大家愤起救国，决定第二天在天安门前举行游行示威。正是在这个时候，周谷城与周予同结识。是日,周予同参加了第二天示威游行的组织筹备工作。5 月 4 日，他们二人一道赴天安门参加集会游行。行至赵家楼胡同曹宅时，北京高师学生匡互生首先冲开大门，与周予同一起，撕下床上的帐子，取出火柴，点燃了熊熊烈火，史称“火烧赵家楼”。正是这熊熊烈火，揭开了中国新民主主义革命的序幕，也正是在这场革命运动的洪流中，周谷城与周予同结成为终身的挚友。

关于五四运动，习近平总书记在纪念五四运动 100 周年大会上的讲话中明确指出：“五四运动以全民族的力量高举起爱国主义的伟大旗帜。五四运动，孕育了爱国、进步、民主、科学为主要内容的伟大五四精神，其核心是爱国主义精神。”“两周”身上所体现出来的五四精神，星火不息，继续传承，即使在艰难的岁月里，先贤们对国家和民族的前途也抱有希望。比如苦守在“孤岛时期”上海的耿淡如，因撰文痛斥日本军国主义的侵略行径，被捕入狱。他在狱中常赋诗作词以寄托其爱国之情，后经多方营救才出狱。又如，同样在这时候，蔡尚思拒聘敌伪时期报社的高职高薪，说：“哪怕给我一座银行，我也决不当汉奸！”字字铮言，表现出一位中国学人的崇高爱国情操。身在海外的田汝康心系祖国，在新中国成立时，他是东南亚沙捞越地区第一个升起五星红旗的中国人，后于 1950 年归国任教。

先贤们从事的是教书育人，从事学术研究，为新中国的文化建设尽职尽力。在阴晴不定，甚至是惊涛骇浪时，对祖国的未来依然充满信心，并肩负时代的使命，担当民族和国家振兴的重任。这种精神都深深地打动了我们，铭刻在历史系晚辈的心坎上。

第二是“博大精深”的学术传统。从某种意义上说，复旦历史系是与周谷城的名字联系在一起的。在新时期欢迎历史系新生的黑板上，常写着“欢迎你，未来的周谷城”，令人难忘。是的，翻开系史，第一次大革命失败后周谷城来到上海，从研究中国社会的历史与现状，转到研究中外历史，先后撰写《中国通史》与《世界通史》。他在内迁重庆时的复旦史地系任教，抗战胜利后复旦大学迁回上海，周谷城出任史地系首任系主任，自此与复旦历史系结下了不解之缘。在院系调整后本系勃兴的日子里，在共和国 17 年本系曲折坎坷的岁月时，在新时期本系蓬勃发展的时代中，即使他在出任人大任副委员长，政务繁忙之际，也不忘我系的发展。历史系的广大师生总能感知到周氏倡导的“博大精神”的脉搏，深刻地影响着我们。

历史系“博大精深”的传统，周谷城身体力行，但他也由博返约。院系调整后，他改授世界上古史，带这个专业的研究生。本系同仁亦相向而行。仍以“四老”为例，周氏之外，陈守实笃信马克思的历史理论，周予同与耿淡如均有过编写“本国史”与“外国史”教材的史学实践。因而他们三位前辈即使从事各自的专长中国土地关系史、中国经学史、西方史学史，也都具有“通识眼光”。正因为此，他们方能在各自专长的研究领域中游刃有余，业绩昭然。

复旦历史系“博大精深”的传统，是通过“通专并举”的教学体系来实现的。20世纪30年代，本系“通专并举”的教育理念就已确立，此后渐成制度，80年代初周氏提出的办系建议仍是“通”与“专”的兼顾，直至当今实施的“通识课程”等举措。以本系1964届毕业生为实例，或可佐证。这届学生于1959年入读复旦历史系，正逢“教育革命”余波，即使在这样的形势下，重新修订的历史系培养计划仍强调要有“较广的历史科学知识”。此时学制为五年，先用一半左右的时间集中全力学习两门“通史”(《中国通史》和《世界通史》)，后全班学生按志愿分列成中国古代史、中国近现代史、亚非拉民族解放运动史（实为世界史）三个“专门化”，学习为各“专门化”开设的系列专业课程。在当时整个本科教学过程中，十分强调打好“三基”（基本理论、基本知识和基本技能），并辅之以相关配套课程，培养学生具有中外历史学的系统知识和文史哲各科的广博知识，以及写作能力。总之，“通专并举”的教学体系，成了践行“博大精深”传统的支撑点。由于这一方针的贯彻，历史系造就了一批“通专兼具”的专业人才，他们在走向社会以后，发挥自己的“通才”优势，利用扎实而宽广的基础知识，具有较强的分析问题与解决问题的能力，从而赢得了同行的称赞。

第三是彰显独特的学术个性。在复旦大学，历史系的老教授们所彰显的独特个性成为校园内的一道道风景。已出版的《名师剪影》中多有描绘，在此不赘。在这里，要注重的不是流传的逸事、出彩的风姿，而是他们的专长。本书的15位先贤，个个显示出才华出众、独立不羁的学术风范与个性。前述“四老”之外，其余的如王造时之于政治学说史，蔡尚思之于中国思想史，谭其骧之于中国历史地理学，胡厚宣之于甲骨学，杨宽之于先秦史，章巽之于中西交通史，田汝康之于中外关系史，程博洪之于拉丁美洲史，胡绳武之于清史，金重远之于法国史，朱维铮之于中国思想文化史等等，我系成了专业人才的荟萃之地。如同翻译界常说的朱生豪之于莎士比亚，傅雷之于巴尔扎克那样，他们创造了后人一时所难以企及的学术成就，不愧为各自研究领域中的“奥林帕斯山上的宙斯”。

彰显独特的学术个性，日渐成了历史系的办系理念，成为历史系的又一个好传统。事实证明，由于确立了这样的办系理念，复旦历史系才能不断发展，不断培养出为学界所公认的专家，于是不仅在20世纪60年代初与北大历史系相比，“可居鳌头”，也可望在当今史坛擢居海内一流。

为了彰显独特的学术个性，需要“兼容各家”的胸怀与气魄。在这里，老一辈为晚辈做出了榜样。比如，院系调整后周谷城与耿淡如同在世界古代史教研室工作，自傲的周谷老与谦和的耿老，各有所长，又相互合作，足足共事了25年，也和谐相处了 25 年。这不只是个案。谭其骧主持编绘的传世名作《中国历史地图集》，更是“兼容各家”、合作精神的范例。在这项重大学术工程中，面临着周期长、人员多，参加者学风有别，个性各异，倘没有一种“兼容各家”、和谐合作的精神，这部巨著的完成确是难以想象的。此后这种精神，薪火相继，历史系学人始终坚守。在中国新时期历史系所出的重大成果中，比如《中国文化史丛书》《世界文化史丛书》等，无不体现了这种精神。又如在 21 世纪之初，历史系启动的重大项目《中国史学的历史进程》（三卷本），由朱维铮主编。他集全系之力，各展所长，与大家互磋互磨，既能商量，也能妥协，很是随和，并不像外界传言的“难以合作”。此外，本系的“中外现代化研究中心”，从申报、立案及其获准后的运作，倘没有全系各方的相互配合与鼎力支持，那也是难以有所作为的。

第四是以学问为生命的真精神。“博学而笃志，切问而近思”，这是复旦的校训，也是复旦历史系系训，本系 90 多年来所取得的成就，确是属于那些矢志不渝，终身为历史学发展而献身的人。本书 15 位先贤之事略，当为范例。前辈那种一丝不苟、严谨求实的学风，令人肃然起敬，也令人称道。在此，我们特地还要添上一笔，为本系离退休老师点赞。他们是，“老骥伏枥，志在千里”，越至老境，越加奋发，笔耕不辍，成就非凡。有的甚至比在岗时的成果还要多，令人惊叹。在他们身上，我们能清晰地看到，学问是一种生命的延续。

在此，我要以史学史专业为例，稍释题旨。复旦历史系自院系调整后，便逐步形成重视中外史学史的传统。当时相继主持系政的“两周”，都十分重视史学史，强调史学史是文化史的核心成分，史学专业应该同时设置中国史学史、西方史学史两门主课，以及与之相辅相成的原典教程。经过多年政治运动的扰攘，到20世纪60年代初，两门史学史同时讲授，才在复旦历史系变成现实。中国史学史方面，由陈守实率先开设，“文革”后谭其骧重主系政，高度重视史学史课程建设，决定由朱维铮接续主讲中国史学史，并多次与朱讨论中国史学史该怎么讲，不由让那时刚过不惑之年的朱维铮感喟：“凡此，均使我感知前辈史学大师以学问为生命的真精神！”显然，这一精神在历史系也是代代相传的。

再过五年，就是复旦历史系的“百龄嵩寿”，期颐之岁亦不老。在我们看来，只要历史之树常青，历史学之树也该是常青的，因为我们拥有95年来积蓄的历史传统和学术精神，从中汲取资源，汲取养料，那么我们的历史系将永葆青春之活力，而不断焕发出新的生机。揣一缕世纪的霞光，采一片绚丽的卿云。博学笃志，薪尽火传；切问近思，求索无疆。惟听驼铃声声，追寻先贤的足印再出发，探寻一流路，始终进行时，百年风云写春秋，旦复旦兮风华在！

（原载《社会科学报》2020年9月17日）

垦荒者精神

九五华章，史苑流芳。今年是复旦大学历史学系建系 95 周年，在这喜庆的日子里，我们的西方史学史研究中心公众号亦面世，这为我系正在举办的建系 95 周年系庆纪念季增光。

我们从历史学系形成的传统中走来。回望系史，20 世纪 50 年代初，自院系调整后，我系便逐步形成重视中外史学史的传统，当时相继主持系政的“两周”（周予同与周谷城）都十分重视史学史，强调史学史是文化史的核心成分，历史学专业应同时开设中国史学史和西方史学史两门主课，以及与之相辅相成的原典课程。至 20 世纪 60 年代初，由陈守实先生和耿淡如先生讲授中国史学史和西方史学史两门课程，吸引着青年师生，并且各自都在本系带出传人，这一传统到谭其骧主政之后得以延续。我们要格外关注我系重视史学史的这一优良传统，珍惜并发掘先贤的思想遗产。对此，无知、遗忘、漠视，皆不可取，否则奢谈史学史研究的开拓创新，都是一句空话。

我们从耿淡如先生的学术精神中走来。耿师作为中国第一代世界史学科的前辈，作为中国的西方史学史学科建设的主要奠基者与开拓者，他的学术精神与卓越贡献泽被后学，影响深远。尤其是他不畏艰难，不辞劳苦，在荒芜的西方史学史田野里垦荒，矢志笃学，至死不渝。这是一种什么学术精神？答曰：垦荒者精神。这是奠基者学术精神的灵魂，也是我系先贤们“以学问为生命的真精神”的集中表现。在耿师的这种学术精神指引下，后继者和第三代传人，继承与发扬前辈的“垦荒者精神”，从编写《西方史学史》到撰著《西方史学通史》，从研究希罗多德到探索后现代主义史学，为构建中国特色的西方史学史学科体系、学术体系与话语体系做出了一点微薄的贡献。

我们从新时代中走来。新时代，是一个砥砺奋进、大有作为的时代，中国的西方史学史研究也将大有作为。我们要继承传统，开拓创新。为此，“西方史学，中国眼光”，应该是我们的正确选择。寻求体现西方史学研究的“中国眼光”和学术特色，应当成为西方史学史学科未来发展的方向，更应当成为中国史学走向世界的一种方略。我们的再出发，是从先贤铸就的优良传统中走来，从前辈筑就的道路上走来，从奋发的新时代中走来，踏踏实实，勤勤恳恳，一步一个足印。

我们相信，复旦大学历史学系西方史学史研究中心公众号将会成为一个学界同仁、旧雨新知交流西方史学史的学术平台，至所望焉！

附记：2020年10月18日，复旦大学历史学系西方史学史研究中心公众号开启。我应邀写了这个公众号的创刊词，结集时加了如上的文题。

“需要建设一个新的史学史体系”

“需要建设一个新的史学史体系”，这句掷地有声的话，出自半个世纪前耿淡如师的《什么是史学史？》一文中的开篇之语。我不止一次地拜读过这篇文章，以往于这开篇之语并无过多的留意，如今重读，在呼吁中国的史学史学科（中国史学史和西方史学史）再出发的今天，“需要建设一个新的史学史体系”一句即刻凸显出来，具有振聋发聩的现实意义。

关于中国西方史学史学科的再出发，前不久我已有《再出发：中国西方史学史学科的传承与展望》一文刊发。小文说到了中国西方史学史学科 90 余年的发展进程、中国学者研究西方史学的主体意识、中国史学应在与世界史学互动中前行等方面。再次检点拙文，总觉意犹未尽，但又不知从何着手。重读耿文，大义微言，指点门径，启我心智。就中国西方史学史学科的再出发，还可略作补白，或可作为前文的续编。

耿文《什么是史学史？》诞生在 20 世纪 60 年代初史学史大讨论之际，是在中国的史学史发展进程中具有重大意义的华章。正如瞿林东所言，该文即使在今天“都是很有参考价值的”。是的，该文共十点，条分缕析，言简意赅，却蕴含了很丰富的内容：关于历史与史学的区别、关于史学史的定义、关于史学史的编纂、关于史学研究的方法等等，尤其对史学史的对象与任务论述颇为周到。如说史学史应是历史科学的历史，它应阐明史学自身的发展规律，它不是传记汇编和目录学，它与其他社会科学门类有别，等等。耿文所论诸项，虽不敢说就是建设了一个新的史学史体系，但上述选项，在讨论史学史学科再出发的今天，当成为思考建设一个新的史学史体系的题中应有之义。

耿师在谈到“史学史应总结过去史学的成绩”时这样写道：

> 史学史应该总结出过去历史家的遗产。当然要用批判继承的方法，汲取其精华，扬弃其糟粕。这里也应指出：史学史也和历史一样可分为国别史学史或断代史学史，也可综合地去研究，作为世界史学通史。由于各国史学的发展很不平衡，它可采用比较方法，在和社会发展状态联系下，来阐明各国或各时代史学发展的异同点以及它们之间的相互影响。

这段话，包含了这样几层意思：第一，应当用批判继承的方法，总结过去的史学遗产；第二，史学史可以分为国别史学史、断代史学史和世界史学通史；第三，应当采用比较的方法，阐明上述诸项的异同点及相互影响。前述第一、三两点，学界论述甚多，这篇小文就“世界史学通史”这一核心词汇说开去，也许在不经意间会触及史学史体系建设这一大问题。

“世界史学通史”这一词语可拆开为世界、史学与通史三个词汇，以其中每二者成一组合，可得三个新词：世界通史、世界史学、史学通史。对此，现作一些简单的讨论。

先说“世界通史”。关于“世界通史”，学界已说得很多了，这里略说一二。一提到世界通史，我们马上就会想到周谷城在20世纪40年代末出版的三卷本《世界通史》，60年代初出版的周一良、吴于廑主编的四卷本《世界通史》，从50年代末开始引进的苏版多卷本《世界通史》，以及中国新时期以来诸多的世界通史编纂的理论与实践等成果，林林总总，不容细说。

然而，何谓“通史”，尤其从中西史学比较研究的背景来看，那还是大有文章可做的。以西语而言，其实它并没有与汉语相对应的“通”字，而英语中的general history、universal history、global history、total history等词，从严格意义上说，都不能译成“通史”，而相应译为“总体史”（general history）、“普世史”（universal history）、“全球史”（global history）、“整体史”（total history）。坊间流传的“世界通史”中译本，实际上往往是译者（或编者）加上了一个“通”字，以迎合中国读者的口味。这些英语词，异于我们所说的“通史”之“通”。正如刘家和所指出的：“这样我们就看到了中国与西方史学传统中的一个有趣的区别：同是通古今的史书，在中国就都称为通史，在西方则必须是带有普世性或区域群体性的才称作global history、general history、universal history，单一国家的历史虽通古今也不冠以一个表示‘通’（中国人心目中的通）的字眼。可见中西之间有着重通史与重普世史的特点之不同。西方所重的是普世史的特色，而中国所重的是通史的特色。”

“世界通史”无论在周谷城还是在吴于廑那里，其研究主旨，都主张把世界作为一个有机联系的从分散走向整体的发展过程，这就是我们通常所说的历史 I。而“世界史学”的研究对象则是以总结与评价世界史学的发展进程为宗旨，是对人类往事的记述及其研究，那是说的历史 II。

为此，为更切合题旨，对“世界史学”（或者“世界史学史”）要多说几句。自耿师于 1961 年提出“世界史学通史”以来，在那个年代里，犹如空谷足音，并没有激起多大的回响。中国新时期伊始，在 20 世纪 80 年代前期，我曾直接听到过两位史学前辈说到了“世界史学史”。一是 80 年代初周谷城在谈及他的经历时提到了“世界史学史”；一是 1985 年 3 月 5 日在北京召开的第一次全国史学史座谈会开场白时，白寿彝说道：“在十年之内、二十年之内、或多少年内，中国史学家能否写出一部包含各个国家各个民族的世界史学史。我想我们至少应该有雄心大志，是为前进的目标。”上述两位先生提到的“世界史学史”，虽未标以“通”，在我看来，其旨趣与耿文所言是相通的。

此后，对“世界史学”最为关注也最为杰出的当属海外学者杜维运。如耿师所说的世界史学通史可采用比较方法一样，杜氏从中西史学比较的视角出发，阐发“世界史学”。他这样指出：“将中西史学比较、综合之后，可望建立崭新的世界史学。”接着他从建立世界性的史官制度、必须扩展辽阔的世界史学视野、维护历史神圣独立的尊严等多个层面作出分析，如此，“优越的世界史学，始能出现”。杜维运先生的世界史学理念的萌生与完形，不是空谈，而是运用比较研究的方法，在扎实的史学实践中奠基的。他的《与西方史家论中国史学》《史学方法论》《中西古代史学比较》《中国史学史》(三卷本)、《变动世界中的史学》《中国史学与世界史学》等著作，可以为之佐证。

如今，“世界文学”“世界哲学”已不只是一个乌托邦了。在全球化的浪潮推动下，它越来越成为一个现实。世界文学或世界哲学之所以成为可能，那是因为现当代科学技术取得了异常迅速的发展，这使得人们的时空观念也发生急遽的变革，“地球村”已不再是一个预言。于是，跨文化的对话，尤其是东西方文化之间的对话使得世界文化的多元共存成为可能，也使得世界文学与世界哲学的存在成为可能。

那么，“世界史学”呢？亦然。记得，前些日子我读到德国历史学家厄尔德曼（Karl Dietrich Erdmann）的德文原著 *Die Ökumene der Historiker* 的英文译本 *Toward a Global Community of Historians*：*The International Historical Congresses and the International Committee of Historical Sciences*, *1898-2000*，此书中文名或可译为《走向史家之大同世界》。作者企图通过对国际历史科学大会的发展史，意在寻求一条通向史家“大同”(global community，直译为“全球共同体”)的途径。通观全书，其关键词语为 ecumene of historians，即“史家之村落”，这个“村落”当然是历史学家的“居所”，但这个“居所”大得很，是个普世性的“地球村”。总之，这位杰出的德国史家所说的“史家之大同”，换言之，即可转译为“世界史学”。个人以为，“史家之大同”虽还很遥远，但也不是乌托邦。在当今，与“世界文学”和“世界哲学”一样，它的存在也是可能的。厄尔德曼的“史家之大同”的期盼，与前述中国史家的“世界史学”，尤其与杜维运所论的“崭新的世界史学”，其意涵是不谋而合的。

在当下，彰显与倡导世界史学，有助于中国史学走向世界。但反观现实，在当今国际史坛，中国史学被边缘化，其地位与当代中国的国际地位还很不相称。在我看来，为了使中国史学跻身于世界史学之林，必须重绘世界史学地图。

为了重新绘制世界史学地图，我们需要做的工作很多，比如加强翻译，尤其是要从外译中转向中译外，让世界进一步了解中国；需要建立一些能在国际学界发出中国史家声音的平台，辅之以“走出去”与“请进来”；更需要中国学者拿出“拳头产品”、足以让国外同行为之瞠目结舌的学术精品，而不再是为洋人洋说提供材料的“学术小工”……这些学界多有评说，不再赘述。在这里，我特别提出一点，也是这篇小文的主旨，那就是为了重新绘制世界史学地图，有一项具体的实质性工作，那就是要编纂一部《世界史学通史》。这自然是一个难题，需要我们合力，作出深入的讨论与研究。

他山之石，可以攻玉。目前我接触到的一些域外著作，可供我们借鉴。比如，今年新出版的英国学者约翰·布罗的《历史的历史：从远古到20世纪的历史书写》，内容丰富，时贯古今，不过它其实是一部简明的西方史学通史。去年问世的由伊格尔斯、王晴佳、穆赫吉合著的《全球史学史：从18世纪至当代》，全书谋篇布局旨在从全球视野，重在空间范畴的同一性，分章论列了18世纪、19世纪及20世纪全球史学的横通层面。因为有华裔学者和印度学者的参与，在内容上兼顾非西方（主要是亚洲地区），至于亚洲之外的非洲及拉丁美洲并没有涉及。此外，正在中译的沃尔夫的《全球史学史》（*A Global History of History*）以及多卷本的《牛津历史著作史》，亦可供参考。总之，编纂一部《世界史学通史》殊为不易，因为它没有现成的东西可以照搬。但我们应当知难而上，为了重绘世界史学地图，拥有自己的话语权；也为了让国际史学界了解中国，了解中国史学在世界史学地图中的位置。因此，我们没有理由说放弃。

近年来，我对“史学通史”作过一些实践，有一些肤浅的体会。去年，由我主编的六卷本《西方史学通史》问世，引起学界关注。在《西方史学通史》出版后，学界称自此中国学者在西方史学史这一学科中，开始按照自己的主体意识阐发对西方史学的认识，有了自己的话语权。张耕华在评价六卷本《西方史学通史》时这样写道，《通史》揭示了西方史学演进中的“古今之变”，这是《通史》“圆而神”的一面，而各卷内容周赡丰实，阐发了史学与西方社会多方面的联系与互动，体现出如前辈史家严耕望先生所说的“圆而神”而辅以“方以智”这六个字的精髓，是一部名副其实的西方史学通史。这当然是学界对我们所作工作的一种肯定、一种鼓励与褒奖，《西方史学通史》还远远达不到“圆而神”“方以智”这样的境界。虽不能至，但却心向往之也。

但是，我们确实为此而努力。在写作《通史》过程中，我们遵循耿师的“综合地去研究”的教诲，尽量体现在这部书的写作中。当然，西方史学毕竟是世界史学通史的一部分（也许是主要部分）。但在我看来，写作《西方史学通史》与写作《世界史学通史》在贯彻“通史”旨趣上，两者并无二致，当有其相通的一面。以下几点，是我们写作六卷本《西方史学通史》时的一些体会，个人以为在编纂《世界史学通史》时，也应当考虑这些方面的问题。以下几点所说，都是从史学通史（历史II）这一视角而言。

第一，通史体例。司马迁的名言“究天人之际，通古今之变，成一家之言”，在编纂史学通史时，值得我们再三品味。在我看来，“通古今之变”是其编纂工作的基本准则。这里所说的“通史体例”，简言之就是“通”。我们的六卷本《西方史学通史》时贯古今，试图以西方史学史上的“五次转折说”，从纵向上揭示自古希腊迄至现当代史学的历史进程；从横向上阐明时代和社会的进步与史学发展变化之关联。总之，运用比较研究的方法，把历时性考察与共时性探讨结合起来，以此勾画西方史学的宏伟蓝图，求索西方史学的新陈代谢。“往来不穷谓之通”，唯其如此，才能写出真正的西方史学通史。不“通古今”，何以成“通史”？这自然是通史编纂体例上的基本要求，

第二，通史精神。司马迁的“通古今之变”，这个“变”字当是“通史精神”的灵魂。六卷本《西方史学通史》也把“变”贯穿在漫长的西方史学发展的进程中。这就要求写作者疏凿源流，抉隐钩沉，探究西方史学史上的新与旧、保守与革新、传

统与现代等交错杂陈的变化，以揭示它的发展规律。如果细分，尚可分出子系的“通古今之变”，比如史学思想的“古今之变”、史学思潮的“古今之变”、史书编纂的“古今之变”，等等。这是通史精神的核心。

第三，《通史》应以史学思想的“古今之变”贯通始终。一般说来，史学史研究的主要对象包括史学思想、历史编纂学、史学方法论、史料学等等，而在这几者之中，应当突出史学思想的主导地位。史学思想的演变，最能集中地折射出一个时代的变化，反映史学发展进程中的本质。在我看来，通史突出了史学思想的“古今之变”，或许是抓住了通史精神之魂。

第四，“综合地研究”。这是贯彻“通史精神”的方法论上的诉求。与编纂世界通史（历史 I）一样，编纂世界史学通史（历史 II）也应当着眼于整体，对各个国家或地区的史学，既充分阐发它们各自的特点，以显示世界史学的多样性与个性色彩，又寻求它们之间的“异同点”，把世界史学视为既“分国并列”又“往来交汇”的有机统一体，即它的整体性。我们并不认同国别或地区史学之总和就是世界史学通史。倘如是，那不成了各个国家或地区史学的松散无序与杂乱无章的汇编？要达到像耿师所说的“综合地研究”当然不易，但我们不能因其难而放弃这种追求。

编纂一部《世界史学通史》，自然会激发起我们对建设一个新的史学史体系的使命感与责任感。任重而道远，让我们一起为之而努力奋斗吧。

（写于 2012 年秋日）

《西方史学史》前言

呈现在读者面前的这本《西方史学史》，缘起于1996年国家教委实施的“高等教育面向21世纪教学内容和课程体系改革计划”。其后，由我开设的“西方史学史”课程也被列入复旦大学“本科面向21世纪教学内容和课程体系改革研究计划”。因此，编纂一本《西方史学史》便成了实施上述两项计划的“主干工程”。经努力，此项“工程”终于如期完成，作为国家教委的“面向21世纪课程教材”，《西方史学史》的初版于2000年问世。新书甫出，即获得了广大读者的喜爱，不久便重印，以后又逐年不断加印。不久，本书荣获全国普通高等学校优秀教材一等奖，并被教育部历史学科教学指导委员会定为“推荐教材”。

之后，本书又有幸被教育部列入“普通高等教育‘十五’国家级规划教材”，于2004年出了第二版，销量继续走俏，继续得到读者的厚爱。为了回报广大读者，我们对第二版作了许多修订工作，扩充了内容，新增若干章节，同时配了近百幅插图，以增添视觉印象，让大家更喜欢阅读。据不完全统计，两版合计共印了十五六次，其发行量已大体覆盖需用此类教材的全国各高等院校。

这令我感到十分惊喜，当然也让我感到欣慰。

与此同时，学术界对此书也迅速做出了回应。是书出版的同年，《世界历史》《史学理论研究》等国内权威刊物上便发表了两篇长篇书评：张耕华教授撰《一部“经院式”的西方史学史——读张广智〈西方史学史〉有感》（载《史学理论研究》2000 年第 3 期），评价本书是“迄今为止国内最为完备的一本西方史学史教材”，是把“教材的写作与学术研究进行完美结合的著作”；徐善伟教授撰《努力建立西方史学史研究的中国学派——评张广智等著〈西方史学史〉》（载《世界历史》2000 年第 5 期），同样认为本书既是一部“优秀的教材”，也是一部“不可多得的学术著作”。

总之，教育领导部门如此重视与支持本书，学界同仁如此赞扬与推崇本书，尤其是广大读者如此厚待与关注本书，这成了一种无形的力量，有力地鞭策与鼓舞着我们努力奋进，永不止步，不断修订这本西方史学史教材。

2006 年，本书再度入选教育部“普通高等教育‘十一五’国家级规划教材”，这已经是第三次入选国家级规划教材了。我们经过一段时间的努力，推出了第三版，这一版继续得到读者的厚爱。转眼，将近十年过去了，西方史学史的研究又有了新的进展，我们深感有作进一步修订的必要性，因此，如何把新版修订好，便成了一直萦绕于我心头的一件大事。我以为，新版应当继承前三版的优点，同时克服其缺陷。这之前所发行的三个版本深受读者欢迎，自然有它的道理：本书初写时所拟定的宗旨，即“编写出一部具有先进性、适应性和有特色的西方史学史教材"，满足了读者的学习需要和心理诉求。这是因为，唯其"先进性"，才能引领潮流，指明方向，尤其为向往时尚、前卫的年轻读者们广泛接受；唯其"适应性"，才能找准主体，兼及其他，使之满足方方面面的需求；唯其"有特色"，才能区别良莠，分出优劣，从而在"群雄纷争"中胜出。

因而，不断地创新，应确定为本书修订工作永远的追求。为此，它既要继续贯彻上述之宗旨，又要不断地创新，才能达到"先进性、适应性和有特色"的目的。也因此，新版的修订工作特别留意以下一些方面：

尽量把国内外学术界相关的学术成果，吸纳到本书中，并及时将这些成果介绍给读者，尤其体现在重写、扩写和改写的部分。读者从本书中可了解当今国内外顶级学者的著作和观点，从而获知相关方面的最新研究资讯与学术动态。

尽量把西方史学研究者的新成就与新思考介绍给读者，抛弃陈说，阐发新论。比如，关于古希腊史学、中世纪史学、文艺复兴史学、兰克史学、后现代主义史学、新文化史等相关章节，都是几位执笔者近年来潜心研究的成果。他们都有专著、专文发表过，在本书中"集体亮相"，易于广大读者"集中观看"。

尽量开掘与深化西方史学史的学科内涵，以逐渐构建西方史学史教材的新体系。与前几版相比，本书扩充了马克思主义史学的内容，加大了西方马克思主义史学的篇幅，新添了中外史学交流的篇章，等等。我们的这些尝试，或可有益于西方史学史学科内涵的深化。

凡此种种，不一而足。总之，在本版中，我们尽己所能，在立论、内容、结构、文字等方面修订增补，力求精益求精，使它不仅成为一本读者喜爱的西方史学史教材，也力求为有志于西方史学史研究的学者提供门径。

在此，有一点需要点明，本书除主笔之外，还有六位作者：吴晓群、陈新、李勇、周兵、易兰、肖超。他们都是我的学生，如今都已是各高校本学科的领军人物。我常常这样说：我的事业在于我的学生，个人的能力与精力都十分有限，因此我的许多事情都还得靠弟子们的支撑。对此，我是心存感激的。如这次修订本书，有的忙于行政事务而“日理万机”，有的于书桌旁一面写作而一旁婴儿正嗷嗷待哺。一言以蔽之，他们无怨无悔，夜以继日，全力以赴，精诚合作，终于助我完成了新版的修订工作。

这使我自然回想起，耿淡如师当年为编纂西方史学史、为中国的西方史学史的学科建设奠基时的艰辛，每每想到这里，都不由使我感慨万千。现在，我们的条件较之往昔不知好过多少倍，这也促使我的学生们得到了迅速的成长。本书只是显露了少数几位弟子的成果。其实，平心而论，我所带教的 30 位左右的博士研究生，多已成才，且都各有所长，在西方史学史等领域内辛勤耕耘，成绩不凡。在我看来，是改革开放的时代造就了他们，是复旦这座百年名校的沃土培育了他们，更是具有深厚的史学史研究传统的复旦历史学系培养了他们。当然，最重要的还是取决于他们自身的努力。

在这里，我必须强调指出的是，我和我的学生们的成就，都离不开耿师的“精神指引”。我曾经在接受学生的一次访谈中说到，我把耿师对学问的执着与敬畏、睿智与识见，视作一座为我们指明了前进方向的“灯塔”。至于我个人，作为这些后辈的老师，只是为他们的成长尽了绵薄之力。我所做的工作，好比是排球比赛中的“二传手”，经我之手，他们个个与耿师的学术文脉相衔接了。于是，在不少场合，常有学界同仁把我和我的弟子们的西方史学史研究称之为“复旦学派”（或径直唤作“耿淡如学派”），这一说法能否成立，还得由时间来检验、让历史来判断。我和我的学生们，只不过在中国的西方史学理论和史学史这个领域做了一些力所能及的工作，而从不敢以什么学派自诩。不过，在新版《西方史学史》即将出版的时候，我最想说的一句话是：我没有让我的老师失望，我的学生们也没有让我失望。

常言道，“十年磨一剑”。这部教材从问世至今已近 20 年了。如今看来，它仍有不少缺陷，还需要继续修订，才能打造成一把“好剑”。我深知，一部好的教材只有不断修订，才能继续得到读者的喜爱。在这里，国外的一些经验值得我们学习与借鉴，比如 1950 年初版的美国历史学家帕尔默等著的《现代世界史》（R.R. 帕尔默等：《现代世界史》，何兆武等译，世界图书出版公司 2008 年版），迄今已近 70 年了，其间不断修订，现已出至第十版，被学界称为登上世界现代史学术殿堂的“标准教科书”（何兆武先生序语）。这就是说，该书平均每 6 年就推出一个新版本，并持之以恒地一直在修订着。他们积数十年之力，终于磨出一把“好剑”，这确实令我们感动，也是我们学习与借鉴的榜样。

总之，“标准的教科书”离我们很远，但又很近。倘若懈怠、满足已有的成绩，它当然会远离我们而去；倘若我们辛勤劳作、努力耕耘，一切从零开始，它也许会逐渐接近我们。“标准的教科书”，永远的新追求，这是我们今后孜孜以求的努力目标，也是我们永不迷失的前进方向。

[原载张广智主著《西方史学史》(第四版)，复旦大学出版社 2018 年 6 月]

致读者书：写在《西方史学史》第四版发行之际

亲爱的读者朋友们：

时光飞逝，转瞬之间，我们的《西方史学史》从初版面世迄今，已整整十八个年头了。当我们奉上这第四版的时候，万里河山正沐浴在春风中，广袤大地正盎然在改革开放的不惑之年里。

让我们打开这个新版吧。在这里，源远流长的历史，曲折而又迤逦；多姿多彩的史学，辉煌而又斑斓。且看：盲诗人荷马带着他的诗篇，蹒跚地朝我们走来。继之，希罗多德与修昔底德一前一后走来。接踵而来的有塔西佗、马基雅维里、伏尔泰、兰克，等等。到了现代，斯宾格勒与汤因比一前一后走来，其他接踵而来的史家就更多了。以布罗代尔为代表的法国年鉴学派，以 E.P. 汤普森领衔的英国马克思主义史家群体，伊格尔斯等为国人所熟知的美国史家之精英，不断地向我们走来。让我们一起去拥抱他们吧！瀛寰回眸，彰往察来，进而去拥抱更宽广的全球世界。

让我们打开这个新版吧。在这里，有我们的艰辛，有我们的汗水。然而天道酬勤，这本在新世纪初问世的书，甫一出版，即获学界好评，更获得广大读者的厚爱，获得了教育部高校教材一等奖，又被教育部历史学科教学指导委员会指定为“推荐教材”。在这种“官民同誉”的谐声中，留下了艰辛后的果实，汗水后的丰收。为了传承与发扬复旦的中国西方史学史研究的传统优势，我们将永不止步，不断强化教材的学术品位，志在打造一本获广大读者都喜好的“精品”，并在新的起点上继续前进。

让我们打开这个新版吧。在这里，有我们与你们结成的深情厚谊。本书印数现达 12 万册余，换言之，我们的《西方史学史》已有了成千上万个“粉丝”。记得英伦才子、作家阿兰·德波顿说过：“一本好书，应当像一个朋友。”古今中外先贤论书夥矣，但我却十分欣赏德波顿的这句话，他把书友相连，就把作者写书的旨趣抬高到另外一种境界。笔下万千重，落墨不轻松，因为要为读者写出一本好书，结交一位朋友。我们在编纂与修订本书的过程中，切切实实地感受到了这一点。你们的褒奖，是对我们莫大的鼓励；你们的赐教，是我们精进的方向。总之，由于你们的厚待，促使我们不断前行，如何写好一本有中国特色的西方史学史，一直是我们团队反复思考的要题，更是我们一直以来孜孜以求的目标。我们与你们由书结缘，传于书，情于书，任凭风雨无常，日月转换，唯书香常在。我们视你们为心心相印的挚友，永远的朋友！

让我们打开这个新版吧。在这里，我要借此一角，特别要感谢莘莘学子对本书的挚爱。可以毫不夸张地说，由于你们一以贯之的鼎力支持，才会出现一本专业性很强的教科书如同流行小说、时尚读物那样的销售记录，这种“文化风景”的展示，于我们而言，不仅转换成一种推动我们前行的外在动力，而且也成了激励我们创新的内在追求。观当下中国史坛，雏凤新声谱新篇，在实现中国从史学大国转变为史学强国的过程中，在重绘世界史学地图中，更瞩望于年轻一代啊。汹涌澎湃的新思潮、层出不穷的新问题、日新月异的新方法，吸引与激励着你们，难道不应为之而献出芳华吗？一年前，五四青年节的时候，我校曾邀请一些老师推荐一本书并写“五四寄语”，我推荐的书是汤因比的名著《人类与大地母亲》，寄语则是：“让青春牵动你的梦想，使历史不再迷茫；让历史照亮你的未来，使青春疏离轻狂。”以此转赠，并与你们共勉之。

亲爱的读者朋友们，我们已进入了新时代，一个需要大家奋斗的新时代。每每在这样的时候，我耳畔总响起先师耿淡如先生在 20 世纪 60 年代初的声音：“我们应不畏艰难，不辞劳苦，在这个领域内做些垦荒者的工作。我之所以提出本问题，不是妄图解答而是希望大家来研究、讨论并共同解决这个问题。比如垦荒，斩除芦荡，干涸沼泽，而后播种谷物；于是一片金色的草原将会呈现于我们的眼前！”我们后来者，唯有在前人所开出的道路上，笃守信仰，一往无前，去开辟新天地，心之所向，无问西东。

此致

崇高的敬礼！

张广智写于 2018 年春日

《西方史学通史》总序

西方史学，内容宏富，源远流长，在世界史学发展史上占有重要的历史地位，只有具备深厚传统与悠久历史的中国史学，可与之媲美。的确，中西史学各具特色，但又共同为人类留下了宝贵的史学遗产。呈现在大家面前的《西方史学通史》，也许可以对西方史学的源远流长与宏富内容，对它宝贵的史学遗产说个大概。

“序者，所叙作者之意也。”刘知幾《史通·序例》引西汉经学家孔安国的话作如是说。这里说的“总序”，则是略叙六卷本《西方史学通史》之意韵：它的缘起、各卷内容及撰史旨趣等。

说起六卷本《西方史学通史》编纂之缘起，一下让我回想到 8 年前的情景：2003 年，冬末春初，原本是万象更新的季节，但“非典”肆虐神州大地，不仅给整个大自然平添阴霾，更在人们的心头留下了阴影。那时逼仄的环境，令人郁闷，但这并不能束缚人们思想自由的空间，更不能桎梏有志者的心灵。当系领导邀我共商学科发展大计时，双方想法竟出奇地一致：发扬我系在史学史方面的传统优势，把西方史学史做大，力争在这一学科领域取得新的建树。于是，编纂六卷本《西方史学通史》之动议，从提出、论证、实施，正一步一步从构想化为现实。

2011 年，多卷本《西方史学通史》的写作团队

实际上，编纂《西方史学通史》的源头可以追溯到 1961 年耿淡如师在《什么是史学史？》一文中所表述的理念。师所言"世界史学通史"之愿望，虽相隔半个世纪，但仿佛离我们并不遥远，如今正由他的学生和再传弟子们合力来实现。

何谓"通史"，贤者论述夥矣，个人于此并无洞见，兹不赘论。但六卷本《西方史学通史》既称"通史"，因此还得结合西方史学，在此略说一二。事实上，在中国史学发展史上，从司马迁所提出的"通古今之变"，经郑樵所明言的"会通之义"，迄至章学诚所阐释的"通史家风"，无论在理论上还是在实践中，都为我们留下了令人瞩目的史学遗产，这就毋须多说了。

这里需要说的是，六卷本《西方史学通史》的"通史"旨趣，主要体现在两个方面："通史体例"和"通史精神"（参见刘家和：

《论通史》)。

一是通史体例。六卷本《西方史学通史》时贯古今，从西方邈远的“荷马时代”迄至现当代。倘若从历史发展的层面上而言，我们力图于纵向上揭示在历史演变进程中西方史学的发展变化及其规律，于横向上阐明时代与社会的进步与史学发展变化之联系；倘若从史学史的结构层面上而言，即把史学发展进程中的历时性考察与共时性探索（即“纵通”与“横通”）有机联系起来，也就是对中外（西）史学进行交流与比较。不管是前者还是后者，都是我们今后要努力实施与弥补的一项工作。“往来不穷谓之通”，唯有把历时性的考察与共时性的探索结合起来，才能写出真正的西方史学通史。

另一是通史精神。司马迁的名言“究天人之际，通古今之变，成一家之言”，其中的“通古今之变”，值得我们再三品味。个人以为，把司马迁的“通古今之变”用之于西方史学，一言以蔽之，就是一部漫长的西方史学史也在不断发展变化，新与旧、保守与革新、传统与现代，也在不断地交错杂陈，其总的发展趋势是顺时代潮流者兴，逆时代潮流者衰，新陈代谢，万古长青。自古迄今西方史学所经历的五次重大的历史性转折，可为显证。“不通古今之变,则不足以言通史。”(参见施丁:《说通》),此言甚是。六卷本《西方史学通史》立意在“通古今之变”,亦即被贤者称之为“通史精神”的这一点上，我们将尽量做得好一些。

六卷本《西方史学通史》即以上述“通史旨趣”，力求以翔实的资料、系统的梳理、深刻的识见、时代的特色为目标，在求真中开拓，在务实中创新，以求“成一家之言”。这当然是难以达到的，但我们不能因为其“难”，就放弃这个目标。我们始终要努力奋争，虽不能至，但却心向往之。

六卷本《西方史学通史》，执笔的各位学者都施尽其才，作出了各自的奉献。为贯彻通史之旨趣，各卷的写作大纲都经大家讨论，各抒己见，充分显示了集体的力量。但在写作时，从立论、选材、结构、表述等，均充分发挥各卷作者个人的智慧，显示其“个性特色”。六卷组合，首卷为全书之“导论”；余五卷，以时间序列书写，构成了一部西方史学发展的历史长篇。各卷自可独立成篇，自成一统；但各卷之间，又力求上下衔接，相互贯通。

下面，对各卷的内容作一简要的介绍。

第一卷，导论。本卷阐述了西方史学诸元素，力图从总体上叙述自“荷马时代”迄至今日的西方史学发展全貌，反思西方史学自身的历史，着重探讨西方史学在其发展进程中的诸多问题，与其他相关学科、西方马克思主义史学以及与中国史学之关联，并就西方史学的开拓与创新、中国史学如何走向世界、如何学习与研究西方史学等方面发表看法，既是六卷本《西方史学通史》的“导论”，也可作为初学者与有志深造者的津逮。

第二卷，古代时期（从荷马时代至5世纪）。本卷阐述西方古代史学的兴起及其特征，主要以西方史学史的三大源头——希腊史学、罗马史学和犹太史学为探讨对象。希腊史学包括从史诗到散文纪事，从希罗多德、修昔底德到希腊化时代诸史家；罗马史学包括共和时期的罗马史学、帝国早期的史学、帝国后期的拉丁史家、帝国统治下的希腊史家；犹太史学包括犹太史学的传统、特征、范畴以及主要的犹太史家及其思想。

第三卷，中世纪时期（从5世纪至14世纪初）。本卷阐述欧洲中世纪史学观念和史学编纂的进程，着意从纵向角度勾勒中世纪史学萌芽、发展、变化和转折的发展历程，内容包括早期基督教史学的萌芽、蛮族入侵时期的史学趋向、加洛林时代的史学编纂、民族混杂与王朝分立时期的历史、拜占庭和穆斯林史学、中世纪盛期的史学和中世纪后期的史学。在对西方中世纪史学进行全景式考察的同时，也从横向角度探讨中世纪的历史认知，如基督教神意史观、年代记和编年史的特征、历史与传记等的混杂、不同地域和民族的多样性等，力图归纳出中世纪史学的总体特征。

第四卷，近代时期（上）（从14世纪初至18世纪）。本卷阐述14—18世纪欧洲史学发展和演变的情况，主要内容分三个部分：（1）探讨14世纪初到16世纪末人文主义史学产生的社会与学术条件，论述其代表性史家的成就、地位和影响，分析人文主义史学在总体上对于西方史学的贡献以及存在的局限；（2）讨论18世纪理性主义史学兴起的社会和学术原因，以及百科全书派、苏格兰学派、哥丁根学派、历史哲学的发展等问题；（3）探讨基督教史学的发展和影响，一方面论述博学派诸如玻兰达斯学派和圣摩尔学派等基督教史学产生的原因、主要贡献和影响，另一方面论述基督教史学的历史观对于世俗史学家和思想家的影响。

第五卷，近代时期（下）（19世纪）。本卷阐述被称为“历史学世纪”即19世纪西方史学的发展及其演变，以当时盛行的时代与社会思潮为背景，探讨19世纪异彩纷呈的浪漫主义史学、客观主义史学、实证主义史学、历史主义史学等史学思潮及流派，尤其彰显兰克学派；以史家、史著以及历史教学、史学刊物的发展为线索，展示19世纪西方史学专业化与科学化的进程，凸显19世纪西方史学巨擘及其思想，昭示19世纪西方史学的新趋势，力图完整、全面、系统地呈现“历史学世纪”的风貌。

第六卷，现当代时期（从19世纪末至今）。本卷阐述19世纪末以来迄至当下的西方史学的发展过程，以翔实的资料揭示西方史学从传统史学走向新史学的历史轨迹，纵贯欧美主要国家史学的发展与变化，横涉现当代西方史学发展进程中的新问题、新领域和新方法，格外关注诸如微观史学、新文化史等内容。本卷着力叙述现当代重大史家，注重阐发对西方史学乃至国际史学带来深远影响的史学流派，如法国的年鉴学派、英国的马克思主义史学派和美国的社会科学史学派等；突出史学思想的进步，藉以勾画出现当代西方史学发展变革的全貌。

与《西方史学通史》各卷内容相关联的，是西方史学通史所涵盖的时空概念。先说时间范畴，它是指从古希腊迄至当下，而各卷也有较为宽泛的时段列出。其实，史学发展的进程也与历史发展的进程一样，我们通常分成的古代史学、中世纪史学、近代史学（上、下）和现当代史学四大阶段。在各段之间不可能做到泾渭分明、整齐划一的，因而不能忽视它们相互之间的“牵连”，其“段”与“段”之间的过渡性与模糊性的特点，也就不言而喻了。

再说空间范畴，这就涉及对“西方”一词含义的界定了。何谓“西方”，这真不是三言两语就能说清楚的问题。在中国人的观念中，“西方”一词因时而易。邹振环指出，在古代，所说“西方”指的是印度文化大区和伊斯兰文化大区；明清以来，主要指的是基督教文化大区，它包括欧美的大部分地区。就西方史学通史而言，涉及的地理范围大体上包括欧美地区；就本书而言，欧洲多指西欧，美洲主要说的是美国；由于文化的因缘，若干从地理范围而言的非欧美地区，也会在书中有所体现；此外，从“西方”一词的阶级含义而言，比如在现当代，地理位置即使处在欧美地区的社会主义国家的史学（如两德合并前的民主德国等），也不宜包括在本书论述范围之内。简言之，我们的《西方史学通史》与学界流行的《西方史学史》（包括我主著的《西方史学史》），在时空概念上的界定，大体上是一致的。

至于说到六卷本《西方史学通史》的写作团队，令我记起希腊神话中的亚尔古船英雄们远航的故事：他们穿过激流，越过高山，战胜无数妖魔鬼怪，克服种种艰难险阻，揭破迷人的海妖西壬的诱惑，设法使那条永不睡眠的巨龙昏睡过去，终于从橡树上盗取了金光灿灿的金羊毛——是当时希腊人认为举世无双的无价之宝。且看我们的写作成员：清一色的博士，对西方史学训练有素，拥有相当丰厚的学术积累，一如“亚尔古船的英雄们”。此行何为？获取“金羊毛”——完成六卷本《西方史学通史》编写。有时，我在想，冥冥之中如有神助，能使我们这个团队一路走来，风雨同舟，矢志不渝，去完成“上苍”交托给我们的神圣使命。人生之贵，莫此为甚。

六卷本《西方史学通史》主编的重任，委诸我一人承乏，实在是力不从心。我绝不是希腊神话中那位领导英雄们寻取金羊毛远航的“领军人物”伊阿宋,有那么神奇的力量。作为主编，我的职责是：做一个“学术协调人”（an academic coordinator），起一种居间联络的作用；尊重每一卷作者的写作成果，显现他们各自的个性特色。

在此，我想到了我国古代文学家、史学家曾巩的名言：

> 古之所谓良史者，其明必足以周万事之理，其道必足以适天下之用，其智必足以通难知之意，其文必足以发难显之情，然后其任可得而称也。

我觉得，治史能达到这样的要求与境界，庶几可矣。倘借用这里的“明”“道”“智”“文”来治通史写作，亦可望在立意、求真、阐释和表述等方面达到更高的水平，如此，当称得上是一位称职的历史学家了。这样的治史旨趣与学术境界，是我们写作团队的每个人孜孜以求的目标。

行文至此，耿淡如师在半个世纪前说过的一段话，仿佛在我耳畔再次响起：

> 我们应不畏艰难，不辞劳苦，在这个领域内做些垦荒者的工作。我之所以提出本问题，不是妄图解答而是希望大家来研究、讨论并共同解决这个问题。比如垦荒，斩除芦荡，干涸沼泽，而后播种谷物；于是一片金色草原将会呈现于我们的眼前！

每当我回想到耿师之音容笑貌、耿师之谆谆教诲、耿师之学术遗愿，一种使命感与责任感便油然而生。50年前，耿师受命主编《外国史学史》，因种种原因而未果，成了他终生的遗憾。2000年，他的学生推出了《西方史学史》，实现了他的遗愿。如今，六卷本《西方史学通史》由他的学生与再传弟子合力完成了。倘若说，六卷本《西方史学通史》的编纂开中国多卷本西方史学史著作之先河，那么在这块园地上，我们没有辜负耿师之遗愿，实实在在地做了一项垦荒者的工作，在中国的西方史学史研究的史册上留下了一页。

> 逝者如斯，风华不再，后来者唯有不断进取，继续耕耘，才能不致愧对先人，不致愧对中国的西方史学史事业的前程。

这是十多年前我为《西方史学史》初版写的“后记”中的一段话，如今十多年过去了，又恰逢由我主编的六卷本《西方史学通史》集体“亮相”，这里重录这段话，不只是对往事的一种追忆，也表达了我此刻的一种心境，一种难以割舍的思绪，一种炽热真切的情感。是的，学术研究永远不会止步，西方史学的研究也不会止步，我个人的学习与研究更不会止步。学研无止境，任重而道远，让我们不断开拓，志在创新，永不满足，继续前行，以新的学术成果回报社会，服务大众。

［原载张广智主编《西方史学通史》（六卷本）总序，复旦大学出版社 2011 年 11 月］

打开一扇新的窗户

编辑同志：

大函敬悉。欣闻贵刊《世界历史评论》试刊成功，今已获准正式出版，作为一个多年来从事世界史教学与研究的工作者，愉悦之情，溢于言表。这个喜讯，使我顿时有一种感觉，如在宽敞的房间里，又新开了一扇窗，让屋子里的人如沐春风，能不怡然。

笔墨写春秋，评论照世界。长期以来，在偌大的中国，专门的世界历史期刊，就只有一家《世界历史》（中国社会科学院世界历史研究所主办）。随着我国国际地位的急剧攀升，世界历史研究的不断进步，尤其是在世界史成为一级学科之后，世界史研究者发表学术成果、交流切磋的专门阵地只有京版《世界历史》一家，就显得十分逼仄了。从现状来看，中国的世界史研究实在滞后于中国历史前进的步伐，而刊发阵地的凤毛麟角，与上述这一情况显得更不相称。当下，“中国人开眼看世界”已日臻成熟。论者说得好：一个有着世界的中国史观，可以使我们更清楚地了解自己；一个有着中国的世界史观，可以让世界更了解中国。倘如是，我以为《世界历史评论》的创刊，正逢其时，因而具有非凡的学术与现实意义。

《世界历史评论》的创刊，使我想起了 1929 年由法国年鉴学派所创办的《经济与社会史年鉴》杂志。在该刊《发刊词》中，公开标明要“拥有自身所固有的精神与个性”。由此我想到了办刊之道在于要彰显自己的个性。并为之要绞尽脑汁。试刊秉持“全面展现国内世界史研究的新动态、新发展、新平台”，这自然是好，但那是一个理想的境界，粗览试刊 10 期的专论，就我的归纳是，世界历史Ⅰ，尽是欧美史；世界历史Ⅱ，当然是西方史学史了，未必能做到“全面展现”。我个人以为“全面展现”，让具备条件的刊物去做吧，而贵刊则应有所侧重（比如伊格尔斯史学研究）、有所偏爱（比如西方古典学研究）、有所发掘（比如城市与城市史研究）等，总之，不必刻意追求“全面”，而是要在彰显刊物的“个性”上做足文章。

延揽名家，培养新人，这当然是办刊所必需的。说及前者，我个人意见是，名家来稿，更要严格筛选，因为他是名家。至于后者，也应是年轻人的精心之作。我相信 10 期中确有不少佳作，却也担心良中夹平庸，不慎错把邻家的“弃儿”当作自家的“宠儿”。总之，编辑部要建立起一套严格的审稿制度（比如匿名审稿），拒绝与婉谢关系稿与人情稿。学术上的风清气正，就从《世界历史评论》开始吧。作为作者，我也会全力支持贵刊的工作，帮你们出点子，并把自己撰写（或推荐）最得意的稿子寄给你们。

拥抱新时代，担当新使命。改革开放再出发，中国的世界史研究也需迈开新步伐，中国的世界史研究者必将书写出无愧于新时代的华章。在此祝贺《世界历史评论》创刊，希望它办出个性，办出特色，为学界打开一扇新的窗户，为繁花似锦的学术期刊百花园增光添彩。

顺致

敬礼

2019年1月1日于复旦书馨公寓

（原载《世界历史评论》2019年春季号）

漫谈改革开放以来中国的西方史学史

“日出江花红胜火，春来江水绿如蓝”，倘借用唐代诗人白居易在《忆江南》中的诗句，用来描述改革开放以来中国的西方史学史发展之璀璨绚丽的胜景，庶几可矣。概而言之，自改革开放以来，中国的西方史学史发展大体呈现四大主要趋势：

1. 在20世纪第二次引进西方史学高潮的促动下，从介绍、评述再到深入，其研究水平显现出一种递进的趋势。

2. 从20世纪60年代初中国西方史学史学科的初建，由“自在的”阶段进入了“自为的”全面发展的趋势。

3. 随着中外（西）史学交流的开展，中外史学交流史研究日渐发展的趋势。

4. 从西方史学史到西方史学通史的编纂。

本文不容对以上几大发展趋势作过细的阐述，而意在从丰赡的素材中，撷取那些难以忘却的景观，摭拾一二，漫谈而已。

景观之一：那个年代的先生们。

1978年，伴随着“科学的春天”的到来，也迎来了中国的西方史学史的“春天”。春风拂扬史坛，我国老一辈治西方史学史的学者，虽已步入花甲之年，却个个焕发出年轻人的活力，返老还童，抓紧分分秒秒，要把十年荒废的时间夺回来，砥砺奋进，成了 20 世纪八九十年代学界一道亮丽的风景线。且看撷取的片断：

1984 年夏天，我参加的部颁西方史学史成都教材会议甫告结束，即前往武汉珞珈山拜访吴于廑先生（1913—1993）。临别吴先生赠我八个字："眼在远处，手在近处"，就此成了我治学的座右铭。吴先生于世界通史的编纂居功至伟；他主编的《外国史学名著选》，迄今仍泽被史林；他于西方史学的多篇精论，藏之于《吴于廑学术论著自选集》，是留给我们珍贵的史学遗产。

20 世纪 70 年代末，在丽娃河畔的一间大教室里，一位长者在上课，课名"西方史学史"，授课对象是 77 级的学生，他就是郭圣铭先生（1915—2006），后成为他高足的王晴佳那时也在座位上。我坐在后排，入神地听讲，其内容就是于 1983 年出版的《西方史学史概要》。这本开山之作，在百年来中国的西方史学史之史的历程中，是一个零的突破，其深远意义，怎么评价都不会过分。

1998 年 6 月，我应邀出席海峡两岸史学史学术研讨会，会上介绍了朱本源先生（1916—2006）于 1992 年发表的《〈诗〉亡然后〈春秋〉作》等系列论文，旨在驳斥西方史家说中国没有史学理论的谬论，引起与会者的高度关注。是的，自 1978 年起，朱先生一鼓作气地干了 20 年，他写出了传世之作《历史学理论与方法》，终于打开了一扇窗，让世人更明亮地看世界。

1985 年春，由白寿彝先生主持召开的"史学史座谈会"在首都民族饭店举行，治西方史学的元老级大家都来了。会前，谭英华先生（1917—1996）对我说，他决意放弃与我相似内容的题目，鼓励我以《西方史学史研究在中国》为题在会上发言，终于取得了成功。谭先生的提携一直留在我心中，他的《试论博克尔的史学》等大作，成了当时西方史学个案研究的典范。

2007 年，我最后一次见到张芝联先生（1918—2008），那是在秋天，我应邀出席华东师大举办的“全球视野下的史学：区域性与国际性”大型国际学术研讨会，期间见他与域外史家交谈甚欢。由此溯及，他在改革开放后的新时期，穿梭于东西，往返于中外，充当中外史学文化交流的使者 20 余年，不知老之将至。他的《从高卢到戴高乐》《从通鉴到人权研究》等佳作，于法国史和西方史学皆做出了卓越的业绩。

上述这五位史学大家，足以代表那个年代的先生们。逝者如斯，风华不再，我们应追寻先行者的足迹再出发，阔步向前，在西方史学史的征程中做出新的贡献。

景观之二：人才为何成群地来?

记得我曾读到过王汎森先生一篇很有意思的文章《天才为何成群地来》（小文第二节标题由此而来，但我把“天才”改为“人才”），说的是学术环境与创造力之间的关系，一群人（或“小圈子”）的交流讨论，会把一个人的学问功夫“顶上去”，其功效往往是“四两拨千斤的”。这个理，我信。我每每到台北南港史语所就会想到，在那里留下了多少个天南海北学者的足迹和吉光片羽，这不正是人才（天才）产生的好地方吗？汎森兄在这里说的环境是小环境，然这种有助于学术创造力发展的内部小环境，倘逢外部大环境不适，老是冷暖失常，阴晴不定，更兼几番暴风骤雨，摧落花枝凋零，遑论于风雨交加中煮字烹文，甭说“天才”湮没，“人才”亦难产啊。然而，改革开放所营造出的大环境，为我们的年轻一代迅速成长提供了得天独厚的时代条件。他们学逢盛世，于是国内成才，国外深造，不少人已成为俊彦。从当下“海归”的人流中，人才真是成群地来，为何？营造人才成长的大环境如一马平川，利于他们的成长啊！进言之，倘没有个人的“修炼内功”，外部环境（大环境与小环境）再好，一切都是白搭。

就西方史学史这一学科而言，大体说来，从20世纪末开始，新一代开始崭露头角，且日渐壮大，个别佼佼者，现已成为西方史学史某个领域的“领军人物”。略举几例吧，以陈恒领衔的“马工程”之一的《外国史学史》，集结了彭刚、陈新等精兵强将，已合力打造出了一本另有新意的《外国史学史》（待出），真令人欣喜。至于专著，大多以他们的博士论文为基础修改而成，在个案研究中流露出年轻学者的才华。以20世纪西方史学的选题为例，比如从李勇的《鲁滨逊新史学派研究》到周兵的《新文化史：历史学的文化转向》等作品皆有特色，而易兰的《兰克史学研究》，竟引起了当代国际知名史学史家伊格尔斯的关注。近日，我应出版社所邀，为邓京力的大作《近二十年西方史学理论与历史书写》写了如下的一段文字刊于封底，这段文字如下：

> 近二十年来，伴随着国际形势的剧变，西方史学理论也发生了重大改变，对这种演变的理论研究成为学界之要务。本书作者以一位中国学者的主体意识，学贯西东、情思中外，对近二十年的西方史学理论，从后现代主义到新文化史、从语境解构到历史书写、从西方史学史到全球史学史，都进行了切中肯綮的深入研究，这是一位当代中国史家对该领域的卓越的贡献。

邓京力及其新作不过是他们中的一个缩影，映照出的是当代中国的西方史学史研究之绚丽。希望邓京力们继续努力，为中国史学的发展添砖加瓦，多作贡献。

景观之三：“动人春色不须多”。

中国学者，以自己的眼光尝试编纂西方史学史，开始于这40年。前已述及，郭圣铭的《西方史学史概要》在1983年问世，起到了筚路蓝缕、以启山林的推进作用，自此迄至去年王晴佳、李隆国合著的《外国史学史》出版，就我个人的孤陋寡闻，这种通史性的书大约有20种，这对比较薄弱的中国的西方史学史而言，的确是来之不易。通史类的西方史学史作品的纷出，这在相当大的程度上，反映了中国学者在这一学术领域中的研究水平。

“浓绿万枝红一点，动人春色不须多”（王安石诗句），这里从中摘录几种，以现繁花似锦之景观。

《西方史学史概要》，郭圣铭编著，上海人民出版社 1983 年版。

《西方史学史纲》，宋瑞芝等主编，河南大学出版社 1989 年版。

《外国史学史纲要》，夏祖恩编著，鹭江出版社 1993 年版。

《西方史学史》，杨豫著，江西人民出版社 1993 年版。

《外国史学史》，王建娥编著，兰州大学出版社 1994 年版。

《西方史学史》，郭小凌编著，北京师范大学出版社 1995 年版。

《西方史学史》，张广智主著，复旦大学出版社 2000 年版。

《西方历史编纂学史》，何平著，商务印书馆 2010 年版。

《西方史学史》，于沛、郭小凌、徐浩著，高等教育出版社 2011 年版。

《西方史学通史》（六卷本），张广智主编，复旦大学出版社 2011 年版。

《外国史学史》，王晴佳、李隆国著，北京大学出版社 2017 年版。

通览上述著作，皆是在改革开放这样一个历史环境下，当代中国的西方史学史家群体努力的成果，各有侧重，各有特色，我个人无力妄加评论，但有一点可以肯定，从郭圣铭的《西方史学史概要》到王晴佳、李隆国的《外国史学史》，其总体学术水平是在不断地提高。其中，《西方史学通史》的问世，开中国多卷本西方史学史编纂之先河。作为主编的我，急切期盼在不久的将来，能有更出色的多卷本的《西方史学通史》出版，届时中国的西方史学史又会上升到一个新的水平，至所望焉！

此外，要说的还有很多，比如20世纪第二次引进西方史学的高潮、史学史研究中心等机制的构建，乃至学术刊物之兴旺（如从《史学史研究》到《史学理论研究》）等等，都不容小文赘说了。总之，自改革开放以来的40年，中国的西方史学史步入了“快车道”。从20世纪60年代初建到新时期的蓬勃发展，与时俱进，成就非凡，以上所说，可为之佐证。

再过两年，中国的西方史学史发展历程将整整走过百年行程。展望未来，前景璀璨。为此，我将与同道者，从新的出发点起步，一往无前，去迎接中国的西方史学史第二个百年的到来。

（原载《史学理论与史学史学刊》2018年下卷）

漫谈七十年以来中国的西方史学史

新中国成立以来，我国发生了翻天覆地的变化，随之中国史学也经历了伟大的变革，这中间也包括中国的西方史学史曲折坎坷的历史进程。回望这一进程，简言之，70 年来中国的西方史学史发展大体呈现出如下几个发展趋势，从中也可反映出中国的西方史学史所取得的主要成就。

一是中国的西方史学史的学科建设大致经历了从萌发、奠立到发展的过程，由“自在的”阶段进入了“自为的”全面发展阶段。

二是在 20 世纪两次引进西方史学高潮的推动下，中国的西方史学史研究从译介、评述再到研究，其总体学术水平在不断地深入。

三是西方史学史编纂的不断拓展。

这篇漫谈式的小文，不容对 70 年中国的西方史学史作出很详细的归纳与总结，只能就以上列出的三点管窥蠡测，略说一二。在此，需要说明的一点是，历史的分期是有紧密联系的，漫谈七十年，自然会回溯到这之前的史事。此外，本文所谈，仅就中国大陆史学界而言。

一、从“自在”到“自为”

首先简要地对中国的西方史学史之史作一点梳理。在我看来，中国的西方史学史或可从先贤李大钊说起，他从 20 世纪 20 年代初开始,在北京大学等高校相继开设了“唯物史观研究”“史学思想史”等课程，撰写了讲义，其中的《史学思想史讲义》究其内容，实为近代西方史学，可称得上是我国的史学史上首本用马克思主义理论为指导的西方史学史作品，为中国的西方史学史学科作出了开创者的贡献。

从此开始，百年来的中国西方史学史大体经历了以下几个大的发展阶段：

1. 萌芽时期（20 世纪 20 至 50 年代）。这几十年以 1949 年为界，还可分为两个时段：1949 年前，即民国时期的中国西方史学史，这一时段比较明显的成绩是 30 年代前后西方史学译著大量地译成中文，出现了西方史学输入中国的第一次高潮。此外，当时少数学校开设了西洋史学史或外国史学名著选读等课程。它犹如一棵幼苗，正破土萌发，但 40 年代的战乱摧残了幼苗成长。1949 年后，苏联史学大步东来，在整个 50 年代，中国史学出现了一次“路标转换”，从引进、汲纳西方资产阶级史学转向引入苏联版的马克思主义史学。在 50 年代，由于苏联史学理论模式主宰中国史学界，同时国内“左”倾思潮的蔓延，包括史学在内的西方文化被封锁，我国的西方史学史研究处于停顿状态,学科建设止步不前。论者认为这是中国史学史研究的“沉寂时期”，遑论中国的西方史学史研究。总之，在本阶段，国内学者为这门学科的奠立也做了不少前期性的工作，为 60 年代初中国的西方史学史学科的奠立打下了一点基础。这一时期总体上仍处于“自在的”阶段。

2. 奠立时期（20 世纪 60 年代前期）。60 年代初，国内外形势大变：中苏交恶，“左”倾思潮受阻，重申“双百方针”，于是在很短的一段时间内，为国内学界营造了一种良好的求新务实的学术氛围。此时，我正在复旦大学历史系读大学三年级，对这种学术环境有切身的感受。其时，科学思潮勃起，引发了对历史学自身的反省，“史学史热”由此兴起。我国史学界开展了关于史学史问题的大讨论，有力地促进了史学史的学科建设，最终催生了西方史学史这门学科的奠立。从 1961 年文科教材会议和外国史学史（当时忌讳用“西方”一词,多用“外国史学史”，实为“西方史学史”）教材会议的召开与立意，从那时前辈历史学家耿淡如、齐思和等为这一学科所作出的贡献，从学科设置和研究生的招生与培养，从西学译介和“批判性研究”，更为重要的是对西方史学史这门学科的重要性与它在高校历史系的地位有了一种比较自觉的认识。在此尤其要提到的，是耿淡如师在 1961 年 10 月发表的《什么是史学史？》(《学术月刊》1961 年第 10 期）一文。在当时，还没有一篇对史学史旨意阐发的大文，而耿师此文的问世，对那时史学史大讨论的展开，对我国日后的西方史学史研究和当时的学科建设，均起到了推波助澜的作用。如此说来，上述这些都标志着这门学科在 60 年代前期已初步建立起来了。

其实，这是一个很短暂的时段，但对于中国的中西史学史研究却是个十分重要与难忘的时期。回想这段“史学史热”和史学史大讨论的岁月，现在依然会让我们史学工作者感到温暖。我当时是名大三的历史系学生，虽不能够直接参与到这场史学史大讨论中去，但作为学生也是这段历史的见证者。当时耿淡如师奉命主编部颁教材《外国史学史》，1961 年底在上海开会，会后耿老邀编写组成员齐思和、吴于廑两位来复旦作学术报告。记得当天座无虚席，精彩纷呈，我们亦有“获得感”。至今两位先生的印象还留在我的脑海中。

3. 发展时期（1978 年至今）。“文化大革命”十年的动乱，摧毁了正在奠基中的西方史学史。待到大地重光，一切还得从头开始。回望改革开放以来中国的西方史学史，它步入了“快车道”，前列标志学科奠立的几个方面，都已取得了长足的进步，尤其对西方史学史学科重要性的认识上升到了一个新高度。对此，学界同仁大多是“过来人”，不容小文在此赘述了。由此，中国的西方史学史这门学科终于从“自在的”阶段进入“自为的”阶段，也进入了一个中国的西方史学史学科全面快速发展的新阶段。

二、西方史学史研究的不断深入

中国的西方史学史研究的不断深入，其前提离不开西学之引进，首先离不开西方史学原典的汉译。于是，西方史学原典的翻译，便成了中国的西方史学史研究之要务。20 世纪 50 至 60 年代，西方史学史研究之落后，这与当时封闭的外部环境有关，西方史学之引进受到了极大的限制。改革开放以来，迎来了西方史学引进的第二次高潮，与30年代前后那次高潮相比，引进的西方史学著作，无论在数量上还是范围上，都要大大地超越了前者。这里仅举一例，即商务印书馆出版的“汉译世界学术名著”逐一问世，最近又精装一起推出700种，乃是我国出版史和学术史上规模宏大且极为重要的学术翻译工程，对于推动哲学社会科学的发展功不可没，同样，对于推动我国的西方史学史研究也居功至伟，从希罗多德的《历史》到布罗代尔的《地中海与菲利普二世时代的地中海世界》，从E. H. 卡尔的《历史是什么》到G. P. 古奇的《十九世纪历史学与历史学家》等等，以此撬开自古迄今的西方史学的大门。

中国西方史学史研究的不断深入，需要时间，它经历了一段不算短的过程。1949年前，中国的西方史学史，说“研究”还谈不上。1949年后的十年，曾有过一些批判性的应景时文，批判西方史家与流派，没多少学术价值。60年代前后，吴于廑的《巴拉克劳的史学观点与对欧洲历史的末世观》《论西方古今的两个“客观”史学家》、齐思和的《欧洲历史学的发展过程》、蒋相泽的《基佐的历史观批判》等文章陆续发表，为这一时期西方史学史研究填补空白。

新时期以来，大规模的研究工作，随着译介、评述而日渐展开。改革开放之初，这方面的研究人才短缺，于是在中国学界就出现了一道颇为亮丽的风景线："文化大革命"结束后，我国老一辈治西方史学史的学者，迎来了“科学的春天”，也迎来了史学史发展的春天。他们虽已步入花甲之年，却个个焕发出年轻人的活力，抓紧分分秒秒，说要把十年荒废的时间夺回来，奋发有为，为 20 世纪中国西方史学史研究作出了突出的贡献。从 20 世纪末开始，我国年轻一代的治西方史学史专业的人才茁壮成长起来，他们接过老一辈的接力棒，在中国的西方史学史发展的道路上继续奔跑。

新时期的中国西方史学史研究，起始是“重评”与“译介”（或“评述”）相向而行。其时学界的思想解放与拨乱反正，有力地推动了对西方史学遗产的重新评估，涉及过去被批判过的西方史家及其流派，如对兰克史学及兰克学派、汤因比与斯宾格勒的文化形态史观、以鲁滨逊为代表的现代美国“新史学派”等等。在这一重评的过程中，提高了对西方史学的认知水平，辅之以西学引入的助力，评述文章的纷出，研究水平也随之上升。如我们对法国年鉴学派的研究之深入，可为之佐证。在我国史学界，“文化大革命”前 17 年对年鉴学派这个当时已成为西方新史学主流的史学几乎是完全陌生的。年鉴学派之东传，大体从改革开放开始后，他们几代人的大作大多都有中译本问世。对这一学派的研究，当然也是从介绍开始的，这首先行归功于张芝联，1978 年，他撰写的《法国年鉴学派简介》（《法国史通讯》1978 年第 1 期）乃新时期介绍与研究年鉴学派的第一篇文章，此后张文发表后的 40 年里，我国学界对年鉴学派的关注是中国西方史学史研究不断深入的一个标志，也是一个“热点”，产生诸多成果，涌现出了像姚蒙的《法国当代史学流派》（香港三联与台湾远流出版社 1988 年版）这样较有深度的专著。在对年鉴学派不断深入的研究中，中国学者的西方史学史研究领域和视野得到了前所未有的开拓，其研究水平也在不断地深化。

我以为，21 世纪以来，中国的西方史学史研究之深入，在以下三个方面取得了不少的成绩，今后还需继续朝着这些方向努力，做出更深入的研究。

一是关于马克思主义史学史的研究。自 19 世纪 40 年代经典马克思主义史学诞生以来，迄今已经历了整整 180 年，在世界史学史上留下了丰厚的史学遗产。它的起源与繁衍，它的传播与变异，它的危机与前景，都是值得我们深入探讨的，它将有助于我们更好地认识马克思主义唯物史观的真谛，有助于我们更好地了解马克思主义史学的来龙去脉，有助于我们更好地把握它与西方史学（即西方资产阶级史学）之间的关连，即它们之间的相互关系与相互影响。倘如是，则将进一步推动西方史学史研究的深入。就目前我国学界研究情况来看，前几年于沛主编的六卷本《马克思主义史学思想史》的出版，是值得学界重视的学术成果。现当代西方马克思主义史学的研究，无论就其个体（如 E. P. 汤普森、霍布斯鲍姆等）或整体（当代西方马克思主义史学）都有研究成果发表，经典马克思主义的研究也有起色，然早期马克思主义史学无人问津，对苏联马克思主义史学总结的经验教训还需深化。

二是关于西方史学史之史。从事史学史的研究，如不关注史学史之史，亦即不知晓这门学科自身的历史，这是说不过去的。

在此，我想起了白寿彝在 1985 年座谈中国史学史之史时说过的话。他说，了解、研究一门学科的已有成就，实际上是对本学科的自我批评。这不是对个人，而是对这门学科已有的成果进行探讨、评论。对史学史的自我批评，是我们史学史研究工作者进行自觉教育的一课。在这里的关键词是“自觉教育”，白先生的“自觉教育”这一高度，揭示了史学史之史对于这门学科发展和深入的重大意义，这于中西史学史皆然。我从事西方史学史教学与研究多年，对此深有同感，对其认识也是逐步提高的。20 世纪 90 年代初笔者曾撰文《近代以来西方史学反省的历史考察》一文（载陈启能主编《当代西方史学思想的困惑》中国社会科学出版社 1991 年版），以后也继续求索，从西方史学史之史的西方学界的古今论述，到探讨西方史学史之史的中国篇，写了近百年来中国的西方史学史研究。行文至此，忽然想到这篇小文不也是对新中国成立以来 70 年西方史学史学科的历史考察，“对这门学科已有的成果进行探讨、评论”，在回顾与反思中，增强了对这门学科“自觉教育”的认知。因此，重视与开展对西方史学史之史的研究，对于今后的中国西方史学史的发展与创新，具有不可估量的意义。

三是关于中外（西）史学交流史的研究。回顾中外史学交流史，有其久远的历史，19 世纪末以来的中外史学交流史，更是绚丽多彩了。然传统的史学史研究，不管是中国史学史还是西方史学史，都是只关注史学自身问题的研究，这自然是必要的，但仅仅停留在这一层面就不够了，它还应当研究不同国家或地区之间史学文化的相互交汇与相互影响，即我常说的“影响研究”。可喜的是，中国新时期以来这方面的研究逐步深入，其成果不少，比如鲍绍霖编的《西方史学的东方回响》（社会科学文献出版社 2001 年版）、李孝迁《西方史学在中国的传播（1882—1949）》（华东师范大学出版社 2007 年版）等论著，属于西方史学东传史。由我主持的教育部重大项目“近代以来中外史学交流研究”汇集国内治这一领域的学者，合力完成了这一项目，现已结题并易名为《近代以来中外史学交流史》出版（复旦大学出版社 2020 年版），此书不只限于“域外史学在中国”，而且也有“中国史学在域外”的篇章，是首部真正意义上的中外（西）史学交流史的著作。可以预期的是，重视与加深中外（西）史学交流史的研究，将为我们的史学史（无问西东）研究开启一扇新的窗户，成为史学史研究中的一个新的增长点。与此相关的是，新时期中西史学的比较研究也有成就，出了不少成果。在中西史学比较研究中，深化与提高了中国学界对西方史学的认识，这里不再细述了。

此外，标志 70 年来中国西方史学史研究不断深入的，是国人编纂西方史学史的不断开拓与进步。

三、西方史学史编纂的不断拓展

通史类的西方史学史著作，无论是教材还是专著，都是这门学科不断积累的产物，却又在相当大的程度上反映了某一阶段中国学者在这一领域中的研究水平。70 年来，前 30 年还未出现过一本由中国人自己编纂的西方史学史，这样的设想还要等到60年代初。1961年4月，高教部在北京召开了高等学校教材编选工作会议，会议决定将中国史学史和外国史学史列入历史系的教学计划，并编纂相应的教材。是年底，在上海召开外国史学史教材编写会议，决定由耿淡如师任主编，其编纂阵营豪华，有齐思和、吴于廑、蒋孟引、郭圣铭、田汝康等前辈。此后，耿师为这本教材竭尽心力，比如他做了从希罗多德至汤因比的数十万字的资料长编（英、俄文资料摘译），真可谓是一册西方史学史的雏形，此项工作因“文化大革命”而被迫中止，是为憾事也。

1984年8月，教育部在成都召开高等学校西方史学史教材编选工作会议，这自然是耿淡如师23年前主持编纂同类书的未竟事业，也是在新时期历史条件下的一次“学术重组”。新版教材由张芝联、谭英华任正副主编，其成员同样豪华，有郭圣铭、孙秉莹、杨生茂、朱寰、李雅书、张广达等前辈史家，我也忝列其中。编纂工作启动后，我即开始写作，谭先生已写出了长篇导论，其势头十分看好。但因编写组人员多年迈体衰矣，这一计划也最终没能实现，亦为憾事也。

1996年，国家教委制定了高等教育面向21世纪教学内容和课程体系改革计划，由我申报的西方史学史项目经专家评审中标。2000年由我主著的《西方史学史》以“面向21世纪课程教材计划”面世，后又列入“十五”“十一五”国家级规划教材，还被教育部历史学科教学指导委员会定为“推荐教材”，该书第四版已于 2018 年 6 月出版，编写组成员有：易兰、李勇、肖超、吴晓群、陈新、周兵。

2011 年，由我主编的六卷本《西方史学通史》问世。该书起自“荷马时代”迄至现当代西方史学发展的历史进程，开中国多卷本西方史学史编纂之先河，被学界同仁评之为“我国史学史研究中的一件大事，将被记录在中国西方史学史研究的史册上”。我希望在不久的将来能出现更好的《西方史学通史》取代之，把中国的西方史学史编纂上升到一个新阶段。

近年来，国家实施“马克思主义理论研究和建设工程”，内含编纂各学科的系列教材，《外国史学史》亦在其中。自 2008 年陈恒作为首席专家主持这一工程，历经周折，终于在 2019 年 1 月出版了这部《外国史学史》。它与一般标为“西方史学史”的书不同，在该书中明显拓宽了区域，不只限于“西方”，如古代部分的两河流域、埃及和印度的史学，中古部分的阿拉伯史学，现代部分的亚非拉史学等，在教材中均占有一席之地。编写组成员有彭刚、陈新、徐善伟、梁民愫等，清一色的年轻一代史家，其视界与识见多有创意，可与现行坊间流传的西方史学史相媲美，以彰显“马工程教材”之风采。

以上四项直接由教育部领导与组织的西方史学史教材编写工作，从 20 世纪 60 年代初开始，经一个甲子，历尽坎坷，辛勤劳作。它从一个侧面反映了中国的西方史学史研究之艰辛，这里重温和记录这些是为了再出发，更好地前行。

毋庸置疑，我国新时期的西方史学史（或称外国史学史）

无论是自编教材还是个人专著，当从 1983 年开始。1983 年，由郭圣铭编著的《西方史学史概要》出版，在百年来中国的西方史学史之史的历程中，这是一个零的突破，起到了筚路蓝缕、以启山林的推动作用。自此迄至 2019 年由陈恒主编的《外国史学史》出版，就我个人的孤陋寡闻所见，这种通史性的书有 20 种左右（包括若干断代的史学史），为新时期日益进步的西方史学史研究，不断地增光添彩。

上列诸书各有侧重各有特色，不容在此一一评述了，但有一点可以肯定,其总体学术水平呈递进性且在不断地拓展,是“发展时期”的一大亮点。

四、余　言

行文最后，还得说一些存在问题或今后方向之类的话，是为“余言”。

放眼当代国际史坛，我们感受到，自己的研究工作与我国作为具有悠久传统和深厚遗产的史学大国地位及其应担负的任务是很不相称的。上述说的 70 年来中国本方史学史之成就与进步，是就纵向而言，即从历史发展的眼光而言的；倘就横向比较而言，在这块西方学界的“世袭领地”上，与国际同行先进相比，还是有很大的差距。如实而言，中国学者研究西方史学，具有相当大的难度，比如语言上的困难，这是不容言说的。更何况面对跋扈的西方文化霸权，守护自己的主体性，又不失全球视野，在这一领域中逐步建立自己的话语权，恪守“西方史学，中国眼光”，需经历一代又一代的不懈努力，方能奏效，蔚为大观。中国的西方史学史研究才刚刚起步,这是不争的事实。然而，可以期待的是，新一代中国的西方史学史人才的鹊起，为日后发展提供了最有力的学术支撑。

历史的经验告诉我们，中国的西方史学史行程，始终存在着或一概排斥，或盲目信从，或左或右，不断摇摆，如何正确处理这两者之间的关系，事关中国西方史学史的前途。为此我们必须继续坚持马克思主义及其唯物史观的指引，这是不言而喻的。否则，谈论构建中国特色的西方史学史学科体系、学术体系与话语体系，不就成了一句空言吗?

现实表明，中国的西方史学史家所从事的学科研究性质及其自身特点，其学术成果或可成为中国史学家快步迈向世界、与国际同行沟通交流的一种向导，起到了一种助力的作用。每每想到这里，中国的西方史学史家里应比其他学科的历史学家做出更多的贡献。任重而道远，让我们为之而努力吧。

未来的中国西方史学史研究应如何开拓与创新，这是一个大话题，当聚众共议，方能在理论和实践上找到不断进步的方向。对此我个人已在上面说过一些，就不再复述与延伸了。

山河温润，东风又启新征程。我们进入了新时代，中国的西方史学史研究也将整整走过百年行程，在喜迎共和国 70 华诞之际，让我们与同道者一起，迈着新时代的步伐再出发，以开创中国西方史学史更加璀璨的明天。

附　记

1. 关于中国西方史学史的研究，除《西方史学史 · 导论》《西方史学通史 · 导论篇》外，还可参见本人的相关文章，不再一一列举了。

2. 20 世纪 50 年代以来，台、港同仁在西方史学史研究方面的成就，我因学力所囿，难以在小文中论列，可以参见我主编的《近代以来中外史学交流史》（复旦大学出版社 2020 年版）一书中由李勇教授执笔的相关论述。

（原载《史学理论研究》2019 年第 4 期）

《历史学与人类学》序

西方史学，源远流长，行至20世纪，具有悠久传统的西方史学发生了裂变，日渐剥离传统史学的脐带。自19世纪末新旧史学之争，启动了现当代西方史学的历史行程，迎来了20世纪西方史学瑰丽的篇章。

20世纪西方史学的行程，概言之，大体上是从传统史学走向新史学。这一进程，随着社会发展而推陈，适合时代进步而更新。20世纪以降，新史学一路走来，至60年代前后，曾一度雄踞史坛，风行一时。在这一过程中，我们可以看到，西方新史学伸出双手，一只与自然科学牵手，另一只与社会科学相挽，交汇沟通，互补反馈，再也不能“闭关自守”、束缚在单一的史学研究模式中。从现代美国新史学派创始人鲁滨逊所发出的史学需充分利用“新同盟军”的呐喊，到法国年鉴学派在《年鉴创刊词》中的“打破学科之间的围墙”的呼喊，都旨在倡导跨学科与多学科的研究。随后出现了现代史学的多个分支学科，比如心理史学、计量史学、口述史学、比较史学和影视史学等等，呈现出了多姿多彩的史学景观。“历史人类学”也是在这一学术背景下应运而生了。

其实，读陆启宏的《历史学与人类学：20世纪西方历史人类学的理论与实践》便可知，历史人类学并不是历史学或人类学的分支学科，在相当长的一段时间内，两者之间仍是相当疏远的，但到了 60 年代后期则发生了变化，它们两者的相似性与共同性被指出，在各方举行的学术论坛上，探讨人类学与历史学结合的可能性，被提上议事日程。正是在这样的学术氛围中催生出了“历史人类学”。年鉴学派史家雅克·勒高夫在《新史学》一文中阐述“史学的前途”时，提出了三个假设，其中的一个就是：“或许是史学、人类学和社会学这三门最接近的社会科学合并成一个新学科。关于这一学科，保罗·韦纳称其为‘社会学史学’，而我更倾向于用‘历史人类学’这一名称。”（雅克·勒高夫：《新史学》，载《新史学》，勒高夫等主编，姚蒙编译，上海译文出版社 1989 年版，第 40 页）于是，“历史人类学”之雅名也就此登上了史坛。

那么，何谓历史人类学？学术研究当然不是从定义出发，但为一个学科正名也很重要。对此，毋容我置喙，且看启宏的陈述。他说“历史人类学”，当是一个宽泛的概念，不同的学科有着不同的理解，故学者见解也各异。赵世瑜教授指出：“历史学有自己的历史人类学，人类学有自己的历史人类学。”倘如是，我们可以这样认为，历史人类学包括两个方面：人类学的历史化和历史学的人类学转向。对人类学而言，历史人类学意味着人类学从共时性分析转向历时性分析；而对历史学而言，历史人类学提供了新的研究领域和研究方法。不管怎样，历史学家和人类学家对历史人类学有着诸多不同的理解，但有一点可以肯定，两者之间的交流互鉴、取长补短显然有助于两个学科的发展。对此，我深以为然。由此想到，随着时代的变化，社会的发展，现当代西方史学也随之变化和发展着，而历史人类学也将变化和发展着，正如人类学家雅尔塔·宾尔沙克（阿莱塔·比尔扎克）所指出："人类学与历史学已经以各自的方式从欧洲凿出了各式各样的思想潮流。今日，知识源头相当密切的这两个领域，都是具有理论性刺激的场所，也是众多传统争夺（或者说，屈服于、穿越以及融入）霸权之处，而且那里的关键词和概念也是具有高度争议性的。这些冲突提供了肥沃的土壤，目前这两门学科从中奋力地创造自己的未来。从属于同样的源流，受到同样的思想力量的浇灌，人类学与历史学如今面对同样的可能性。"（雅乐塔·宾尔沙克：《地方性知识、地方史：纪尔兹与超越纪尔兹》，载《新文化史》，林·亨特主编，江政宽译，麦田出版社 2002 年版，第 115 页）写到这里，不由想到了多年前朱维铮先生写过的一篇《音调未定的传统》（《复旦学报》1987 年第 1 期），他在文章引言中指出："目前关于传统的种种诠释，音调如此错杂，蕴涵的价值判断又如此大异其趣，在可以望见的将来，争论诸方也未必能够达成共识。"朱氏对当时学界关于"传统"概念的争议，称之为"音调未定"，这与上引宾氏当下关于"历史人类学"的争议，又何其相似乃尔，称其"音调未定"亦无不可。因此，序题"音调未定的思想潮流"，想借此仿句，形容历史人类学当下的"学术生态"，庶几可矣。

本书所述虽然是史学理论，而不是历史叙事，但不难读。

翻开本书，纲目清晰，无论是理论部分的解释还是实践部分的阐述，都是据充分，论严谨。当然，作为一本西方史学的理论著作，还可以说开去，比如作者的主体意识、关于话语权等要旨的阐发，那就更上一层楼了。不管怎样，我还是可以这样说，《历史学与人类学:20世纪西方历史人类学的理论与实践》一书，对不谙西方史学的读者来说，或许是开辟了一个观察史学的窗口；对史学专业的工作者来说，也能启智益思，为同行研究插上一对思维的翅膀；对像我这样专治西方史学史的人来说，或许也可将其作为西方史学史的现当代部分补遗，填补了一个空白。不信吗？请读读这本书吧。反正我信，且主意已定，在再次修订出版我主著的《西方史学史》第五版的时候，将在现当代西方史学部分上增添有关“历史人类学”的内容。

吾生启宏，从读博士研究生时，他的学位论文是关于近代早期西欧的巫术问题，这种斑驳陆离的历史色调，关注下层民众的历史视野，也许与人类学的旨趣有着天然的联系。自此他心中埋下了人类学的“种子”，后论文经修改与增补，结题为《近代早期西欧的巫术与巫术迫害》一书出版（复旦大学出版社2009年版）。记得在2007年，我应《历史教学问题》主编王斯德先生之约，要我为该刊主持是年“当代西方史学新趋势讲座”，在筹划作者与选题时，我要启宏写历史人类学，他欣然同意了，其文《历史学的“人类学”转向：历史人类学》(《历史教学问题》2007年第4期)，出手不凡，令我满意，此文大概成了本书的雏形。这之后，他对于历史人类学的关注，便一发而不可收，在全国性的史学理论会议上可以见到他提交的参会论文，大多与此相关联。就这样，他孜孜矻矻、潜心治学，刻苦努力了十多年，这期间又得国家社科基金后期资助项目的鼎力支持，现在终成硕果。作为老师，我希望启宏要继续努力、奋发有为，在学术上迈上一个新的台阶。

回到正题。勒高夫在《新史学》一文的最后充满自信地说道："史学史取得的引人注目的进展应当一浪推一浪，继续下去。"是的，就中国的西方史学史而言亦然。回望历史，自新中国成立 70 年以来，毋庸置疑，中国的西方史学史研究取得了"引人注目"的长足进步。观当下，山河温润，东风又启新征程。让我们迈着新时代的步伐再出发，以开创中国西方史学史更加璀璨的未来。

（原载陆启宏著《历史学与人类学：20 世纪西方历史人类学的理论与实践》一书所写的"序言"，复旦大学出版社 2019 年 8 月）

《海派图书馆学》序

“人一旦有追求，世界亦会让路。”这是美国思想家爱默生（1803—1882）的名言，它不知鼓舞了多少个立有鸿鹄之志、砥砺奋进的人。我在《走近瓦尔登湖》（刊于2018年11月1日，《解放日报·朝花》，见本书第137页）一文的末尾引用过，并说“这句话，当然首先是送给梭罗的，但也是送给努力寻找‘心灵图画’中的瓦尔登湖的所有人的。”爱默生是现代美国文豪梭罗的导师，当然这话首先是送给他的这位弟子的，而梭罗也以写作《瓦尔登湖》这部世界级文学名著验证了他老师的这句名言。我想，借这句名言转送给吾生黄蕾，想来爱默生先生也是乐意的吧。黄蕾著《海派图书馆学》，以其求学之途和职业生涯，践行了西儒的哲言。这篇小序就以引荐本书作者开头，并由此说开去。

一、关于作者

黄蕾读书用功。她的求学之路是递进型的：淮北师范大学本科—安徽大学硕士—复旦大学博士。其实，当她念本科的时候，她的学校还称“淮北煤炭师范学院”，鲜为人知。吾生李勇教授是她本科时的老师，他说黄蕾的学习成绩名列前茅，在班上读书是最用功的。本科毕业后,她又去安徽大学读硕士研究生,得徐国利教授指导,学业又进。正由于她的矢志不渝和刻苦努力,2008 年终于考取了复旦大学的博士研究生,成为我招收的最后一名弟子。她的每一步跨越,其用功程度自不待言,进复旦攻博后就更甚了。我这里以她写博士学位论文《论文艺复兴时期的佛罗伦萨学派》为例,为她的用功补白。

意大利是近代西欧文艺复兴的故乡,而佛罗伦萨就是它的摇篮。自 14 世纪后期至 16 世纪中期,在这 100 多年的时间里,佛罗伦萨人引领潮流,在绘画、雕塑、文学、艺术等领域,展现出令人惊叹的成就,在史学领域亦然。当时,大师纷出,出自佛罗伦萨城邦的历史学家,就其个体而言,历来引起学界的关注和重视,但以“佛罗伦萨学派”命名并把他们整合起来研究,写作一篇博士学位论文,无疑黄蕾是首创。首创者的路不易,先是语言关,我对她说,不攻下意大利语,此文难有大成,她为此发奋,十分用功地学习了意大利语,又得学校资助,赴意大利访学,直至论文写成,获得答辩老师们的一致好评,然而其中甘苦,也只有黄蕾自己知道了。

在新编历史昆剧《班昭》中,有这样的唱词:“最难耐的是寂寞,最难抛的是荣华,从来学问欺富贵,真文章在孤灯下。”我以此赠她,她确实牢记“真文章在孤灯下”的道理,耐得住寂寞,远离浮躁与虚妄。在攻博的日子里,远看复旦北区 108 栋的灯光,401 室总是最晚熄灭的。就这样,她经过大学本科—硕士—博士的系统学习,接受了严格的史学训练,孕育了良好的学术素养，这使她终身受益，为日后从事图书馆工作及图书馆学研究创造了有利的条件。

且把话题引到当下，今年五一国际劳动节时，黄蕾给我发来一段视频：一个四岁酷似黄蕾的孩子，捧着一只鼓，双手轮流击之，伴着节奏，有板有眼地唱道："春天天气真好，花儿都开了，杨柳树枝对着我们弯弯腰，蝴蝶姑娘飞来了，蜜蜂嗡嗡叫，小白兔儿一跳一跳又一跳。"这孩子就是她的儿子马鹿鸣。这里顺便插一句，其儿名字当然来源于《诗经·小雅》"呦呦鹿鸣，食野之苹"，但黄蕾告诉我名字另有深意，即她在复旦读书时，与复旦旁颇有名气的"鹿鸣书店"结下了浓浓的书缘，以此给孩子命名，是为了不忘鹿鸣，感恩书本，纪念这一段难以忘怀的日子。

博士毕业后，她任职上海外国语大学图书馆。七年来，从她手里传递过的图书何止万千。黄蕾深情地对我说，她像爱自己的孩子一样，珍爱每一本书。四年来，看着孩子一天一天地在成长，但育儿之路并不轻松，然艰难困苦，玉汝于成，凡留心她朋友圈的人都知道，黄蕾育儿之用心，真是无以言表，倘把她晒出的这些视频串联起来，即可成为马鹿鸣小朋友的成长史，也缀成一幅无与伦比的"心灵的图画"。这是一位母亲的"心灵史"，她用双手点亮一片星空，映照着平凡的世界，温暖着孩子的心。

黄蕾在孩子嗷嗷待哺的幼年时期，一头闯进了一个与她陌生的领域——图书馆学。我想其书之成，必是经十分努力，百般辛劳了。

二、关于本书

翻开《海派图书馆学》，这第一节“海上画派”与“海派京剧”就把我吸引住了。我爱观画，自然十分欣赏西方古典名画，意大利文艺复兴时期西方最伟大的三位艺术大师：达·芬奇的《蒙娜丽莎》、米开朗基罗的《大卫像》和拉斐尔的《雅典学院》等高雅之作，真是百看不厌。然而，我亦喜欢观“海上画派”的画作，如任伯年、吴昌硕等，他们的画直面现实，通俗易懂，为世人所爱看。至于“海派京剧”，那更是我少时所留下的珍贵记忆。我在《看京戏》（刊于2017年9月28日《解放日报·朝花》）一文中回忆道：“我小时候看京戏，文戏是看不懂的，看武戏纯粹是图个热闹，尤其喜欢看那时的连台本戏《西游记》……”记得演孙悟空的演员叫张翼鹏（他是大名鼎鼎盖叫天的长子），武功极好，台上大打出手，机关布景出神入化，台下观众连连喝彩，台上演员更是卖力，好看极了，这“海派京剧”伴我度过了一段难忘的童年岁月。不过，“海派京剧”的代表作《火烧红莲寺》不曾看过，那时已不演，可惜了。

黄蕾的书以此开篇，从“海上画派”与“海派京剧”开头，说及海派的起源，接下在文学领域的“京”“海”之争，两派对立，伸延到社会文化的各个方面，再议“海派图书馆”与“海派图书馆学”何以成为可能，娓娓道来，这在传统史学的研究中，可称之为“导论”（或“绪论”）。黄蕾偏偏不称之为本书的“导论”，而称之为“第一节”，与以下接续的“海派图书馆”“海派图书馆学”的发展，一线贯通，一气呵成。

我不熟悉图书馆工作，更不谙图书馆学，这里就以一位多年的史学工作者和近年的上海作家的双重身份发言，我以为本书史料搜集工作踏实，言而有据，这与傅斯年所说的“一分材料出一分货，十分材料出十分货，没有材料不出货”相契合。我读后的感觉，本书为读者呈现出的是“干货”，没有“水货”，其文韵与西方史学大师兰克所倡导的“如实直书”相交接。从行文言，即便是用挑剔的眼光来看，作者的文字也可称道，表述明白晓畅，没有西学出身的那种佶屈聱牙的感觉，做到这一点是很不容易的。

从更深远的意义而言，个人以为黄蕾的《海派图书馆学》对海派图书馆学，更对正兴盛的上海图书馆界的工作，都具有参考与指导的意义。我敢断言，研究中国的图书馆学，黄蕾的这本大作是绕不过去的，因为它具有开创性的贡献。

三、关于耿师

“耿师”者，耿淡如先生也。小序写此，若何？因为他不仅是我的导师，是黄蕾的祖师爷，更因为先生与图书馆的紧密联系。

2018 年 10 月，复旦大学图书馆纪念建馆一百周年时，任职复旦大学图书馆的吾生王伟，给我发来一则消息，简述了复旦图书馆的建馆史：1905 年（清光绪三十一年）9 月 14 日，复旦公学创立。1917 年，复旦公学始创大学本科，改名为复旦大学。

1918 年秋，戊午阅书社成立，部分戊午级同学发起“戊午阅书社”，各同学捐洋二元，购置书籍。社事分掌者为：主任何葆仁，会计程学瑜，书记瞿宣颖，图书保管耿佐军，至此，复旦大学图书馆始创。

文中的“耿佐军”，即耿淡如先生的别名。先生家境贫寒，以勤工俭学的方式维持学业。1918 年正是他大二时，一个寒门子弟，省吃俭用，捐大洋二元购买书籍，复旦大学图书馆的起始是何等的艰难，先辈们的作为是何等感人。筚路蓝缕，以启山林，正是先师耿淡如等人的志存高远和艰苦创业，积百年之辛劳，才铸就了今日复旦图书馆的辉煌。必须指出，在我的众多弟子中，多数都在高校任教，只有黄蕾和王伟任职在学校图书馆，他们从祖师爷手中接过了接力棒，为高等教育事业贡献出自己的力量。我相信，这两位新手会比他们的前辈跑出更好的成绩。

“人一旦有追求，世界亦会让路”，耿师之开创，弟子之继承，黄蕾之奋进，皆可为爱默生的这句名言佐证。

［原为黄蕾著《海派图书馆学》一书（待出版）所写的序言，写于 2018 年冬日］

流派史：史学研究的生长点

倘若说，史学史研究需要不断地开拓与创新，那么深化对史学流派的研究，便成了它的题中应有之义，中西史学皆然。按理说，学术流派（或学派）的形成与传承之论，在通行的《史学概论》一书中，应占有一席之地。但令人遗憾的是，我翻了几种，均无片言只语。不过，晚近以来，在学术刊物上却偶有相关大作，如李振宏教授在前年《文史哲》第 4 期上发表了长篇大论：《中国政治思想研究中的王权主义学派》，实际上说的是当代中国史学上的“刘泽华学派”。我这里只是以近代西方史学流派为中心，试作小论。

一、近代西方史学流派概览

“流派”与“学派”同义，似可混用。不过，一般在泛指时多用“流派”，如本文，而单指时多用“学派”，如众所周知的法国年鉴学派。就西方史学而言，史学流派大体是近代的产物。在西方古典史学时期，被称为西方“史学之父”的希罗多德，始终是单枪匹马，实际上他很孤独，没有传人，当然未形成学派。其后，修昔底德在史学上另辟新路，留下传世之作《伯罗奔尼撒战争史》，但他只写到公元前 411 年冬的战事就中止，后续写者倒不乏其人，但也没形成一个“修昔底德学派”。古希腊史学是这样，古罗马史学也是这样，不管是希罗多德、修昔底德、色诺芬还是撒路斯特乌斯、李维、塔西佗，都最终没有形成什么“派”，遑论西方史学低落时期的中世纪史学。

近代以降，世风日变。从 14 世纪由意大利发端的文艺复兴运动，以及人文主义思潮，至 16 世纪已席卷与弥漫西欧诸国。其时，人文主义史学的兴起，回荡着从中世纪基督教神学中逐渐脱身出来的一种历史前进的音响。它改变了西方史学发展的方向，标志着近代西方史学的开端。

因此，近代西方史学流派最先诞生在文艺复兴时代的意大利。15 世纪至 16 世纪，正当文艺复兴运动盛世，在它的圣地佛罗伦萨城邦，涌现出了布罗尼、马基雅维里、圭恰迪尼、瓦萨里等历史学家，而这座城市的历史又广泛地吸引着他们，撰史之风甚盛，被后世学者称之为“佛罗伦萨历史学派”。

这之后，大致从 16 世纪后期至 17 世纪，是博学派历史学家称雄的时代。他们重视史料，搜集大量的希腊文和拉丁文的文献资料，并加以整理和出版，为后世历史学家的研究创造了有利条件。

18 世纪欧洲启蒙运动，以伏尔泰为首的理性主义历史学派实力雄厚，不仅在法国，而且在法国之外的英、德等国都颇具影响。比如英国历史学家爱德华·吉本撰写的史学名著《罗马帝国衰亡史》，便是理性主义史学的代表作，也是“伏尔泰学派”的英国传人。与此同时，以大卫·休谟等为代表的英国的苏格兰历史学派也别具一格，卓有贡献。

18 世纪 60 年代至 19 世纪初，西方史学从理性主义史学过渡到浪漫主义史学，此时德国的哥丁根历史学派的地位，不可小觑。19 世纪 20 年代，兰克与兰克学派横空出世。兰克学派之要旨，正如吴于廑先生所指出的“两项原则”：一是史料批判的原则，即审核史料是否原始，以第一手史料为最可信；一是严守纪实的原则，即根据经批判审定的史料，写如实的、为事实还其原貌的历史。兰克学派的理念及其实践，极大地推动了 19 世纪西方史学的进步，并成了近代西方史学史上最具影响的史学流派，终于发展成为这一世纪西方史学的主流。

二、近代西方史学流派的总体流向

共性与个性是一对范畴，互为生存。就近代西方史学流派而言，前者要探讨的是它们的共同倾向和学术品格。我以为，归纳起来其学术共性为以下几点：

第一，从发展方向与目标来看。从佛罗伦萨历史学派至兰克学派，历经三四百年，他们都有着一个共同的学术志向，那就是向着史学科学化、职业化的方向前进。马基雅维里与兰克，时空不同，史学个性迥异，但目标一致，至后者时史学职业化告成。再超越兰克学派，那就是从传统史学走向新史学，走到现代西方史学的门槛，时已 20 世纪了。

第二，从史学流派的新陈代谢来看。世上万物，新陈代谢，亘古不变，史学流派亦然，这也是史学生命力之所在。倘稍加考察，就可发现近代西方史学流派在发展与演变进程中，有一种“钟摆现象”：或偏于叙述，或偏于论证。比如佛罗伦萨历史学派偏于论证，博学派偏于叙述，理性主义历史学派偏于论证，兰克学派偏于叙述等，各派之偏不一，但都不弃“钟摆现象”，是为它们的同一性。

第三，从历史观来看。始于近代西方的进步主义历史观从雏形到成形，对主宰中世纪史学的神学史观进行了猛烈的批判。在近代西方历史学家们的旗帜上写着“人是万物的尺度”，重视人、重视人的命运和人类社会的前途，成了近代西方历史学的“主旋律”，至今犹然。

三、深化近代西方史学流派的研究

研究近代西方史学流派的学术个性，换言之，对上述罗列的学派做个案研究，这是更重要的工作。可喜的是，我的弟子们都以博士论文或专题论文的形式做过初步的探讨，有的还出了专著，比如研究理性主义历史学派、浪漫主义史学派和兰克学派等。现在的任务是需要不断深化。

如何深化？愚见以为，必须加强对近代西方史学流派学术个性的研究。对此，略说一二。

一是比较研究。唯比较方能察其短长，观其优劣，正如我国当代比较史学名家杜维运先生所说：“互相比较，能发现史学的真理，能丰富史学的内容。”比如“捉对比较”，如“伏尔泰学派”与“兰克学派”。又如学派内部的比较，如“佛罗伦萨历史学派”内部的马基雅维里与圭恰迪尼，等等。

一是要知其渊源、知其发展、知其传承、知其影响。史学流派的形成是时代发展与社会变革的产物，更是某个民族深厚的文化积淀。然一旦产生，又反哺时代，回报社会，且推动社会文化的进步，在其发展与演变的同时也向外传播，扩散它的影响。以兰克学派的东传史来说明，那是再合适不过的了。

一是进一步加强中外（西）史学交流史的研究。关注史学交流，开展中外（西）史学交流史的研究，当是史学史开拓与创新的一个重要方面，更是深化近代西方史学流派研究的要务之一。以我个人主持“近代以来中外史学交流研究”项目的切身体验，此见当深以为然。

进言之，“往来不穷谓之通”，只要人类文明还在延续，交流就不会止息，中外史学的交流也不会停步。当下我们正需要努力寻求沟通中外史学文化交流的多重路径，进而开辟一条相互联结异域文明与中华文明的大道，这对于正在走向世界的中国史学来说，无疑具有重大的历史意义。

（原载《中国社会科学报》2016 年 7 月 11 日）

《近二十年西方史学理论与历史书写》读后

戊戌秋日，我有幸先阅读了邓京力教授的大作《近二十年西方史学理论与历史书写》。读着，读着，“1990年代”“西方史学理论”“主体意识”等关键词一一向我们走来，疏凿源流，探究真伪，终结硕果，成为当下中国的西方史学理论研究领域不可多得的新作。

读着，读着，信笔写下了几行文字：

> 近20年来，伴随着国际形势的剧变，西方史学理论也发生了重大改变，对这种演变的理论研究就成为学界之要务。邓京力教授以一位中国学者的主体意识，学贯西东，情思中外，对近20年的西方史学理论，从后现代主义到新文化史、从语境解构到历史书写、从西方史学史到全球史学史，都进行了切中肯綮的深入研究，体现了当代中国史家对该领域的卓越贡献。

西方史学，中国眼光。我想这一旨趣，应当正是中国学人吸收与借鉴西方史学，以发展当代中国史学的立足点。上述对《近二十年西方史学理论与历史书写》的赞语，正切合这一主旨，唯其如此，21 世纪中国史学才能步入坦途，在与世界史学互动中不断前行。

一、反思于世纪之交

已亥再读，又有感悟。

本书所要探究的“近二十年”，主要是从 20 世纪 90 年代开始，即 20 世纪的最后十年，以及 21 世纪的最初十年。这一时间节点内的变化，稍知现当代西方史学发展者便知，正如作者所言，是“整体性变化”，特别是后现代主义对历史学的挑战，以及对这种“挑战”的“应战”，使得国际史坛一时风生水起、活跃非凡，一些西方史学理论名家，行旅世界，随处可见他们忙碌的身影。就以我个人的孤陋寡闻来说，也曾不止一次地遇见伊格尔斯、海登·怀特、安克斯密特等大家，相聚浦江两岸，研讨在复旦校园内，争辩在丽娃河畔（华东师范大学）……

确实如此。新旧世纪交替，时光容器变异，世人心绪纷繁，欢乐与惆怅同在，展望与回眸相伴，历史学家尤然。在这样的时刻，忧心忡忡的“史学危机”压得史界人士喘不过气来，史学的传统堤坝再一次被冲破了，乃至危及历史研究的最后一道防线。面对史学现状，在这后现代主义思潮裹挟而来的时候，反思过往，乃至追思到史学专业化以来所走过的路程，人们不禁要问：西方史学，何去何从？上述这“近二十年”西方史学的生态，作为像我这样的过来人，都有切身的体验。回顾历史，当人们回想到 120 多年前的 19 世纪 90 年新旧史学之争的景况，也立刻唤醒我们的再思。

那次西方新旧史学之争，酝酿于19世纪下半叶，这是对占据史坛中心地位的兰克及其学派的挑战。它是从营垒内部揭竿而起的，兰克的弟子雅各布·布克哈特向以兰克为代表的传统史学举起了反叛的旗帜，在西方史学的这次反思与革新的潮流中起到了先行者的作用。1886年，兰克逝世了，卡尔·兰普勒希特对传统史学的挑战，主要是他同兰克学派之间的争论。1891年，兰普勒希特的代表作《德意志史》(共12卷)首卷出版了，一石激起千层浪，他的书迅即在史界引起了强烈的反响，引发了新史学与传统史学的激烈争论。20世纪初，他的《文化史的方法论》问世，更把这场新旧史学之争推向高潮，在历史的对象、主题和方法等方面与兰克学派展开了一场大争论。略例一二:以兰克为代表的传统史学囿于政治军事史，在他们那里，历史的主角总是少数精英人物，兰普勒希特与之不同，他认为历史应当包含更广阔的内容；前者之要务是记叙历史，以重建过去，孜孜于探究历史现象是如何发生的，后者则要探明事实发生与变化的理论依据；新派立意创新，致力于创建“新型的文化史学派”，阐发一种大别于传统史学的文化史观念。在兰普勒希特的努力下，汇集成果有40卷的《兰普勒希特对文化史和世界史的贡献》，如此等等。总之，以兰普勒希特为首的新史学派与兰克学派这场名为“历史方法论”的激烈争辩，实质上涉及历史学的一些根本问题，这是世纪交替之际，西方新旧史学之间全面抗衡的“前哨战”。对上述新旧史学世纪交替之际的争论，伊格尔斯在其著《欧洲史学新方向》中认为，这场争论“一直延续至今”，可见在西方史学史上的重大意义。

这场争论在20世纪西方从传统史学走向新史学的过程中，没有停息过。此后，法国历史学家亨利·贝尔，于1900年成立了一个“国际综合中心”，同年创办《历史综合杂志》。他的史学要旨是挑战传统史学，反对兰克史学的狭隘性与封闭性，倡导历史学的综合研究，也就是促进历史学与其他学科之间的有机联系。贝尔的史学思想不仅被认为是一匹安置在传统史学营垒中的“特洛伊木马”，而且更直接哺育了年鉴学派的诞生。

世纪之交的争论在大洋彼岸也激起了回应，鲁滨逊于1912年以其名作《新史学》，直接参与了西方史学世纪之交的反思浪潮，此后更有卡尔·贝克尔等在20世纪30年代的推波助澜。贝克尔十分强调现在的决定意义和认识中的主观意志，这种历史相对主义的史学理论有助于当时批判传统史学的客观性理念，从而促进了从19世纪西方史学的客观主义向20世纪西方史学的相对主义转化。

考察这两次世纪之交的争论，确实表现出“某种相对性”。就其总体而言，我以为皆显示出时代与社会进步对历史学发展的深刻影响，但史学的进步，更重要的还在于史学自身的反思（反省）。前次的反思，推动了西方史学从传统史学向新史学的转变，随后出现的新史学，邓京力在书中这样写道：“它为20世纪的历史学提供了取代传统史学的新范式，它以深层、大众、结构的历史超越了表层、精英、事件的历史，以可计量的、社会科学的普遍方法超越了单纯定性的、个别性的分析方法，以广阔的社会生活视域超越了政治、外交、战争的狭隘性。”这段言简意赅的文字，点染出 20 世纪西方新史学的绚烂色彩。正如张耕华教授所指出的，这是作者以深厚的专题个案研究为基础，对西方史学做出了综合性考察的结果。

反思于世纪之交，不管是前次的大争论，还是今次的大论争，都为后世史学的发展铺平了道路，为后人的再出发创造了条件。

二、展望在新时代

怡人的春风拂面，我们生活在新时代，这就为中国的西方史学理论和史学史研究创造了无比优越的条件。因此，我们没有理由歇息，唯有在前人业绩的基础上再出发，在新的起点上继续前进，这不由让我想起年鉴学派第三代代表人物雅克·勒高夫在《新史学》一文最后说过的话：“史学史取得的引人注目的进展，应当一浪推一浪，继续下去。”勒高夫这充满自信的话，多少年过去了，但仍没有过时，鼓舞我们对未来史学的发展充满信心，必将“一浪推一浪，继续下去”。

展望在新时代。我们应当以敏锐的眼光观察西方史学近 20 年之后所发生的“趋势性变化”，跟上史学的前沿，努力与国际史学界相向而行，在重绘世界史学的版图上，做出中国历史学家的贡献。对此宏愿，应当聚众共议，藉以群策群力，方能奋进而行。在这里，我仅就如何观察史学未来发展的“趋势性变化”，略陈管见。

1. 跨学科趋势的不断扩大。

从西方史学史的视角言，西方史学的职业化与专业化，至

19 世纪的兰克大成矣。兰克史学的重大贡献之一就是致力于近代早期欧洲诸国历史的编纂，兰克差不多为欧洲各国写就一部历史，这一史学编纂的国别史传统被 20 世纪的西方新史学突破了。在西方新史学行进的过程中，它与自然科学连绵，与社会科学结盟，从鲁滨逊的《新史学》到年鉴学派的《年鉴创刊词》，都发出了一个声音：史学研究应当走出封闭的空间，迈向更广阔的天地，于是跨学科、多学科研究风行一时，随之出现了现代史学的多个分支学科，比如心理史学、计量史学、口述史学和影视史学等，在人们面前呈现出了千姿百态的史学景观。在我国，自 20 世纪初梁启超发表《新史学》以来，新史学浪潮也是一浪接一浪。综观中外史学，在 20 世纪 50 年代中期以后，又“重新定向”。60 年代以来，更发生了新变化。尽管变幻莫测，但有一点可以肯定，跨学科、跨国研究的趋势锐不可当，观察未来史学发展的趋势，这是一个亮丽的维度，不管是中国史学，也不管是域外史学。

2. 中外史学交流的不断兴旺。

有道是，文明因交流而多彩，文明因互鉴而丰富，未来史学的发展尤其如此。正如杜维运先生所言：“史学为一综合性的科学，居世界学术的枢纽，史学发达之域，往往是人类文明的重心，智慧的渊薮。不同源流的史学，会而合之，比而观之，更是学术上的盛事。缺乏史学思想的互通，人类将难有完全互相了解之日。所以比较史学是一门值得提倡的新学问，将世界不同源流的史学，汇于一室，作比较研究，撷精取华，汰其糟粕，博大的新史学，将自此产生。”其实，中外史学交流有其源远流长的历史。比如在中国史学的“青年时代”（魏晋南北朝隋唐时期），佛典在中土的翻译与流传，中国古代史学对日本、朝鲜和越南史学的影响；近世以降中外史学，尤其是19世纪末中外史学的直接碰撞与对话。纵观近百年来的中外史学交流史，就其总体而言，是单向的输入，20世纪30年代前后及80年代后两次西方史学输入中国的高潮，都是如此。直至20世纪的最后一二十年时，中外史学交流的情况才发生了变化。21世纪以来，尤其是2015年在我国成功地举办了第二十二届国际历史科学大会，至此可以这样说，中外史学交流再也不是域外史学的单向输入，而是开始了真正意义上的中外史学的双向交流。

展望未来，随着我国的国力强盛、国际地位及其影响的不断强大和深入，在我国正积极架设不同文明互学互鉴桥梁的大好形势下，中外史学交流互鉴、取长补短必定出现新局面，呈现出不断兴旺的史学场景，终成为观察未来史学发展的一种趋向，一个艳丽的维度。但当下，面对西方学术文化上的霸权，我们还有许多的工作要做。比如，随着中外史学交流活动的频繁，催发了中外史学交流史的研究。中外史学交流史当成为丰富史学史的内涵和促进该学科发展的一个新的增长点，更利于从中汲取历史智慧，引导中外史学交流的工作步入正确的轨道，具有重要的现实指导意义。这里借此文刊发一则学术信息，自2007年起，我主持教育部人文社科重大项目“近代以来中外史学交流研究”，集全国这一领域的精英之力，历十年之辛劳，终成《近代以来中外史学交流史》，不久即可问世。

3. 唯物史观的影响不断增强。

写下这个子题，我蓦然想起 1992 年春日，著名的英国马克思主义史家 E. P. 汤普森，虽已沉疴缠身，但仍抱病接受了中国学者刘为的访谈。刘为最后问："您坚持什么？"答："我仍然坚持历史唯物主义！"翌年 8 月 28 日，他就与世长辞，而留下的这句铮言，已越过时空，响遏行云，在历史的长空中久久回荡……

由此，我陷入了沉思。一位生活在现当代西方社会的历史学家，面临二战后对马克思主义史学陷入空前信仰危机的政治生态与学术环境，E. P. 汤普森仍坚持马克思主义、笃信唯物史观。这不只令中国学者肃然起敬，也激励我们在新时代守望创新，砥砺奋进。

为此，以我所从事的西方史学理论与史学史学科而言，我以自己多年的实践证明，研究西方史学史的确需要一种正确的历史观的指引。我这里所说的"正确的历史观"，即指的是唯物史观（马克思主义的唯物史观）。在人类历史上，马克思、恩格斯首先创立了唯物史观，这于历史学研究，不啻是一场革命，开创了历史学的新篇章，也为后人留下了一笔丰厚的史学遗产，这包括它的历史理论（或历史观）和史学理论，但就其主要和基本的一面，则是马克思主义的唯物史观。

诚然，马克思主义的唯物史观，其基本原理（或核心理念）是常青的，具有持久的生命力。它是对包括历史科学在内的各门哲学社会科学的理论基础，具有方法论意义，这是毋庸置疑的。但它不可能墨守成规，马克思主义的唯物史观是世界历史发展的产物，也自然会随着历史的发展而发生变化，在这发展进程中，又需对各方兼具开放性的品格，因此它不是一成不变。拘泥于马克思主义经典作家的片言只语，墨守他们的个别论述而不放，这实在是疏离唯物史观的本意，当为我们所不取。在这里，我特别引出马克思在批评普鲁士书报检查制度时所说的一段十分精彩的话："你们并不要求玫瑰花散发出和紫罗兰一样的芳香，但你们为什么却要求世界上最丰富的东西——精神只能有一种存在形式呢？"（《马克思恩格斯全集》第一卷，人民出版社 1995 年版）同样的是，我们对待唯物史观也怎么可以要求"只能有一种存在形式呢"？

众所周知，考察 20 世纪中国马克思主义发展史（或是它的史学发展史），它总是在曲折坎坷中走来，无论是正本清源也好，还是回到原典也罢，其实质都是在发展中求变，在变中得到发展，以寻求出一条马克思主义"中国化"的路径。唯其如此，也只有这样，唯物史观才能永葆其旺盛的生命力。以邓京力教授大作为例，当是一个有力的证明。

我相信，在可以预期的将来，马克思主义唯物史观指导历史研究的重要性和科学性，必将得到进一步的显示，其成果亦丰，将成为我们观察未来史学发展趋势的一个难以绕开的维度。

三、寄希望于年轻一代

人间最美四月天。此刻，让我想到了林徽因的天籁之作《你是人间的四月天》：轻风，云雨，星子，细雨，百花，这些意象，缀成了一幅无与伦比的图画，让人们觉得人间四月一切都那么美好。

正是在这个春和景明、万木竞秀的季节，首都师范大学举办的《近二十年西方史学理论与历史书写》新书发布会暨学术研讨会取得了圆满的成功，为京华的春色点翠，为首都的春天增艳，为这人间最美的四月天，添上了最美的一笔。

我有幸与会，感慨良多，然给我感受最深的一点是，会议充满蓬勃的朝气、青春的活力，年轻一代正在茁壮成长。习近平总书记在纪念五四运动100周年大会上寄语青年一代时指出："青年是整个社会力量中最积极、最有生气的力量，国家的希望在青年，民族的未来在青年。"同样中国史学的未来也在青年。本来我以为，"年轻一代"这个帽子应给邓京力、江湄们戴上，但观会场内外，这话却不对了，邓京力团队中更年轻的一代，如张安玉、尉佩云等一批她的弟子们都已崭露头角，假以时日，将在中国的西方史学史研究中占有一席之地。西方史学，中国眼光，这批年轻人可望在构建中国特色历史学学科体系、学术体系、话语体系中大显身手，也将在重绘世界史学版图中，在实现中国从"史学大国"走向"史学强国"的进程中做出他们的重大贡献。遐想不已，我耳畔又传来了林徽因的天籁之音："你是一树一树的花开，是燕在梁间呢喃，——你是爱，是暖，是希望，你是人间的四月天！"想到这里，我发现在这人间最美的四月里，原来最美的却是这些个"年轻一代"。

（原载《首都师范大学学报》2020年第1期）

《史苑学步》读后

己亥春日，怡和的春风从北国给我送来了一份礼物：刘家和先生的大作《史苑学步》。这是一部精美的书，更是一部供我辈后学者置于案头常读常新的书。

5月中旬，北京师范大学举办刘先生的《史苑学步》学术座谈会，我因参加是日博士研究生论文答辩而未能到会，是为憾事，于是藉助书面的形式略说《史苑学步》的读后感，向与会同仁、更向刘先生请益。

现在，《史苑学步》这个出版座谈会的召开，顿时让我勾起与此息息相关的回忆。24年前，1995年9月在江城举行了先生大著《古代中国与世界——一个古史研究者的思考》出版座谈会。那次座谈会，我从学界前辈与同行中获益匪浅。这里仅记叙一则花絮，至今还让我刻骨铭心。会后的晚上，刘先生、张树栋教授与我在房间聊天，在无意中我说今天是我的生日啊，先生立马来劲，即率先唱起了“祝你生日快乐”，唱毕自告奋勇地表演了一个他的拿手节目：口哨。“甜蜜的家，甜蜜的家，今晚我正走在我的旅途中，给我自由吧，甜蜜的家，甜蜜的家！”先生那圆润动听的口哨声，让这首悠扬动听的英格兰民歌回响在秋夜中……

上个月初，我率弟子一起拜访刘先生，再次聊到了20多年前的往事，先生又情不自禁地吹起了口哨，优雅的《甜蜜的家》的声音，飘荡在北师大的春夜中。

在那次座谈会上，我的发言稿最后这样写道："家和先生大著中所收的每一篇文章都是经过长期准备和思考，决不率尔操觚。"先生的《史苑学步》，更可作如是观。这部书的出版，因先生的精益求精，一拖再拖。先生坦诚地说："许多文章在最初的口头讲演之后，经过十年以上时间才正式地写出发表，例如关于回应黑格尔对于中国文明的挑战的几篇（包括关于老子历史观的文章）实际上都经过了几十年的时间。可是，自己对于这样磨出来的东西仍然不满意。"锲而不舍，一丝不苟，先生著文之精神，让我相信"真文章在孤灯下"的真理，更值得我们学习。

刘家和先生在家中写作（2015年摄，选自《丽泽忆往——刘家和口述史》）

先生学贯中西，立足中国而放眼世界，继承传统而又超越传统。《史苑学步》所结集的宏文，涵盖的学术层面宏阔而又丰赡，后学不才，只能拾取与我从事的专业相关的部分，谈一点我读这部书肤浅的体会。

同先生一样，我也曾在复旦大学历史系长期讲授本科生的基础课《世界古代史》，先生在当时主编的《世界上古史》（吉林人民出版社 1980 年版）和《世界古代史》（上卷，该书为吴于廑、齐世荣总主编的《世界史》之分卷，全书共六个分册，高等教育出版社 1994 年版），是学生的教材，也是我教学的必备参考书，师生均从中收获良多。先生在文章中论述，我们研究世界古代史，不能不首先研究古代各个国家、各个民族的历史；研究世界历史从分散到整体以及它们之间的交往；然而世界历史不能被理解为一切国家、民族的历史简单地相加所得的总和。他归纳言之："世界历史作为一个概念，它必须是一；而每一个国家、民族的历史作为概念，它们也必须各自是一。不过前者是大一，后者是小一。"先生的这番议论及比喻，生动而简明地道出了古代史之所以能够作为世界史的可能，并由此让我们深悟马克思在《政治经济学批判》导言中的名言："世界史不是过去一直存在的；作为世界史的历史是结果。"

刘先生倡导"兼治中外历史"，他指出："治世界史的人最好能以不同的程度来关注或研究中国史。"同时，他也希望"治中国史的学者中能有人愿意抽出部分时间、精力和我们一同研究世界史。"这是前辈学者治学的经验结晶。有道是，一个有着世界的中国史观，可以使我们更清楚地了解自己；一个有着中国的世界史观，可以让世界更了解中国。此言甚是，倘编出来的《世界通史》中缺席中国，那还算是世界史吗？

我个人除上述从事世界古代史的教学与研究外，更主要的精力是从事西方史学史的教学与研究。先生之论说的是对历史的研究，然而对历史学的研究也何尝不是这样，更应当兼治中外史学。我在从事西方史学史的研究中，深深体会到没有对中国史学的了解，要想深入认识西方史学，那是不可能的。比如，我们研究西方史学之父希罗多德的史学，倘研究者对司马迁史学有所了解，将会有助于加深对希罗多德史学的认知。在大学与读研阶段，我虽获得了中国史学史基本知识的储备，但为了深入，我在研究西方史学的同时，重温中国古典史学名著，经常翻阅白寿彝先生主编的六卷本《中国史学史》、瞿林东教授的《中国史学史纲要》等作品，以补自己在这方面的短板。

由上想到，无论兼治中外历史或中外史学，比较研究当为题中之要义。我在上面所说希罗多德与司马迁的比较研究，当是中外史学的比较，而不是中外的历史比较，然中外历史比较却是中外史学比较研究的基础和前提，先生那篇《历史比较的逻辑思考》宏文，对从事中外史学比较研究的人，具有非凡的指导意义，给我们的研究工作以方法论的启迪。对此，小文不赘，当另文评议了。

行文至此，我又再次想到多年前那次出版座谈会上，正如冯天瑜教授所言：“刘先生的学术境界之高得益于他对中学、西学及对二者的贯穿力、渗透力。会通中西，贯穿古今，于是，他与清华大学何兆武先生被中外学者戏称为当代中国的‘国宝’。”借天瑜兄之言来评价刘家和先生的《史苑学步》，更是实至名归。我们已进入新时代，要学习与继承前辈的伟业，追寻先行者的脚步再出发，以争取更大的进步。

（写于 2019 年春日）

附 录

文明交流互鉴中的西方史学史

——访张广智先生

编者按：张广智，1939年生，江苏海门人。1964年复旦大学历史学系本科毕业，1967年复旦大学历史学系西方史学史专业研究生毕业。复旦大学历史学系教授、博士生导师，主要研究方向为西方史学史。著有《克丽奥之路》《西方史学散论》《超越时空的对话》《克丽奥的东方形象》《徜徉在史学与文学之间》等，另著有《史学：文化中的文化——文化视野中的西方史学》（与张广勇合著）、《现代西方史学》（与张广勇合著）等。主著《西方史学史》（第一至四版），主编：《西方史学通史》（六卷本）、《20世纪中外史学交流》《史学之魂：当代西方马克思主义史学研究》《近代以来中外史学交流史》（上中下三册）等。2018年11月，被上海世界史学会授予"终身学术成就奖"。

邹兆辰：张先生，我们这是第二次进行学者访谈了。上一次访谈是在十几年前了，我们从2004年秋温州的史学理论研讨会开始，至2005年秋上海华东师范大学的史学理论研讨会继续谈，再至2006年夏扬州的史学理论研讨会结束，前后进行了三年。上次的访谈，主要对您从事西方史学史的学习、教学、研究、著述的情况进行了系统的回顾。这十几年来，您在西方史学史的研究方面又取得诸多新的成绩，如《西方史学史》出到第三版、第四版，您主编的《西方史学通史》（六卷本）和《20世纪中外史学交流》《史学之魂：当代西方马克思主义史学研究》等都出版了。您还出版了散文集《徜徉在史学与文学之间》。这次我们的访谈可以换一个话题谈一谈吗？

张广智：很好啊！我很高兴进行这种形式的学术交流。上一次访谈，让我有机会对自己从1964年考上复旦大学耿淡如先生西方史学史的研究生开始一直到21世纪的前几年，在西方史学史领域所做的工作进行了回顾。当时把访谈的题目定为《多做些垦荒者的工作》，已作为我主编的《西方史学通史·导论》的附录收入。“做些垦荒者的工作”这句话，这是先师耿先生的教诲，只有经过这几十年的辛勤耕耘，才会有今天的一点成绩。不知道这次你要谈一个什么问题。

一、重视对西方史学的研究、借鉴是中国史学的传统

邹兆辰：您在西方史学史的学术领域辛勤耕耘了几十年，付出很大的努力，也获得了丰硕成果。这次，我想和您谈的是促使您在这方面积极工作的动力是什么？2019年1月，习近平总书记在给中国历史科学研究院的贺信中表示，希望史学工作者充分发挥史学知古鉴今、资政育人作用，为推动中国历史研究发展、加强中国史学研究国际交流合作做出贡献。他在2015

年给第22届国际历史科学大会的贺信中也说，需要从历史中汲取智慧，需要博采各国文明之长。几十年来，您从事西方史学史的教学、研究，对于中国的知识界“需要博采各国文明之长”这一点一定有深刻的体会，是否可以就西方史学史在文明交流互鉴中的作用这个问题谈谈。

张广智：你确实抓住了一个好题目。西方史学史在文明交流互鉴中的作用问题，的确很值得研讨。应该说，重视对西方史学的了解、研究，从而为发展中国史学提供借鉴，是20世纪以来中国史学的一个传统。有不少的学者在为中外史学的相互了解、交流方面做出过贡献。这里我要谈的第一个人就是李大钊。李大钊是我国马克思主义史学的奠基人。1917年俄国十月革命后，他为马克思主义的唯物史观传入中国做出过巨大贡献。同时，他对传播西方史学，尤其是西方近代史学，也做出过卓越贡献。可以说，他在这方面有开拓性的成就，他为中国的西方史学研究所做的介绍与研究成果，具有奠基性的意义。

邹兆辰：把中国学人对西方史学文化的宣传、介绍追溯到李大钊那里，这是很值得关注的事情啊！

张广智：确实是这样。20世纪20年代，李大钊就在北京大学等校相继开设了唯物史观、史学思想史、史学要论等课程，在这个过程中他还致力于近世欧洲史学的研究，这是为他理解与传播唯物史观而寻求理论根据与学术渊源而做的工作。1920年，他连续写了《史观》《今与古》《鲍丹的历史思想》《孟德斯鸠的历史思想》《韦柯及其历史思想》《孔道西的历史思想》《桑西门的历史思想》《马克思的历史哲学与理恺尔的历史哲学》《唯物史观在现代史学上的价值》《唯物史观在现代社会学上的价值》等文章，辑为《史学思想史》讲义，有些篇文章曾公开发表。

应该说，李大钊对西方史学的了解与认识，是超越其同时代人的。如《史学思想史》中，有几篇专论近世西方史学的文章，广泛涉及了近30位历史学家与历史哲学家，介绍了近代西方史学中许多有价值的思想，如今胜于古、历史是不断前进的、产业者阶级是历史的原动力、经济因素是历史变化的重要因素、知识的进步也可决定社会历史的进行等许多发人深省的观点。从总体上看，他的《史学思想史》不失为我国的西方史学史研究中第一部较为完整的作品。

李大钊对近代西方史学的介绍与研究，侧重于对历史观的考察。在近代以前，他评析了支配欧洲中世纪社会的奥古斯丁的神学史观，他对近代西方史学的探索，则从16世纪的法国历史学家让·波丹（即李大钊讲的鲍丹）开始。在近代西方学者中，波丹比较完整地提出了地理环境对历史发展具有决定性作用的观点，这一观点极大地影响了法国启蒙思想家孟德斯鸠。从史学史的角度讲，在如何看待人类发展的问题上，从神学史观向地理历史观的转变，当然是一种重大的进步。

邹兆辰：这也就是您所说的西方史学发生的第三次转折吧？您所说的这第三次转折，是从14世纪以来的欧洲文艺复兴运动开始，西方的思想家、史学家们面临的任务就是要使历史学“重新定向”，一批人文主义史学家复兴了古典史学的传统模式，重新把人置于历史发展的中心位置。李大钊是否也注意到了西方史学的这种转变。

张广智：确实是这样。李大钊对于这一时期西方的理性主义历史观非常重视。他认为在18世纪的西方史学界，流行着理性主义的历史观。这一历史观的特点可以概括为："以人的理性为求得真理的准则，人依其理性以认识自然，也依其理性以改革社会。发扬理性，就是推进历史；蒙蔽理性，就是阻塞进步"。李大钊集中分析过的意大利历史哲学家维柯（即李大钊讲的韦柯）、法国历史哲学家孔多塞（即李大钊讲的孔道西）和法国空想社会主义者圣西门（即李大钊讲的桑西门）等人，都是崇信这种历史观的。在他们看来，知识的进步，可以作为历史发展的动力。如维柯认为，一个阶级的知识状况，决定那一个阶级的法律、制度、语言、文学乃至人类的品德和性质。维柯提出的人类历史发展所经历的"神权时代——英雄时代——人的时代"三阶段说，其更迭都是与文化知识的进步相对应的。同地理史观一样，这种无限夸大知识、夸大理性的观点，也包含着某种片面性。正如李大钊所指出的，理性主义历史观虽不能窥见全部真理，但也能认识一部分真理，其中包含着合理和正确的成分。

邹兆辰：这样说，李大钊不仅在他的讲义中介绍了近代西方史学思想史的重要内容，而且提出了应该如何对待西方史学的问题。

张广智：是的。李大钊对西方史学遗产所采取的求真精神，是十分可取的。他说过："凡学都所以求真，而历史为尤然。"通读他论述西方史学的一些篇章，不难看出他的求真态度：如实介绍与中肯评论。而且是介绍先于评论：如实介绍中包含了作者的取舍，以区别于客观主义；评论当然需要分析批判，但这是科学意义上的批判，而非恶语相向与棍棒相加。如他对波丹，既说他的见解是"表示了一种新历史观"，"闪出了些唯物史观的光影"，"我们于研究唯物史观的起源时，尤不可遗忘了此人"，又道明他的学说中带有占星术信念并杂有某些神学色彩。对孟德斯鸠也是这样，既说他的史学思想中所奠立的原则，"是历史科学可能的一个根本的条件"，同时又指明他的地理环境决定论是真理与谬误参半，其弊在于有宿命论的倾向。对孔多塞，既说他关于人类社会发展的公式"颇值得记取"，又道明他的这种"设计"是"不能实行的"，如此等等。可见，李大钊对西方近代资产阶级史学遗产中的合理因素，即便是那些一闪而过的思想火花或假说，也对其做出中肯的评析，肯定合理的部分，又如实指出其不足。既不是一概否定，也不是全盘照搬，这种对西方史学遗产的求实态度，也就是马克思主义的历史唯物主义的态度。

邹兆辰：您在研究西方史学史的过程中还十分注意中外史学的交流问题，除了李大钊以外，您对20世纪以来，对中外史学交流情况进行过介绍、评论的很多学者都注意到了，对他们的贡献都曾作过适当的评价。

张广智：这一点你确实抓得很准。在2007年，我主编的《20

世纪中外史学交流》出版了。此外，我还主编了一部更大部头的《近代以来中外史学交流史》，这是一部多卷本的书，详细地梳理了近代以来中外史学交流的历史。远的我们先不说，就说从李大钊以来，比较有影响的宣传、介绍西方史学的学者我都注意到了。例如，梁启超在旅欧回来以后，曾于 1921 年在南开大学讲演，从后来的《中国历史研究法》中，就可以看出他的一些突破性的见解都与他在欧陆之行所感受到的近世史学方法论的影响有关。致力于输入现代美国“新史学”派的代表人物应该说是何炳松，他在美国就读的那一年，正是鲁滨逊的《新史学》刚刚发表的时候，他归国后在北京大学和北京高师讲授过《西洋史学原理》课；1924 年，商务印书馆出版了他翻译的《新史学》，成为中国翻译出版的第一部西方史学理论和方法的著作。

在 20 世纪的二三十年代，中国学者对德国兰克学派的介绍也是十分重视的。兰克是 19 世纪欧洲史学最有影响的学者，他是西方科学派史学的最著名的代表。傅斯年从 1920 年开始到英国留学，三年后转入德国柏林大学继续攻读。他在欧洲的七年，系统地接触到了西方社会科学、自然科学的理论知识，也受到了西方传统史学主要是兰克学派的治史理论与方法论的深刻影响。他回国后，1928 年担任历史语言研究所所长，在《历史语言研究所工作之旨趣》的文章中，宣称要把历史学语言学建设得和生物学地质学等同样的学科。兰克学派治史，非常崇尚史料，笃信原始史料。傅斯年在他的工作中，引入了兰克标榜的“史学旨趣”，明确地提出“史学便是史料学”，因此傅斯年被人们视为“中国的兰克”。输入德国的史学方法的还有姚从吾。他也是留学德国，1924 年开始在北京大学讲授历史研究法，传播兰克学派的治史方法。在以后的学术生涯中，他也是矢志不渝地介绍兰克学派，并且有相关的著作。

西方史学界的文化形态史观，最早传入中国是在 20 世纪二三十年代，从美国留学回来的张荫麟，早在 1928 年就曾对斯宾格勒的文化形态史观作过介绍。但真正使文化形态史观在中国成了气候的还要归之于 40 年代的“战国策派”。这派学者在昆明出版了《战国策》半月刊;在重庆的《大公报》开辟《战国》副刊，主要代表人物有林同济、雷海宗、陈铨等，他们的文章比较系统地介绍了文化形态史观，特别是比较早地介绍了汤因比的文化形态史观,提出“战国时代重演”的理论。他们的论点，在当时的思想界引起过相当的争议。

邹兆辰：通过您所谈的这些我们不难看出，在 20 世纪的上半叶，那些出过国，或接触过西方思想文化的一些学者，他们都曾经向中国学人宣传、介绍过西方最流行的史学思想、史学文化。西方这些学者这些著述中的观点、方法，自然对我国学者有一定的借鉴意义，但西方学者的历史思想所体现的历史观又多为唯心史观。新中国成立以后，这些西方史学家的著作、思想观点是否就被禁止提及了呢?

张广智：情况是这样。20 世纪的 50 年代，我们国家在意识形态上是向苏联学习的，所以苏联学者的学术观点也就遮盖了整个学术领域。那时，把西方史学统统看成是“腐朽没落的资产阶级史学”，把那些西方史学著作视为“大毒草”，学术界是不可能正面的加以宣传介绍的，但是也不排除以“内部交流”“供批判用”的形式翻译、印行一些西方史学著作。例如，汤因比的《历史研究》（索麦维尔节录本）中译本的第一版就是上海人民出版社自 1959 年开出版的。在 50 年代末 60 年代初，仅这个出版社就翻译出版了许多国外哲学社会科学著作，包括一些史学名著。

邹兆辰：据我所知，商务印书馆这一时期也翻译一些西方史学名著。如齐世荣先生组织 6 位学者一起，翻译了斯宾格勒的《西方的没落》，并且在 1963 年出版。戚国淦先生也是在“文革”前就翻译了西方史学名著《法兰克人史》《查理大帝传》，只是“文革”前没来得及出版。

张广智：确实是这样。在 20 世纪 50 年代末 60 年代初，有关部门比较注意介绍、引进一些西方史学著作，但是对于大学生来说，他们很难直接去阅读这些名著，而是需要了解西方史学的整体的发展情况，尤其是历史系的学生，故所以需要编辑、出版一部可供教学用的《西方史学史》教材。也正是在这个时候，高教的主管部门开始考虑编纂一部《西方史学史》的教材。

邹兆辰：这就是您经常提到的 1961 年的高校文科教材会议吧？

张广智：是的。在 1961 年前后，党中央开始纠正工作中存在的一些问题，在经济、政治、文化等各方面采取相应的调整措施，在学术文化政策上，重申“双百方针”，贯彻“三不主义”，使当时整个哲学社会科学领域出现了一种求真务实的学术氛围。在这样的学术氛围里，也自然形成一种“史学史热”，这一年的高校文科教材会议考虑到推进史学史学科建设问题。会议决定，由白寿彝负责主持中国史学史教材的编写，吴泽负责中国近代史学史教材的编写，耿淡如负责主持西方史学史教材的编写。当年，60多岁的耿淡如先生在这方面已经是德高望重的学者了，他通晓多国语言，在1933年就翻译了海斯和穆恩的《近代世界史》，50年代译有《世界中世纪史原始资料选译》《世界近代史文献》,60年代译有美国历史学家汤普逊的《中世纪经济社会史》（上、下卷）、英国历史学家古奇的《十九世纪历史学与历史学家》（当时未出版）。1961年底在上海召开的外国史学史教材编写会议上，来自北京大学、武汉大学、南京大学、中山大学、杭州大学、华东师大和复旦大学等高校著名的学者，一致决定由耿淡如先生担任《外国史学史》教材的主编。此次会议以后，耿淡如先生即开始了筹备教材编写的工作。

邹兆辰：上面您谈的这些情况说明，介绍和评论西方史学的发展历史，是从20世纪20年代以来的中国学者的一个传统，编写一部全面介绍西方史学发展概况的教材，是老一代学人们的殷切期盼。但是，真正实现这个愿望则是在改革开放以后的这40年。请您继续为我们谈一谈这方面的情况。

张广智：是的。编写一部能够向年轻一代学人介绍西方史学发展概况的教材，是老一辈学人的期盼。但是，只有到了改革开放以后，这个愿望才得以实现。

二、从《西方史学史》到《西方史学通史》

邹兆辰：现在您主著的《西方史学史》教材出到第四版，成为全国高等学校历史系西方史学史教学普遍使用的教材，这可以说实现了耿淡如等老一辈史学家未竟的事业。这一定是一个长期努力、不断付出的过程。这个成果是如何实现的呢？

张广智：确实是这样。耿淡如先生 1961 年受高教部委托主持编写《外国史学史》教材。为此汇聚了吴于廑、齐思和、张芝联、郭圣铭等一大批史学前辈参与，但此项工作因“文革”而被迫中断。“文革”结束，耿先生已因病去世，教育部委托张芝联、谭英华两位先生主编部颁教材《西方史学史》，我作为编写组成员也参与了工作，但因为编写组成员中一些前辈相继谢世，这项工作最终也没有完成。

邹兆辰：真是不容易！没有通用的教材，这就要靠各高校的青年教师自己努力，编写出一部适合本校教学需要的教材了。

张广智：是的。改革开放以后，各高校历史系都希望能开出西方史学史的课程，但当时没有通用教材。所以，有的学校青年教师联合编写教材，有的高校教师用自己编的教材。我自己也在努力。尽管那时复旦大学只有我一个人在做这事，但前辈未竟的事业总在激励着我。多年来，在耿淡如先生的学术精神指引下，我由阅读西方史学名著着手，对西方史家诸多个案进行过研撰。比如，1981 年我就为商务印书馆撰写过《西方“历史之父”希罗多德》这样的小册子，作为《外国历史小丛书》的一种出版。虽然只是一本薄薄的小册子，但对我个人来说却是意义非凡。它不仅是我学术生涯中出版的第一本书，而且就此开启了我个人漫长的西方史学史研究之路。此后，商务又为我连续出版了关于古希腊史学家修昔底德和古罗马史家塔西佗的书。这就为我对西方史学古典时期的研究打下了基础。

邹兆辰：有这样一个基础继续往下写，把这些个案连续起来，就可以形成您的有自己特色的教材了。我记得您还写过一篇关于伏尔泰的文章，发表在《历史研究》上，大概是1982年吧？

张广智：是1982年。1982年第5期的《历史研究》发表了我的《略论伏尔泰的史学家地位》一文。文章是针对当时国内学界对伏尔泰作为历史学家业绩的忽视而发，用翔实的资料论述伏尔泰的史学思想及其在西方史学史上的地位，全文约有2万字。我将文章寄给与我从无有过学术因缘的《历史研究》编辑部一试，当时胆子也是够大的。当时《历史研究》发表了我这个在学术界不知名的青年学者的文章，的确是对我非常大的鼓舞。

邹兆辰：这说明您在20世纪80年代，通过自己的努力已经具备了编写自己的西方史学史教材的条件。

张广智：通过几年的教学实践，我已经完成了自己教学用的教材，并且把它推向社会，接受学术界的检验，这就是1989年复旦大学出版社出版的《克丽奥之路：历史长河中的西方史学》。此书一出，就受到读者的广泛关注和喜爱，激起了一些青年学子对西方史学史的兴趣，有的甚至选择了这门专业，日后成为我的弟子。他们说是《克丽奥之路》那本书引领其走进了瑰丽奇异的西方史学领域。《克丽奥之路》在年青学子中竟有这样大的影响，让我始料不及。当时《文汇报》介绍此书时说："作者着意把严肃的学术内容（西方史学的发展历程）写得明白晓畅与生动可读，颇具房龙《宽容》一书的风格。"

邹兆辰：在《克丽奥之路》的基础上，您如何在教材的编写上继续投入精力呢？

张广智：在《克丽奥之路》出版以后的90年代，我在编写西方史学史教材上继续投入力量，也不断取得新成果。我主著的《西方史学史》教材被当时国家教委专家组评审正式列入"高等教育面向21世纪课程教材"的选题计划，后又获准成为"普通高等教育'十五'国家级规划教材"。这对于我来说非常重要，因为从某种意义上说，这是完成先师的未竟事业，完成前辈们的共同心愿，因此时时都有一种使命感与责任感，不敢有丝毫的懈怠。2000年，教材正式出版，这就是第一版，继而在2004年又推出插图本新版，大约七年间，两版就重印了9次，屡计印数近5万册。一本专业性很强且专供历史系学生选用的教材，能做出这样的成绩，这确实是令人感到欣慰的事。该书出版后，荣获全国普通高等学校优秀教材一等奖，被教育部历史学科教学指导委员会定位"推荐教材"。

21世纪到来后，这本《西方史学史》又被列入"普通高等教育'十一五'国家级规划教材"，于是我开始组织力量对这部教材进行修订。参与修订者都是我自己培养的博士，经过几年的实践他们已经成为西方史学史研究的重要力量。我们这次修订，致力于把国内外学术界相关的学术成果吸纳到书中来；尽量把西方史学史研究者的新成就介绍给读者。比如，对于古典希腊史学、近代初期的西方史学、19 世纪的西方史学、后现代主义史学等问题上，都反映了该书执笔者近些年来潜心研究的新成果。教材中扩充了马克思主义史学的内容，加大了对西方马克思主义史学的叙述力度，还增添了中外史学交流的篇章。2010 年，复旦大学出版社推出了《西方史学史》教材的第三版，对于 2000 年出版的第一版来说，正好是十年磨一剑。自教材出版后，《世界历史》《史学理论研究》等权威刊物都发表了书评，认为该教材是迄今为止国内最为完备的一本西方史学史教材，是把教材的写作与学术研究进行完美结合的著作。

邹兆辰：教材出到第三版，这回您可以喘一口气了吧？

张广智：不是这样的。2006 年，《西方史学史》第三次入选教育部普通高等教育“十一五”国家级规划教材。在第三版出版后，西方史学史的研究又有了很多新的进展，仍有继续修订的必要。我们在初写时拟定的宗旨是：“编写出一部具有先进性、适应性和有鲜明特色的西方史学史教材”，以满足读者的学习需要和心理诉求。这是因为，“唯其‘先进性’，才能引领潮流，指明方向，尤其为向往时尚、前卫的年青读者们广泛接受；唯其‘适应性’，才能找准主体，兼及其他，使之满足方方面面的需求；唯其‘有特色’，才能区别良莠，分出优劣，从而在‘群雄纷争'中胜出"。我们期望在修订中，在立论、内容、结构、文字等方面力求精益求精，使它不仅成为一本读者喜爱的西方史学史教材，也力求为有志于西方史学史研究的学者提供门径。参加修订的有吴晓群、陈新、李勇、周兵、易兰、肖超。有了他们的参与，教材的修订也就更能达到上述宗旨。第四版教材在 2018 年由复旦大学出版社出版。2018 年 3 月，出版社举行了新书发布会，宣布这本被各高校历史系西方史学史教学广泛使用的教材发行量已经达到了 13 万册。

邹兆辰：在您的《西方史学史》教材不断修订推出新版本的情况下，2012 年 3 月复旦大学历史系和复旦大学出版社为您主编的多卷本《西方史学通史》举行新书发布会。我个人有幸被邀参加了这次会，感到非常高兴。与会的学者感到十分惊叹，您为学界推出了这套大部头的西方史学史的大作。

张广智：这部《西方史学通史》的出版，得到国内专家学者们的关注和高度评价，令我和团队成员感到十分欣慰。不过，这部书酝酿的时间也不短。早在 2003 年的"非典"时期，校系两级的领导就曾邀我一起共商学科发展的大计。大家达成了共识：发扬复旦历史系在西方史学史学科方面处于国内领先地位的传统优势，在原有成果的基础上，把西方史学史这一块做大，力争在这一领域获得新的突破。于是，编纂多卷本《西方史学通史》的动议，从提出、论证、实施，一步步从构想化为现实。当时国内单卷本的西方史学史的著作可以见到十余种，但还没有出版过一部多卷本、大部头的西方史学史专著。即使在国外，我们也未见过有多卷本的西方史学史著作。我设想，我们要编纂一部多卷的《西方史学通史》著作，应该以材料丰赡、前沿理念、博采众长为特色，“在求实中创新，欲成一家之言”。我对我们团队的成员说：“船已扬帆出海，没有退路，不达彼岸，决不罢休。”我们的分工是，由我本人撰写第一卷，即导论卷；吴晓群撰写第二卷古代时期；赵立行撰写第三卷中世时期；李勇撰写第四卷近代时期（上）；易兰撰写第五卷近代时期（下）；周兵、张广智、张广勇共同撰写现当代时期。八年来，我们的团队开拓创新、勤奋思索、笔耕不辍，这一目标终于实现了。《西方史学通史》的出版，获得了学术界高度的评价，大家认为这是我们在西方史学史领域的奋力拼搏所获得的一项总结性的成果。

邹兆辰：您当时对编纂多卷本《西方史学通史》的设想，真可以说气势恢宏、有胆有识。现在，书已经出版多年了，是否可以回顾一下它的主要特色在哪里呢?

张广智：这是一个应该很好考虑的问题。我觉得全书内容宏富，纵横结合。它阐述了自“荷马时代”迄至现当代西方史学发展的历史进程。这一进程涵盖了古代、中世纪、近代、现当代各阶段的具体情况和特征，它力图从历时性上揭示历史演变过程中西方史学的新陈代谢；从共时性上阐明时代、社会与西方史学发展演化之关系，格外关注西方著名历史学家、颇具影响的史学流派、重大的史学思潮与史学变革，尤其留意西方史学思想的演变。在宏阔的西方文化的背景中，展示出令人难忘的史学画卷。

如果要说它的特色的话，可以说我们试图既不失全球视野，又不忘恪守自己的主体性，以中国学者的眼光，用现代汉语写作一部体现中国特色的多卷本西方史学史。在被视为西方人“世袭领地”的西方史学史这一领域里，让国际史坛听到中国学者的声音。

邹兆辰：这个设想确实很有气魄。从全书完成的情况来看，当年您所提出的设想已经达到了。这不仅是您这一代人的愿望，也是实现了老一辈人的愿望。

张广智：是的。当年，耿淡如先生在筹备编写西方史学史教材的时候，也曾经有编纂西方史学通史的愿望，但那时确实没有完成这项工程的条件。回想起 1961 年耿淡如先生在准备编写《西方史学史》教材时写了一篇《什么是史学史？》的文章，他主张多“做些垦荒者的工作”。他说：“我们应不畏艰难，不辞劳苦，在这个领域内做些垦荒者的工作。比如垦荒，斩除芦荡，干涸沼泽，而后播种谷物；于是一片金色的草原将会呈现于我们的眼前！”那时他确实是在垦荒，经过我们这一代人的手在播散种子。几十年后，这片金色的草原已经呈现在我们面前了。

邹兆辰：是的！经过您和耿先生两代人的努力，垦荒、播种，现在金黄色的草原确实已经出现在面前了。

三、为什么要学习和研究西方史学史？

邹兆辰：自从改革开放这 40 年来，您为西方史学史学科的建设做了大量的工作，取得了很大的成绩，教材、通史和各种著作都完成了。这些成果为中国学人学习和研究西方史学史创造了很好的条件。回过头来反思一下，我们为什么要学习和研究西方史学史呢?

张广智：你这个问题问得很好，值得我们很好地思考。我对这个问题也有一个思考的过程。1999 年，我在为即将出版的第一版《西方史学史》教材的《前言》中说道："西方史学史的研究对象不是西方历史的客观发展进程，而是要研究人们（主要是历代史学家）对历史所作出的种种思考，从而在西方历史学发展的长河中，疏凿源流，抉隐钩沉，辩证因果，探求原委，以寻求历史学自身发展的规律。"我认为，学习西方史学史，对历史学科的自身建设的意义是不言而喻的。很难设想，一个对本学科的历史漠然无知的史学工作者，缺少这种必要的知识与理论素养，能担负起建设现代新史学大厦的重任。

十年以后，在撰写《西方史学史》的第三版时，我的一个重要举措就是增加了一篇《导论》，在这里我即阐述了学习西方史学史的重要意义，也谈了学习西方史学史的方法，同时还回顾了中国的西方史学史研究的 90 年的历程。这里，我用很大的篇幅来讨论学习西方史学史的意义。我认为："一般来说，史学史研究的对象包括史学思想、历史编纂学、史料学、史学方法论等，西方史学史亦不例外。但在这几者之中，应当突出史学思想的主导地位。就我们看来，史学思想应当论及历史学家对历史发展客观规律的认识，它大体表现为历史观；还应当论及历史学家对历史学这门学科自身的认识，它大体表现为史学观。

简言之，历史学家对历史和历史学的认识与解释，应当成为史学史研究的主要内容。”

我们从西方史学史发展的大势来看，一般来说，在 20 世纪以前，西方史学家多致力于对历史发展进程问题的探讨，如历史倒退论、历史循环论、历史进化论等都一一面世。这些历史学家也包括历史哲学家的论见，各自从一个方面触及历史科学的某些根本问题，其中不乏闪光的睿智和启人心扉的历史认识，为人类思想宝库留下了许多有益的资料。我们看到自 20 世纪以来，在风气大变的西方史学发展中，往往注重探讨对历史自身的问题，于是各种史学流派与史学思潮纷起，诸说并存，互争雄长，这是与这种重视对历史学自身进行反思的观念有关的。这种情况是大大有别于 20 世纪以前的西方传统史学的。

邹兆辰：从您上面所说的内容看，您所编纂的西方史学史教材、专著等，主要应该讲述西方史学思想的历史。是不是这样？

张广智：我这里讲的是我们讲授西方史学史时，应该突出史学思想的这些内容，这不是说西方史学史就等同于史学思想史或历史哲学史。我们应该注意的是，不能把西方史学史等同于历史编纂史，也不能把西方史学史搞成史家评传或书目答问类型的书。英国史学史家巴特菲尔德说的一段话很有道理，他说：“如果人们把史学史归结为一种纯粹的提纲，如同另一种的‘书目答问’，或把它编纂成一种松散的编年形式的历史学家的列传，那么它将是一门很有限的学科了。”传统的史学史作品，往往就有一种偏重于历史编纂学的倾向。我国学者在 20 世纪 40

年代出版金毓黻的《中国史学史》在史学界很有影响。但是作者只注意于对过去3000年之间的若干史家、史籍加以编排叙述，是不足以说明中国史学发展演变的主流所在的。这种编纂体例，显然是受到了《四库全书总目提要》一类解题书目的影响。西方史学史也有这种倾向。无论是20世纪30年代出版的美国史学家巴恩斯的《历史编纂史》，还是40年代初出版的另一位美国史学家汤普森的《历史编纂史》(中译本称作《历史著作史》)，都十分明显地存在把史学史的撰述等同于历史编纂史的倾向。巴恩斯的书这种倾向更加明显。

邹兆辰：我在前几年搞白寿彝学派研究的时候，也注意到白先生对于中国史学史著作的编著理念，他也强调不要把史学史的著作写成书目答问式的著作，他主张从史学思想、历史编纂学、史料学、历史文学等多方面去研究史学史。

张广智：这说明作为当代中国的史学家，无论是编纂中国史学史还是西方史学史，对于编纂史学史著作的基本理念都是一致的。

邹兆辰：我看您的《西方史学史》的第三版、第四版的《导论》中，都是非常重视向读者说明学习、研究西方史学史的学术价值和社会意义的，这一点是第一版中没有的。

张广智：这一点你是观察得很细致的。我们做任何学问，都要首先认清研究它的意义，这是非常重要的。首先，学习西方史学史，对历史学科的自身建设的意义是不言而喻的。史学史的研究是一种承上启下的工作。如果说历史学家是为历史做总结的话，那么从某种意义来说，史学史家就是为历史学家做总结。因此，史学史的价值就在于通过对历史的反思，为后人提供借鉴，指点门径，造就自觉的史学工作者。如果舍去了这种对史学的反思，历史的研究只能每天从零开始，那样就不会有历史学的任何进步了。一个史学工作者，必须了解自己学科自身发展的历史，缺乏这方面的知识和理论素养，就无法承担起建设现代中国新史学的重任。对于高等学校历史学专业的学生，西方史学史就更是一门不可或缺的必修课。

其次，学习与研究西方史学史，有助于我们加深对马克思主义，尤其是马克思主义的历史唯物主义的认识。大家知道，马克思主义唯物史观是19世纪中叶的社会经济与政治发展的产物，同时它也是吸收和改造了2000多年来人类思想和文化发展中一切有价值的东西的结果。在马克思、恩格斯创立唯物史观以前，西方史学已经经历了长期的发展，积累了丰富的史学遗产。马克思、恩格斯曾经广泛接触或研究过从古典时代到近代西方各国的著名历史学家的著作，从中吸取了思想资料，作为创立唯物史观的一个理论来源。当然马克思主义的唯物史观创立以后，它也要从现代人类在历史学及各门社会科学的最新成果中吸取营养，来丰富和发展自己。这样看来，21世纪的马克思主义也应该在吸收和改造现代一切优秀的文化遗产，包括史学遗产中来发展自己。所以，我们学习和研究西方史学史，对于加深我们对于马克思主义，尤其是对马克思主义的唯物史观的认识是有助益的。

邹兆辰：您说的这一点，在我阅读李大钊的史学思想史的时候就有这个感受。李大钊对马克思与18世纪以来的理性主义者、空想社会主义者在思想上的相同点、不同点作过比较，证明了这些思想家的思想是马克思主义思想的来源。因此，我们学习西方史学史对于了解马克思主义确实是很有帮助的。

张广智：确实是这样的。

邹兆辰：改革开放40年来，中国历史科学的发展取得了巨大的进步。为适应建设中国特色的马克思主义哲学社会科学体系，历史学在学科体系、学术体系、话语体系的建设上还有很多工作要做，在这个过程中我们可以从西方史学史中吸取借鉴吗？

张广智：肯定地说，我们学习和研究西方史学史，对于推进中国史学的现代化，发展我国马克思主义的新史学是有积极意义的。我们中国历史悠久，历史著作浩如烟海，历史文化遗产极其丰富。我们要建设当代中国史学的体系，当然要很好地继承祖国的史学遗产，但是学习、借鉴、吸收西方史学的优秀遗产，也是不可或缺的。我们学习西方史学的经验，并不意味着把西方史学的某一家、某一流派的模式完整不变地搬到中国史学中来，这种简单照搬的办法肯定是行不通的。我们要看到西方史学的发展是一个不断的新陈代谢的过程，它中间有许多理念、方法是不适合中国国情的，但我们仔细加以梳理、分析，西方很多优秀的历史学家或哲学家的思想理念，对我们又是很有启发的。改革开放40年来的历史也证明，中国的史学工作者从西方史学家那里吸收到了不少有益的东西，用来充实、发展中国史学的学科体系、学术体系、话语体系的建设。

邹兆辰：在个别的中国史学工作者中，有人认为建设中国史学的话语体系，中国史学传统的概念、范畴已经足够，只要在原有基础上加以发展就可以，不需要接受西方史学的那些新概念、新观点，否则就不能体现“中国特色”。您是怎么看这个问题的？

张广智：习近平总书记在2016年5月17日举行的哲学社会科学座谈会上强调，哲学社会科学工作者，既要立足本国实际，又要开门搞研究。这其中自然也包括历史科学。他强调民族性并不是要排斥其他国家的学术研究成果，而是要在比较、对照、批判、吸收、升华的基础上，使民族性更加符合当代中国和当今世界的发展要求，越是民族的越是世界的。解决好民族性问题，就有更强能力去解决世界性问题；把中国实践总结好，就有更强能力为解决世界性问题提供思路和办法。这是由特殊性到普遍性的发展规律。他说对国外的理论、概念、话语、方法，要有分析、有鉴别，适用的就拿来用，不适用的就不要生搬硬套。哲学社会科学要有批判精神，这是马克思主义最可贵的精神品质。

我觉得习近平总书记的话，对我们认识这个问题很有帮助。他说，在发现问题、筛选问题、研究问题、解决问题的过程中，学者们必须思考和研究不同时代的学者们是怎样提出问题和研究问题的。他自己就翻阅过许多著作，如柏拉图的《理想国》、亚里士多德的《政治学》、托马斯·莫尔的《乌托邦》、康帕内拉的《太阳城》、洛克的《政府论》、孟德斯鸠的《论法的精神》、卢梭的《社会契约论》、汉密尔顿等人著的《联邦党人文集》、黑格尔的《法哲学原理》、克劳塞维茨的《战争论》、亚当·斯密的《国民财富的性质和原因的研究》、马尔萨斯的《人口原理》、凯恩斯的《就业利息和货币通论》、约瑟夫·熊彼特的《经济发展理论》、萨缪尔森的《经济学》、弗里德曼的《资本主义与自由》、西蒙·库兹涅茨的《各国的经济增长》等。他的一个重要感受就是这些著作都是时代的产物，都是思考和研究当时当地社会突出矛盾和问题的结果。

邹兆辰：习近平总书记说过：文明是包容的，人类文明因包容才有交流互鉴的动力。海纳百川，有容乃大。人类创造的各种文明都是劳动和智慧的结晶。每一种文明都是独特的。在文明问题上，生搬硬套、削足适履不仅是不可能的，而且是十分有害的。一切文明成果都值得尊重，一切文明成果都要珍惜。他还说：历史告诉我们，只有交流互鉴，一种文明才能充满生命力。只要秉持包容精神，就不存在什么“文明冲突”，就可以实现文明和谐。您一直在搞西方史学史，我们在学习和研究西方史学的过程中，是否也是得到一种文明交流互鉴的机会呢？

张广智：习近平总书记的话的确是高瞻远瞩，看到了历史，也看到了现实和未来。文明交流互鉴的途径是多种多样的，但毫无疑问学习和研究西方史学是我们每个人都可参与的一种文明交流互鉴的途径。我们可以肯定地说：学习和研究西方史学史，为我们了解与认识世界尤其是西方世界提供了一个窗口。我们学习西方史学，既可以了解到西方古典史学的传统，又可以知道中世纪的神学观念是如何阻碍了西方史学的向前发展；在了解西方近代史学的发展过程中，可以知道西方那些优秀的历史家、思想家，是如何打破神学史观对史学的笼罩，在重新定向的过程中把史学推向前进的；20世纪的新史学思潮出现以来，史学走向了多元化，各种新思想、新流派、新方法让人感到眼花缭乱，但是在对这些新趋势的研究中，必定会提高我们的认识和分辨的能力，提高我们的思维水平，增强我们的智慧。我把我的西方史学史的著作，称为“史学：文化中的文化”，那就意味着学习了解西方史学，就是在了解西方的文化、西方的文明。这难道不是文明交流互鉴的很好途径吗？

要走向世界，就需要了解世界。不仅要了解世界的今天，也要了解世界的昨天和前天。因此，我们在审视风云变幻的当代世界的同时，也应该把目光投向历史，开拓新的视野，以便从更广阔的的世界历史舞台上，寻求全面建设现代化社会的理想方案。历史学家们从政治的、经济的、社会的发展进程去研究西方的历史，这固然是非常重要的，但往往舍弃了从史学发展的角度去了解西方，这是无助于全面而深入地了解西方的历史和现实的。我很欣赏何兆武先生的这句话，他说：“对于任何一个历史工作者来说，对以往历史学的理解，其重要性是绝不亚于对历史本身的理解的重要性的。”

邹兆辰：好的，张先生！您的这一番谈话不仅让我们了解了几十年来，您在为建设中国的西方史学史的学科体系方面所做的工作，也让我们很好地了解了学习与研究西方史学史的重要意义，特别是它在文明交流互鉴中的作用。今天，您已经 80 高龄了，我们要感谢您几十年来，不辞劳苦、勤奋开拓，为中国史学的发展所做的重要贡献！谢谢您的谈话！

（邹兆辰，首都师范大学历史学院教授；张广智，复旦大学历史学系教授）

（原载《世界历史评论》2020 年春季号）